Vive la République !

L'auteur

Marie-Aude Murail écrit depuis toujours, et publie depuis plus de quinze ans. Elle a soixante-dix titres à son actif. Des contes, des feuilletons, des nouvelles, des essais, des récits. Et des romans d'amour, d'aventures, policiers, fantastiques... Ses livres ont reçu des dizaines de prix, sont étudiés en classe et empruntés dans toutes les bibliothèques. Elle est allée partout, dans les ZUP et les ZEP, les campagnes et les villes, les déserts et les îles, en France et ailleurs... Elle a rencontré beaucoup, beaucoup d'enfants et d'adolescents. Chez Pocket Jeunesse, Marie-Aude est l'auteur de *Bravo Tristan !*, et de la série à succès, *Golem*, écrite avec sa sœur Elvire et son frère Lorris. Marie-Aude Murail est chevalier de la Légion d'honneur.

Marie-Aude Murail

Vive la République !

POCKET
jeunesse

Loi n° 49 956 du 16 juillet 1949 sur les publications
destinées à la jeunesse : avril 2005.

© 2005, éditions Pocket Jeunesse, département d'Univers Poche,
pour la présente édition.

ISBN 2-266-15237-8

Pour Sylvaine, Ismo et Éden.

Je veux être utile
À vivre et à rêver.
À quoi sert une chanson
Si elle est désarmée ?

Julien CLERC

1

Où Cécile Barrois a les plus grandes difficultés à imaginer les hommes en pyjama

Dès la première semaine du cours préparatoire, Cécile Barrois trouva ce qui serait pendant des années son jeu préféré. Elle asseyait ses peluches sur la moquette et leur faisait la classe, mettant au coin les récalcitrants (notamment l'âne Pompon qui n'écoutait rien). Au début de son CE2, Cécile eut une révélation. Si elle travaillait bien, elle pourrait – dans très longtemps – prendre la place de Mme Varenne, son institutrice. Son papa lui en fit la promesse : les petites filles sages sont un jour maîtresse d'école. Dès lors, Cécile n'eut plus sur ses bulletins qu'une seule et même appréciation : « Élève sérieuse et appliquée. » Elle eut son bac avec mention, réussit l'examen d'entrée à l'IUFM, l'institut de formation des maîtres, et fut sacrée à vingt-deux ans « professeur des écoles ». Son parcours en ligne droite n'avait connu qu'une fracture : son papa était mort à la fin du CE2.

— Je ne vois pas du tout où elle est, cette école Louis-Guilloux, dit Mme Barrois à sa fille, ce matin-là.

— Rue Paul-Bert, répondit Cécile.

— Tu vas trouver ?

— Oui.

— Tu ne veux pas que je t'accompagne ?

— Non.

Cécile s'approcha du grand miroir du salon. Devenait-elle myope ? Même quand on la regardait, on ne la voyait pas. Des lèvres pâles et des yeux d'un marron sans éclat, elle était quelconque. Elle se sourit avec effort.

— Bon, j'y vais.

— Ne te laisse pas impressionner. Un directeur d'école, ce n'est qu'un homme. Ton papa te dirait : « Imagine-le quand il se met en pyjama. »

Cécile haussa les sourcils de surprise devant ce conseil posthume.

— Je vais être en retard, maman.

Elle l'embrassa vite fait, puis se sauva dans la rue. Au bout de quelques pas, elle se rendit compte que ses jambes flageolaient. Elle essaya de se raisonner : elle venait d'apprendre sa nomination dans une école proche de son domicile ; elle habitait au 2, rue des Droits de l'homme, à un quart d'heure à pied de la rue Paul-Bert. C'était un vrai coup de chance. Le directeur, M. Montoriol, lui avait donné ce rendez-vous pour faire connaissance avant la rentrée. Très aimable de sa part. Il avait au téléphone une voix grave, à la fois autoritaire et enjouée. Cécile en frissonna. Il lui semblait parfois que toute personne de plus de dix ans la terrorisait.

Elle arriva au bout de la rue Paul-Bert sans avoir aperçu d'école. Elle maîtrisa sa panique et fit le chemin en sens inverse. Elle s'était attendue à un drapeau tricolore surmontant un grand porche avec la devise gravée sur le frontispice : LIBERTÉ ÉGALITÉ FRATERNITÉ. En fait, non. C'était là, presque invisible. Une porte à deux battants d'un vert qui s'écaillait et une plaque discrète :

ÉCOLE PRIMAIRE LOUIS-GUILLOUX,
ÉCRIVAIN FRANÇAIS (1899-1980)

Cécile appuya sur le bouton indiquant : « Direction », et la porte s'ouvrit. Un couple, derrière elle, en profita pour entrer. L'homme en cravate et bras de chemise, la femme en tailleur fuchsia.

— Tu vas voir, dit l'homme, c'est incroyable.

Cécile franchit le couloir et s'arrêta, stupéfaite. Il y avait là, insoupçonnée des passants, une vaste cour plantée de tilleuls. On se serait cru sur la grand-place d'un village avec les bancs au soleil et des passeroses grimpant aux murs. Une marelle peinte au sol attendait la rentrée. Les trilles d'un oiseau triomphaient sans peine des bruits de la ville. Malgré son trac, Cécile en soupira d'aise. C'était une petite école ignorée du monde sous un toit de ciel bleu, c'était sa première école, et l'émotion lui fit monter les larmes aux yeux.

— Hein ? dit l'homme dans son dos. On croirait jamais, vu de la rue. En plein centre-ville, avec les administrations, les collèges, les magasins. Il y a de quoi se faire des couilles en or !

La brutalité de l'expression fit se retourner Cécile. L'homme s'inclina devant elle :

— Excusez-moi, mademoiselle, je ne voulais pas choquer vos chastes oreilles.

11

Les joues de Cécile flambèrent. Ça se confirmait : elle détestait les hommes. Elle se dépêcha d'aller frapper à la porte du directeur.

— Entrez, entrez, vous vous êtes perdue ?

M. Montoriol, le teint halé sous des cheveux grisonnants, avait la cinquantaine sportive et l'œil enveloppant. Cécile essaya de l'imaginer en train d'enfiler son pyjama. Malheureusement, les couilles en or lui traversèrent l'esprit et la firent bégayer :

— Oui, non, non, je ne ne...

— Parfait, parfait, chantonna M. Montoriol. Je vais vous montrer votre salle de classe. Par ici !

Il lui indiqua la route à suivre tout en effleurant son épaule nue. Il avait repéré l'unique coquetterie de Cécile, un t-shirt à bretelles. Il s'appelait Georges, lui dit-il, il était à Louis-Guilloux depuis vingt ans, *ça vous étonne, hein ?*

— Vous allez remplacer Mme Maillard, une ancienne, elle aussi. Je comptais sur elle pour la rentrée. Et puis, pof...

Il écarta les bras. Cécile n'osa pas demander si « pof » signifiait qu'elle était morte.

Les CP avaient droit à une grande salle de classe dont les hautes fenêtres ouvraient sur la cour. Au-dessus du tableau noir, Mme Maillard avait punaisé un antique abécédaire : A comme Ane, B comme Ballon, C comme Clown. Cécile fit quelques pas en direction de la première rangée de petits bureaux fixés à de petits bancs et M. Montoriol songea – Dieu sait pourquoi – à « Blanche-Neige et les sept nains ».

— Bon, tout ça n'est pas de première jeunesse, dit-il, la voix amusée.

Il avait repéré sur une étagère *Oui-Oui fait du ski*, à côté de *La famille Lapinou prend le train*.

— Mme Maillard était de la vieille école. En rang au premier coup de sifflet. Dans sa classe, on entendait les mouches voler. Mais les parents l'appréciaient énormément !

« Et puis pof », songea Cécile.

— C'est votre premier poste, n'est-ce pas ?

Il était si près d'elle qu'elle sentit son odeur d'homme, un mélange d'eau de toilette et de sueur. Elle dut s'accoter à une table tant ses jambes fléchissaient.

— Les débuts sont toujours difficiles. Mais je serai là pour vous aider. N'hésitez pas à vous confier à moi.

L'air manquait à Cécile comme si on lui mettait la tête sous l'eau.

— Je vais... dans la cour, murmura-t-elle.

Elle s'échappa si vite que M. Montoriol en resta éberlué. Quand il l'eut rejointe, le téléphone se mit à sonner dans son bureau.

— Ah, je vais devoir... Excusez-moi... Voulez-vous continuer la visite toute seule ?

— Oh oui ! s'exclama Cécile.

La sonnerie persistait. M. le directeur dut partir en courant.

— Au revoir... À bientôt ! s'écria-t-il, toujours affable.

Mais il conclut entre ses dents :

— Si elle tient un mois, j'ai de la chance.

L'école était vieillotte et défraîchie, depuis les tables en Formica jaune de la cantoche jusqu'aux tapis de gym sous le préau qui puaient les pieds. Au moment de franchir le portail, Cécile aperçut des listes de noms affichées le long du couloir. Sûrement les effectifs de la rentrée. Elle eut envie de rêver sur les prénoms de ses futurs élèves.

CP CLASSE DE MLLE BARROIS

Baoulé Fête des Morts
Baoulé Toussaint
Elle en resta bouche bée. La liste déroulait ensuite les Tom, Vincent, Lisa et Audrey réglementaires. Son regard sauta à la feuille voisine.

CE1 CLASSE DE MME MEUNIER

Baoulé Honorine
Baoulé Léon
Baoulé Victorine
Un rire inquiet franchit les lèvres de Cécile.

CE2 CLASSE DE MME POMMIER

Baoulé Donatienne
Baoulé Pélagie
Baoulé Prudence

En CM1, il y avait encore trois Baoulé : Tiburce, Clotilde et Félix. Plus un Alphonse Baoulé en CM2. Qui pouvait être responsable d'une farce pareille ? Cécile laissa se refermer la lourde porte derrière elle. Était-ce bien une farce ?

De l'autre côté de la chaussée, le couple semblait avoir pris racine. L'homme en bras de chemise parlait avec véhémence, pourfendant la façade de l'école avec des gestes de karatéka. Quand il vit Cécile, il cessa de parler et lui adressa une nouvelle courbette par moquerie.

Cécile, qui détestait attirer l'attention, partit au pas de charge. D'ailleurs, elle devait attraper au vol le tramway. Elle avait rendez-vous, place Anatole-Bailly, avec le garçon qu'elle aimait plus que tout et qu'elle n'avait pas vu depuis trois semaines. Elle l'attendit vingt bonnes minutes, adossée à un mur, les bras croisés, sentant monter en elle l'inquiétude. Et si le car avait eu un accident ? Et si Gil avait fait une fugue ? Et si... Non, le voilà ! Grand, costaud, sac au dos, cuivré par le soleil, un curieux béret noir planté sur ses cheveux blonds. Le jean lui descendait sur les hanches aussi bas que la décence le permettait. Du bout de la rue, c'était un homme. Mais devant elle, c'était un enfant au sourire d'ange. Un sourire de quinze ans.

— T'as rapetissé ? dit-il en se penchant vers sa sœur pour l'embrasser.

— Tu exagères, Gil. On ne pourra plus t'habiller !

Elle était ravie qu'il ait encore grandi.

— T'as vu mes tongs ? C'est du 47 !

— Tu as faim ?

— C'est une question ?

Il mangeait toutes les trois heures, comme un nourrisson.

— On se bouffe Burger ?

Cécile n'était pas très en fonds. Mais elle voulait faire plaisir à son frère. Ils entrèrent donc au Tchip Burger de la place Anatole-Bailly et Cécile prit place dans une file d'attente.

— Trois « Big Tchip », lui glissa Gil comme si la chose allait de soi. Une big frite, Sprite, brownie.

Il huma à fond un mélange d'odeurs de sucre et de graillon qui le fit bâiller de faim.

— Je boufferais un caribou, dit-il.

Il planta les dents dans l'épaule nue de sa sœur. Elle tressaillit en retenant un cri. Elle aurait bien aimé que Gil passe la commande à sa place, mais il s'éloigna en traînant ses tongs. Quand il n'y eut plus que deux clients devant elle, Cécile osa lever les yeux vers la serveuse. Horreur, c'était un serveur ! Elle allait devoir avouer ses désirs à un homme. Elle lui jeta plusieurs coups d'œil furtifs. Il portait la chemisette rouge réglementaire. Sous la visière, son regard gris pâle lui donnait l'air méchant. Cécile essaya de lui mettre un pyjama, mais la visière rendait l'opération très délicate.

— Sur place ou à emporter ?

Elle ne put lever les yeux jusqu'aux siens et se contenta de s'adresser à son badge :

— Sur place. Je voudrais trois « Big Tchip »...

Elle entendit alors une voix neutre qui chuchotait :

— Trois steaks de vache folle sur un lit de cholestérol.

Elle dévisagea brusquement le serveur. Le garçon, impassible, semblait attendre la suite de la commande. Cécile avait-elle rêvé ?

— Des Tchipets par six, marmonna-t-elle.

— Six beignets de vieux poulet reconstitué. Quelles sauces ?

— Chinoise et barbecue.

— Chichi et cucu. Une boisson ?

Le type était fou. Sur son badge, on pouvait lire son prénom. Cécile débita à toute vitesse la fin de sa commande pour ne pas s'attirer d'autres commentaires. Quand le plateau fut complet, le serveur le poussa vers elle en murmurant :

— 01 40 05 48 48.

— Pardon ?

— C'est le centre anti-poison.

Il cligna de l'œil.

— 20.80.

Cécile paya et s'éloigna en tremblant. Jamais elle ne pourrait parler de ce qui lui était arrivé à qui que ce soit. Le garçon s'appelait Éloi. Un de ses coéquipiers passa dans son dos et lui souffla à l'oreille :

— La Firme est là.

Éloi tourna légèrement la tête. Il aperçut au bout du comptoir, et surveillant son staff, l'homme en bras de chemise. L'effet fut foudroyant. Un sourire de séduction commerciale vint ensoleiller son visage étroit :

— Bonjour ! Sur place ou à emporter ?

Cécile ne remarqua pas que le hasard, ou le destin, mettait sur sa route pour la troisième fois l'homme aux couilles d'or. Elle était trop affairée à chercher une table où poser son plateau dans la zone non fumeur, contre le mur. Elle aurait voulu s'y enfoncer. Tout le monde regardait son frère quand il passait. D'un regard en deux temps : *tiens, quel bel homme... Oh, mais c'est un enfant !*

— Je suis full, dit-il en posant la main sur son ventre.

Il avait tout nettoyé.

— Tu te rappelles ? Quand j'étais petit, tu m'as offert un bouquin, *À chacun sa crotte...*

Elle eut un sourire étonné.

— Tu te souviens de ça ?

— Ouais. C'était mon livre préféré. Surtout la fin. Ça disait : « Tout le monde mange, donc tout le monde doit faire caca. »

Là-dessus, il se leva et, de son pas traînant, se dirigea vers les toilettes. Cécile secoua la tête. *Gil, qu'est-ce qu'on va faire de toi ?*

2

Où l'on apprend que Fête des Morts a été brûlé

Et ce fut le grand jour. 2 septembre 2004.

— Tu veux que je t'accompagne ?

— Non, maman.

Cécile s'inspecta une dernière fois dans le miroir du salon. Avec son pantalon corsaire et son t-shirt (à manches longues), elle avait l'air de... « L'air de rien », conclut-elle en toute objectivité.

— Tu as maigri, lui fit remarquer Mme Barrois.

Depuis une semaine, l'anxiété lui coupait l'appétit. Elle tâta sa gorge douloureuse.

— Je vais avoir une laryngite.

Il ne lui restait plus qu'un filet de voix. Sa mère tint à la rassurer :

— Avec les enfants, ça ne sert à rien de crier. Ton papa te dirait : « L'autorité passe par le regard. »

Cécile fit la moue, pas trop sûre que le conseil lui serait d'un grand secours.

Quand elle arriva dans la cour, les parents étaient déjà là en nombre, des parents de centre-ville, bronzés

19

et volubiles. Mais Cécile ne vit qu'elle sous les til-leuls : une Africaine magnifique, le ventre poussant le boubou vers l'avant comme une voile sous le vent.

— L'école est en train de changer de profil, fit une voix aigre tout près de Cécile. Je finirai par mettre mes filles à Saint-Charles.

— Je n'ai rien contre les Noirs, mais là, il y en a trop, ajouta sa voisine.

Cécile réprima un sourire. Il y avait tout un tas de Baoulé dans la cour de récré.

— Comment ça va ? Pas trop émue ?

Cécile sursauta. Elle n'avait pas vu venir M. Mon-toriol. Il lui sourit d'un air paternel puis, sans atten-dre de réponse, s'éloigna en s'écriant :

— Madame Gervais ! Il faut vraiment que ce soit la rentrée pour qu'on ait le plaisir de vous voir ! Et Véronique, toujours à Paris ?

Ainsi allait M. le directeur d'un groupe à l'autre, passant en revue parents et enfants.

— Madame Baoulé ! Mais vous avez l'air en pleine forme !

M. Montoriol, impeccablement mondain, avait tout de même posé des yeux effarés sur le gros ventre bleu et or. L'Africaine lui fit un timide sourire.

— Je ne vois pas votre belle-sœur, ajouta M. le directeur pour dire quelque chose.

— Elle me ga'de Pélagie. Elle a vom' toute la nuit. C'est la gast'o.

— Ah, très bien, parfait, parfait, chantonna M. Mon-toriol, battant en retraite.

Cécile, qui était restée plantée au milieu de la cour, se fit bousculer par un couple très énervé.

— Mais elle est où, la maîtresse des CP ?

Plusieurs personnes semblaient la chercher, tout en déplorant le décès de Mme Maillard.

— Chers amis...

Une voix s'éleva dans la cour, couvrant le brouhaha.

— Chers parents, chers enfants, j'espère que vous avez passé de bonnes vacances...

Monsieur le directeur entamait le traditionnel discours d'accueil. On fit « chut, chut » pour l'écouter, ce qui permit d'entendre clairement un enfant qui sanglotait :

— Je veux pas aller dans la grande écoooole !

Le cœur de Cécile se serra. Ce devait être un de ses élèves.

— Et maintenant, nous allons procéder à l'appel, classe par classe.

M. Montoriol fit signe à Cécile, et les parents découvrirent celle qu'ils avaient prise pour une grande sœur, du moins quand ils s'étaient aperçus de son existence. Cécile déplia sa liste qui ne contenait que dix-huit noms et d'une voix qui coinçait déjà, elle commença :

— Baoulé Fête des Morts, Baoulé Toussaint...

Deux Baoulé de taille moyenne poussèrent vers elle deux tout petits Baoulé. Elle leur sourit sans les voir, tant son regard était brouillé. Il lui semblait que du sable se déversait dans ses oreilles, couvrant de son crissement le son de sa voix.

— Cambon Audrey, Chaussat Tom...

Elle était inaudible. M. Montoriol lui confisqua la liste d'un geste sec et poursuivit d'une voix de stentor :

— De Saint-André Églantine ! Foucault Claire !

Les enfants vinrent se ranger, Robin (Peyrolles) bramant encore : « Non, maman, je veux pas y aller ! » Cécile le prit par la main et l'entraîna vers la classe. Le reste du rang suivit spontanément.

Une fois dans la salle, les enfants se ruèrent vers les bancs, les filles avec les filles, les copains entre copains, les turbulents au fond. Cécile ferma la porte comme on retire la passerelle au départ du navire. Elle se retourna et tous la regardèrent.

— Je m'appelle Cécile Barrois, dit-elle.

Elle n'eut qu'un bref instant d'hésitation :

— Vous m'appellerez « maîtresse ».

Aussitôt, un petit garçon leva le bras :

— Maîtresse, je veux pas rester avec lui.

Il désigna son voisin. C'était un des deux Baoulé.

— Et pourquoi ?

L'enfant – c'était Tom Chaussat – se tenait assis sur une fesse tout au bord du banc, près de tomber dans l'allée.

— Pace qu'il a la figure tout d'abîmé.

Fête des Morts leva les yeux au plafond avec un soupir agacé. Encore cette vieille histoire !

— Je m'ai brûlé quand j'étais bébé.

Tout le monde poussa une clameur horrifiée. Fête des Morts n'avait pas de cheveux sur la moitié gauche du crâne, sa peau grumelait sur la tempe et jusqu'au bord de l'œil. La brûlure, en cicatrisant de façon anarchique, avait fait une bouillie de chair, rongeant l'oreille au passage.

— Tiens, c'est drôle, dit Cécile de sa petite voix. J'ai connu un bébé lapin à qui c'est arrivé. Le feu avait pris à son berceau. Sa maman... oh, mais tu ne connais pas sa maman ?

Elle interrogea Robin du regard. Il fit non de la tête, gravement.

— Elle s'appelle madame...

Cécile aperçut fort à propos *La famille Lapinou prend le train.*

— ... Mme Lapinou et elle avait appelé son bébé...

Cécile eut un sourire espiègle en pensant au livre préféré de son frère.

— Elle l'avait appelé Crotte-Crotte. Lapinou Crotte-Crotte.

— Oh non, c'est pas un beau nom ! protesta une fillette, l'air contrariée.

— Comment tu t'appelles, toi ?

— Philippine.

— C'est très joli. Mais pour un lapin, Crotte-Crotte, c'est aussi très bien.

Le rang du fond éclata de rire et un garçon très agité se leva d'un bond en s'écriant : « Il fait crotte crotte partout ! » Comme il mimait la scène, Cécile dut aller jusqu'à lui pour le faire asseoir.

— Comment tu t'appelles ?

— Baptiste Crotte-Crotte !

Cécile eut le sentiment qu'elle jouait avec le feu. Cependant, elle inventa au fil des mots la terrible aventure du petit lapin brûlé au berceau. À la fin de l'histoire et à la satisfaction générale, Crotte-Crotte n'avait plus que l'oreille droite et la moitié des moustaches, mais il avait sauvé sa famille de la dent du renard.

— Et si on se disait nos noms ? proposa Cécile.

Chacun vint écrire le sien au tableau, en oubliant parfois une lettre ou deux. Outre Toussaint et Fête des Morts qui étaient jumeaux, il y avait Audrey qui trouvait tout « crop dicifile », Tom le querelleur, Églantine plus jolie tu meurs, Claire et Lisa, les inséparables depuis la crèche, Vincent le Chinois, Baptiste l'hyperactif, Steven aux abonnés absents que même les lapins laissaient indifférent, Robin pas encore sorti des jupes de l'école maternelle, Philippine à fleur de peau, Jean-René sage jusqu'à la pétrification, Maëva terrifiée par les garçons, Inès, imbattable aux billes et accro aux cartes Yu-Gi-Oh !, Louis qui n'avait presque plus de dents à donner à la p'tite souris, Floriane, blonde comme les blés et Marianne, attendant l'heure du déjeuner.

— Vous savez pourquoi vous êtes au cours préparatoire ? leur demanda Cécile.

Ils crièrent à tue-tête :

— Pour apprendre à lire, maîtresse !

Robin s'effondra sur son bureau :

— J'veux pas apprendre à liiiiire....

Tous les enfants regardèrent Cécile, consternés. Qu'allait-on faire de ce cas social ?

— Ça, c'est drôle, dit-elle de sa petite voix. Lapinou Crotte-Crotte ne voulait pas non plus apprendre à lire. Et vous savez pourquoi ?

Robin, à demi noyé dans ses larmes, releva la tête. Cécile chuchota, comme en secret :

— Parce que son frère lui avait dit qu'à la grande école, on enferme ceux qui ne savent pas lire dans les cabinets !

— Je vais lui casser la gueule, au frère ! se révolta Baptiste, déjà debout.

Quand le directeur entra dans la salle de classe, Lapinou Crotte-Crotte préparait son cartable pour aller à l'école malgré son gros mal au ventre.

— Ça va ? questionna M. Montoriol. Vous avez demandé qui mange à la cantine et qui reste à l'étude ?

— Heu... non.

— Vous leur avez distribué les manuels de lecture et de maths ? Non ?

M. Montoriol étouffa un soupir puis il jeta un regard circulaire sur les enfants silencieux, pensant les avoir intimidés. En fait, ils attendaient qu'il dégage pour avoir la suite de l'histoire.

— Bien, soyez sages, les enfants. Vous avez une... gentille maîtresse.

Il quitta la salle en faisant à Cécile un signe de la main qui signifiait : secouez-vous un peu.

Quand la cloche sonna la fin de la première journée, Cécile avait :

– appris aux enfants la chanson « Mon petit lapin s'est sauvé dans le jardin, cherchez-moi, coucou, coucou, je suis caché sous un chou » ;

– été incapable de savoir qui déjeunait à la cantine et qui restait à l'étude ;

– initié ses élèves à la respiration ventrale, gros ventre, petit ventre, et on vide bien son bedon ;

– retenu tous les prénoms ;

– fait s'asseoir Baptiste une bonne vingtaine de fois ;

– proposé aux enfants de dessiner leur famille (Toussaint et Fête des Morts avaient eu besoin de deux feuilles chacun) ;

– gagné une migraine et perdu la voix.

Les parents étaient nombreux à attendre sur le trottoir, pour cette première sortie des classes.

— Au revoir, maîcresse !

— Au revoir, Audrey !

— À demain, maîtresse !

— À demain, Tom !

Cécile lâcha les enfants un à un, en évitant le regard des parents. La maman et la grand-mère de Philippine étaient là, toutes deux. Philippine était menue, sa mère était maigre, sa grand-mère squelettique, comme s'il était dans le destin de ces femmes de s'amenuiser au fil des années. Philippine s'éloigna en sautillant :

— La maîtresse, elle connaît un lapin. Tu sais comment il s'appelle ?

— Non, ma chérie.

— Lapinou Crotte-Crotte !

La maman sursauta.

— J'ai horreur qu'on dise des mots comme ça.

La petite tapa du pied sur le trottoir.

— Mais les lapins, ils trouvent ça très bien. C'est la maîtresse qui l'a dit !

Ce soir-là, Cécile voulut rêver encore un peu à ses élèves. Elle sortit une fiche que lui avait transmise Éric, le maître de grande section de la maternelle voisine. Il avait eu, l'an passé, onze des dix-huit CP de Cécile et, pour aider la jeune maîtresse, il les avait rapidement analysés. Ce qui donnait :

– Les Baoulé. Fête des Morts (ses copains l'appellent Démor tout court) est très épanoui, malgré son handicap. Toussaint est plus secret. Ils sont arrivés

en cours d'année. Pas de risque de surmenage dans les deux cas.
– Audrey Cambon. Aurait besoin de l'orthophoniste. Les parents n'ont rien voulu savoir. Ils la nourrissent à la Star Ac'. Début d'obésité.
– Églantine de Saint-André. Sait lire. Trop gâtée. Gros drame avec le frère aîné (pas eu de précisions).
– Vincent Gautier. Enfant adopté. Pas très rigolo, mais bosseur. Un Chinois, quoi.
– Jean-René Marchon. Élevé chez les scouts. Famille nombreuse. Parents prout-prout.
– Robin Peyrolles. Immature. Dessine bien. Confond 6 et 9.
– Louis Pons. Zozote. Gentil, se préoccupe trop des autres.
– Steven Mussidan. QI limite. Pas toujours propre. Reste isolé à la récré. Profil CLIS[1].
– Marianne Tiébaut. Très lente, trop rêveuse. Mange l'entrée quand les autres sont au dessert.
– Philippine Martin. Sérieuse et appliquée.

Tout cela était terrifiant. Cécile n'aurait pas trop su dire pourquoi. Peut-être parce qu'il y avait eu une petite fille sérieuse et appliquée dont personne, non, personne n'avait remarqué que son papa lui manquait tant qu'elle souhaitait parfois disparaître complètement.

---

1. CLIS, abréviation de Classe d'intégration scolaire. Les CLIS ont pour vocation d'accueillir les élèves perturbés, en grande difficulté, n'arrivant pas à maîtriser la lecture.

3

Où disparaissent les barquettes
Trois Chatons de Chantal Pommier

— Tu n'es pas encore couchée ? s'inquiéta Mme Barrois.

— Non, je prépare ma fiche de lecture pour demain.

Cécile avait les yeux creusés par la fatigue.

— Le manuel qu'utilisait Mme Maillard est trop compliqué pour Steven ou Audrey. Ils ne peuvent pas déchiffrer des phrases comme : « Arthur regarde le soleil. »

Elle cliqua sur la souris, et l'écran quitta la veille pour afficher en gros caractères : Tino a vu la lune.

— Tu vois, ça, c'est plus simple. Je fais moi-même les textes et les dessins. Et je photocopie pour chaque élève.

— Tu te fatigues, tu te fatigues, la plaignit sa mère.

— On m'a confié dix-huit enfants, maman. Je veux qu'ils sachent tous lire à la fin de l'année. Pas un ne doit rester en route.

Elle sourit et, dans le clair-obscur de l'ordinateur, son visage eut soudain la grâce qu'on voit aux madones.

— Ton père était bien comme toi. Il croyait que le sort de la planète reposait sur ses épaules.

Le sourire de Cécile s'effaça et l'écran reprit la veille.

— Va donc te coucher, maman. J'ai presque fini.

Mais quand elle se retrouva dans son lit, Cécile comprit qu'elle n'en aurait jamais fini. Audrey. Il fallait absolument que la petite soit suivie par l'orthophoniste. Et Steven ? Il s'était endormi sur sa table pendant qu'elle lisait à voix haute l'album *Toi grand et moi petit*. Rien ne semblait le toucher. Steven avait-il un QI limite comme l'avait écrit le maître de maternelle ? En tout cas, il avait des dartres autour de la bouche. Des visages d'enfants firent la ronde devant ses yeux jusqu'à ce que le sommeil la prît enfin dans ses bras.

Mais dès le petit déjeuner, elle parlait de Baptiste.

— Il bouge tout le temps, il a des tics, il fait tomber ses affaires. Rester assis, c'est une torture pour lui.

— Faut le lobotomiser, mâchonna Gil qui engloutissait son troisième pain au lait avec Nutella.

— Ce n'est pas un problème d'agressivité comme chez Tom. Tom, on ne peut rien lui dire. Il croit toujours qu'on se moque de lui. Et il tape de toutes ses forces.

— Finira en prison, commenta Gil.

Cécile l'entendait à peine, tout entière à ses préoccupations.

— J'y go, dit Gil en se levant.

Sa mère sursauta.

— Quel gigot ?

— Mais non, je pense pas qu'à bouffer. Je vais au

bahut. Bisous, les filles ! Salut à tes délinquants, Sissi !

Cécile sourit en entendant son frère user du petit nom qu'il lui donnait, étant enfant. Il n'était qu'un bébé d'un mètre quatre-vingt-dix.

— J'y vais aussi, dit-elle.

Depuis quinze jours qu'elle se rendait à l'école Louis-Guilloux, Cécile n'avait avec ses collègues que deux sortes d'échange :

— Ça va, vos petits diables ? lui demandait Mme Meunier, la maîtresse des CE1.

— Ils sont très gentils, répondait Cécile.

— Pas bien chaud, ce matin, remarquait Mme Pommier, la maîtresse des CE2.

— On ne sait pas comment s'habiller, répliquait Cécile qui s'habillait toujours pareil.

Mlle Barrois restait donc un mystère pour les quatre autres professeurs des écoles. M. Montoriol avait déclaré confidentiellement à Mme Acremant, la maîtresse des CM1, qu'il se demandait si « la petite Barrois était faite pour ce métier ». Ce que Marie-Claude Acremant avait répété, sous le sceau du secret, à Chantal Pommier, laquelle en avait parlé « tout à fait entre nous » à Mélanie Meunier.

Ce matin-là, c'était calcul, au cours préparatoire. On devait affronter les notions de « plus que », « moins que » et « autant que ». Cécile mit côte à côte Tom et Démor, puis demanda à la cantonade :

— Qui est le plus petit des deux ?

L'espiègle Démor se hissa sur la pointe des pieds. Rires dans le fond de la classe. Des doigts se levèrent.

— Maîtresse ! Maîtresse !

— Oui, Philippine ?

— C'est Démor.

— Voilà. Démor est plus petit que Tom. Donc, Tom est plus...

Elle interrogea la classe du regard.

— Plus bête que Démor, compléta le jeune Baoulé.

Il se prit un coup de poing dans la tempe, à l'endroit même où sa peau brûlée s'était reformée en grumelant.

— Tom, Tom ! s'écria Cécile en immobilisant le petit garçon à pleins bras.

— Il me traite, il me traite ! trépigna Tom.

Toussaint s'était porté au secours de son frère jumeau et le serrait contre lui. Il hurla :

— Faut pas le taper là !

La scène semblait effrayer les enfants, et Philippine éclata en larmes.

— Vous savez qu'un jour, fit la toute petite voix de Cécile, Lapinou Crotte-Crotte reçut une claque sur son oreille abîmée ?

Ce fut magique. Toussaint relâcha Démor, Démor essuya ses yeux d'un revers de main, Philippine suspendit son sanglot, Tom cessa de se débattre. Devant le silence, Cécile ressentit le vide de l'écrivain face à la page blanche. *Invente, invente !* Elle déroula son histoire comme si elle la connaissait déjà. Quand elle eut fini, il y avait dix-sept sourires en face d'elle, Steven s'étant endormi. Mais Cécile ne perdit pas de vue sa leçon.

— Est-ce que vous croyez qu'il y a dans la classe plus de garçons que de filles, moins de garçons que de filles, ou autant de garçons que de filles ?

Les avis fusèrent.

— Plus de garçons ! cria Inès qui se comptait plus ou moins du nombre.

— Non, c'est les filles, c'est les filles ! s'excitèrent Lisa et Claire, les inséparables.

— Comment va-t-on faire pour le savoir ? demanda Cécile.

Les enfants décidèrent de compter séparément les filles et les garçons, et toute la classe bourdonna de chiffres.

— Après sept, c'est neuf ou c'est six, maîtresse ? demanda Steven.

Au final, tout le monde s'embrouilla.

— Y a plus de filles ! crièrent les filles.

— Y a plus de garçons ! crièrent les garçons.

— J'ai une idée, chuchota Cécile. Chaque fille va donner la main à un garçon. S'il reste un garçon tout seul, ça voudra dire qu'il y a plus de garçons ou plus de filles ?

Là encore, les avis furent partagés. Mais tout le monde voulut essayer la solution de la maîtresse. Églantine se leva la première et appela un garçon :

— Toussaint !

Les deux enfants allèrent dans le fond de la classe en se donnant la main.

— Oh, les z'amoureux ! chantonna Démor.

D'autres couples suivirent sous le regard attendri de Cécile. Inès, le garçon manqué, choisit Tom, le querelleur. Philippine, la sensitive, prit Robin sous son aile. Il fut très difficile de séparer Lisa de Claire. Marianne s'assembla à Steven car, avec ses croûtes sur la figure, personne n'avait voulu de lui. Au total, il y avait neuf couples.

— Alors ? questionna Cécile. Il y a plus de garçons ou plus de filles ?

— Pareil ! claironna Baptiste à qui tout ce chambard convenait parfaitement.

— Voilà, dit Cécile. Il y a autant de garçons que de filles.

— Et toi, maîtresse, c'est qui, ton amoureux ?

Cécile rougit :

— Démor, on ne pose pas ce genre de questions !

À la récréation de dix heures, Mélanie Meunier, dont la classe jouxtait celle de Cécile, traîna sa longue carcasse jusqu'à la salle des professeurs et l'échoua dans l'unique fauteuil.

— Elle m'a mis la tête comme un melon, gémit-elle. Ses CP ont fait un raffut, ce matin !

Marie-Claude Acremant jeta un coup d'œil à sa collègue. Elle aurait aimé déblatérer avec elle sur le compte de la nouvelle. Mais elle venait d'ouvrir la fenêtre et elle restait le visage coincé dans l'entrebâillement pour fumer sa clope en dépit du règlement. En soupirant, Mélanie Meunier se releva pour se traîner jusqu'à la bouilloire. En plus de ses dix-neuf CE1, elle avait une fille de deux ans et un garçon de neuf mois. Le dos déjà voûté et le ventre flasque, elle était l'image même de l'épuisement. Mais jamais elle ne criait après ses élèves, jamais elle ne s'énervait avec ses enfants. Elle soupirait seulement.

— Tu n'as pas de problèmes avec tes Baoulé ? demanda-t-elle encore à sa collègue.

Vite, Marie-Claude aspira deux bouffées puis écrasa son mégot. Elle ne pouvait laisser passer toutes les occasions de se défouler.

— J'ai collé les jumeaux à une table tout seuls, dit-elle de sa voix cassée de fumeuse. Ils ne fichent rien, ils ne font que parler. Et tu ne sais pas ? Ils ne viendront pas en classe verte. Les trois ! La mère m'a baragouiné je ne sais quelle idiotie. Ils seraient allergiques aux cacahuètes. N'importe quoi ! Je parie que c'est le père qui ne veut pas lâcher Clotilde.

Elle s'approcha de sa collègue qui se préparait son thé et celle-ci, involontairement, plissa le nez de dégoût. Marie-Claude Acremant empestait le tabac.

— C'est ça, les musulmans, ajouta-t-elle à mi-voix. Ils ne laissent pas les filles quitter la maison.

— Les Baoulé sont musulmans ? s'étonna Mélanie.

— Mais bien sûr ! Comment veux-tu autrement... Ils sont au moins vingt gosses ! Le père a plusieurs femmes.

— Tu crois ? fit Mélanie.

Elle ne voyait pas bien « Fête des Morts » ou « Toussaint » en prénoms musulmans, mais elle était trop fatiguée pour en discuter. La porte s'ouvrit alors en grand et Chantal Pommier, toute cliquetante de bracelets, fit une entrée de diva.

— Je n'en peux plus ! J'ai encore confisqué un ballon à Tiburce ou Félix. Ou Alphonse. Je les mélange tous, ces Boualé !

D'une seule voix, Mélanie et Marie-Claude rectifièrent :

— Ba-ou-lé !

Chantal les regarda, interloquée :

— C'est ce que j'ai dit. Boualé.

Mélanie soupira et Marie-Claude retourna à sa fenêtre fumer une deuxième cigarette. Chantal ouvrit un placard et, après avoir déplacé quelques boîtes plus ou moins vides, elle fulmina :

— Qui m'a mangé mes barquettes Trois Chatons ? C'est quelque chose, ça ! J'avais mis mon nom dessus...

Il y avait des choses qui lui gâchaient la vie, comme de compter sur ses barquettes Trois Chatons depuis le début de la matinée et de s'apercevoir qu'elles avaient disparu. Personne n'entendit Cécile entrer dans la salle des professeurs.

— Ah tiens ! sursauta Chantal en sortant la tête du placard.

C'était la première fois que Cécile s'aventurait sur ce territoire.

— Excusez-moi, heu, bonjour, bafouilla-t-elle. Est-ce que quelqu'un sait comment on peut aller dans la BCD ?

Cécile avait aperçu la bibliothèque de l'école à travers une porte vitrée. C'était un endroit plein de posters colorés et de jolis coussins, très tentant quand le soleil y caressait les rayonnages de livres. Mais fermé à clef. Les trois institutrices s'entre-regardèrent, chacune laissant à l'autre le soin de parler. Mélanie se dévoua :

— C'est Mémère qui a la clef.

Elle avait répondu d'un air si accablé que Cécile n'osa pas lui faire répéter cette phrase bizarre. Elle se contenta de faire un signe de tête et quitta la salle des profs.

— Complètement asociale, décréta Chantal, en agitant ses bracelets. Personne n'a vu mes barquettes Trois Chatons ?

M. Montoriol était de garde dans la cour de récré.
Il interpella Cécile :

— Vous pouvez me remplacer ? J'ai un coup de fil
à donner...

Il avait repéré que la nouvelle était corvéable à
merci. D'ailleurs, Cécile était flattée qu'on lui
demande service. Elle s'assit sur un rebord de fenêtre
et surveilla les enfants. Alphonse et Léon Baoulé
avaient organisé une chaîne. Le principe rappelait la
déli-délo d'autrefois. Un loup attrapait les participants
et les mettait en prison. Les deux premiers attrapés
devenaient les gardiens des prisonniers qui se tenaient
par la main en formant une chaîne. Si un des pour-
chassés réussissait à passer sous les bras tendus de la
chaîne, tout le monde était libéré.

Cécile se remit debout et circula parmi les groupes.
Sous le préau, Lisa et Claire se tapaient dans les mains
selon un rituel compliqué tout en chantant :

> *Guillaume, le méchant homme,*
> *Qui a tué trois millions d'hommes,*
> *Sa femme l'impératrice*
> *Est la reine des grosses saucisses.*

Cécile les regarda faire, souriant à peine, mais serrant bien fort son bonheur à l'intérieur. Elle n'aurait
su dire pourquoi les jeux des enfants la ravissaient
tant. Un peu plus loin, c'était le coin des joueurs de
billes.

— Qu'est-ce qu'il y a, Inès ?

L'énergique petite fille bataillait avec un grand du
CE2.

— Il a joué aux billes à la gagne pour de vrai, dit-elle en le désignant. Et il a perdu et il veut pas me donner son calot !

— J'ai pas dit que c'était pour de vrai, pleurnicha le grand.

Les yeux d'Inès étincelèrent.

— Menteur ! Tricheur !

Elle était charmante, dans sa fureur, son carré de cheveux blonds voletant autour de son visage courroucé. Soudain, une main la secoua par l'épaule.

— Tu as fini ton cinéma, jeune fille ?

De retour dans la cour, M. Montoriol intervenait dans la querelle, jugeant que Cécile en était incapable.

— Je ne veux pas de tout ce trafic de billes à l'école. Chacun garde les siennes.

Le grand du CE2 empocha son calot en jetant un regard narquois à Inès.

— Rassemblez vos élèves, ordonna M. Montoriol à Cécile. Et faites un rang qui ressemble à un rang.

Il lui parlait sur le même ton qu'à Inès. Cécile rougit sous l'affront. Une main se glissa dans la sienne :

— Tu viens, maîtresse ?

C'était Inès.

Une fois mises en rang, Lisa et Claire continuèrent à se taper dans les mains en chantonnant :

Elle mange des peaux d'orange
Et des navets à la sauce blanche...

— Lisa et Claire, ça suffit ! commanda Cécile en forçant sa voix.

Dans un chuchotement, elles continuèrent à se taper dans les mains de plus en plus vite :

Et le dimanche en robe blanche
Et le samedi en bigou...

— J'ai dit : ça suffit !

Cécile secoua Lisa par l'épaule comme elle venait de voir faire M. Montoriol. Des larmes gonflèrent les yeux de la petite, et pour la deuxième fois de la matinée, Cécile rougit de honte. Quand les enfants eurent repris place, elle leur demanda :

— Vous savez qui est Mémère ?

Quelques-uns se mirent à rire. Des doigts se levèrent.

— Moi, maîtresse !

— Oui, Claire ?

— C'est la dame des livres.

— Elle est pas zentille, azouta Louis.

Cécile finit par comprendre que Mémère était le surnom d'une dame assez âgée qui ouvrait la BCD aux récréations de la cantine et de l'étude. Elle obligeait les enfants au silence absolu et inventait toutes sortes de règlements. Par exemple, on ne devait se déplacer que sur la pointe des pieds, ne prendre qu'un livre à la fois, le garder au moins dix minutes, ne pas trop l'ouvrir pour ne pas casser la reliure, tourner les pages par le bout en haut... Cécile eut un moment de découragement. Le monde des adultes était vraiment terrifiant. Puis elle se secoua :

— Allons, tout le monde debout !

Baptiste ne se le fit pas dire deux fois et, dans son enthousiasme, il renversa sa chaise.

— On prend son crayon magique.

Les enfants refermèrent les doigts sur un crayon invisible. Cécile leur tourna le dos pour qu'ils puissent imiter ses gestes.

— Pour faire un « l », on monte vers le ciel, attention à ne pas vous cogner au plafond, on fait la belle boucle et on revient sur terre, mais en douceur pour l'atterrissage. Bien, quelle lettre voulez-vous faire, à présent ?

— Les crois cannes, maîcresse !

— D'accord, Audrey. On fait un « m ».

On traça les trois cannes invisibles. Puis Cécile se tourna vers Audrey :

— Tu as parlé à ton papa de l'orthophoniste ?

— Oui, maîcresse.

— Et qu'est-ce qu'il a dit ?

La petite ouvrit la bouche, parut sur le point de répondre puis secoua la tête. Son père avait dit :

— C'est de l'argent foutu en l'air.

4

Quand lundi, c'est ravioli, mardi pisse au lit

Cécile aimait le mardi. Elle prenait le tram et rejoignait Gil au Tchip Burger.

— La même chose que d'habitude, dit-elle en poussant son frère dans la file d'attente.

Elle se sauva vers une table proche du comptoir. De cet emplacement, elle pouvait voir Éloi derrière son tiroir-caisse. Il était très vif, presque saccadé. On aurait dit un automate. Si elle avait supposé qu'il se sentait observé, elle serait montée au premier étage. Mais il l'ignorait, le regard bien droit sous la visière. Il était beau. C'était ce que ressentait Cécile. En réalité, il avait un visage étroit et des traits irréguliers. Mais du charme et un sourire dévastateur.

— Tu veux pas te mettre plus au calme ? suggéra Gil en posant son plateau bien chargé.

— Ça va, dit seulement Cécile.

Gil s'empressa de déballer un Tchip Bacon.

— Trop sympa, le type. Il m'a filé un Big Tchip en plus.

— Quel type ? demanda Cécile, en affectant l'indifférence.

— Celui que tu mates, répondit Gil. Cécile eut l'impression qu'on lui arrachait son masque. Elle en resta interdite, incapable de se donner une contenance, même en mangeant ses Tchipets. Après avoir mordu dans son premier hamburger, Gil se rendit compte des dégâts qu'il avait faits.

— Mais j'rigole ! fit-il, un peu embêté.

Il y repensa pendant le cours de physique. C'était clair : Cécile avait flashé sur le type du Tchip Burger. Éloi avait sûrement déjà une meuf. Ou plusieurs. Mais ça n'empêchait rien. Sauf que Cécile ne ferait jamais la moindre démarche. Pourquoi ? Parce qu'elle était malade-mortelle-complexée. OK, elle n'avait rien d'une popstar. Mais Éloi n'était qu'un petit blond avec une visière, point barre. Gil se sourit à lui-même. Et s'il devenait le copain d'Éloi ?

Au même moment, le jeune Éloi assistait à ce que les équipiers Tchip appelaient une réunion de motivation. En d'autres termes, M. Louvier (alias la Firme) avait réuni ses employés pour les engueuler. Toujours les manches retroussées comme s'il s'apprêtait à faire lui-même la vaisselle, il s'acharnait sur une jeune fille :

— J'ai pas rêvé, Samira ! Je t'ai entendu dire à une cliente : « Ça sera tout ? » Alors qu'on doit dire...

Il se tourna vers Xavier, le chef d'équipe.

— « Et avec ceci ? », compléta le jeune homme.

— Et tu as servi des Tchipets qui étaient sortis de la friteuse depuis vingt minutes, attaqua de nouveau la Firme.

41

Samira désigna Xavier :

— C'est lui qui m'a dit...

— Non, non ! gueula le patron. Y a des règles. C'est pas : c'est lui qui m'a dit. Y a des normes. Tout est là. Écrit.

Il posa la main sur un classeur de deux kilos comme s'il allait prêter serment sur la Bible.

— Le QRP : qualité, rapidité, propreté, Samira, ou alors... ça m'ira pas.

Xavier eut la lâcheté de ricaner.

— Au lieu de rigoler, reprit la Firme, tu ferais mieux de me dire comment l'équipe va augmenter le rendement pendant les rushes. Les clients doivent être servis en moins d'une minute trente. J'ai chronométré Joëlle et Pascal. Et ça donne...

Il consulta une fiche :

— 1'45 et 2...

Il explosa d'indignation :

— Deux minutes ! Les clients n'ont que ça à faire, d'attendre !

Éloi observait son patron d'un air d'intérêt pensif. Leurs regards se croisèrent. La Firme était mal à l'aise avec ce garçon. Il n'avait pas grand-chose à lui reprocher. Éloi était efficace en cuisine et il servait les clients en une minute vingt maxi.

— Je te rappelle, Éloi, la règle des deux mètres. Dès que tu es à deux mètres d'un client, tu lui souris.

Éloi lui décocha son sourire de séduction commerciale. Il se foutait du monde, mais il était difficile à coincer.

— Et puis n'oubliez pas une chose, conclut le patron, c'est que des jeunes qui veulent bosser ici, ça manque pas. Alors, si vous êtes pas contents...

Il fit un geste pour signifier « bon vent ».

Ainsi motivés, les jeunes équipiers quittèrent la salle de réunion.

— Samira ! appela Xavier.

La jeune fille, qui était au bord des larmes, se tourna vers son chef d'équipe.

— Cool, le caftage, fit-il à mi-voix. Tu me nettoies le lobby[1] à fond avant de partir. Merci.

Il grimaça un sourire. En principe, Samira avait fini sa journée, mais elle comprit qu'elle n'avait pas intérêt à protester.

Le Tchip Burger était désert, en ce milieu d'après-midi. Son pantalon d'uniforme n'ayant pas de poche, Éloi mit les mains aux hanches, en prenant l'air de quelqu'un qui attend le client. Mais il se fit rappeler à l'ordre par Xavier :

— Tu vas aider Samira ?

— Yeah, man.

Quelques secondes plus tard, Éloi passait la serpillière au premier étage tout en chantant sur l'air bien connu de Brassens : « Avec mon p'tit balai, j'avais l'air d'un con, ma mère, avec mon p'tit balai, j'avais l'air d'un con. » Soudain, il s'interrompit et sourit. Client en vue à moins de deux mètres. C'était Gil, sorti du bahut, qui venait de s'offrir une grande frite.

— Tranquille, dit-il en regardant la salle déserte.

Il s'approcha d'Éloi, tout en mangeant ses frites, la marche entravée par son jean descendant.

---

1. *Lobby* : salle du restaurant.

— C'est bien, ton job ? Je voudrais me faire un peu de thunes...

Éloi écarta les bras dont l'un tenait le balai :

— Bienvenue en enfer !

— Justement, quand j'étais petit, je rêvais de plonger les frites dans l'huile bouillante. C'est bien payé ou pas ?

— Pas.

Gil fronça les sourcils. Ce petit mec l'intriguait.

— Et pourquoi tu le fais ?

— Parce que mon père est l'inventeur du tire-bouchon à air comprimé.

— Et ?

— Il est riche. Je veux être pauvre.

Éloi sourit, charmeur :

— Tu es libre, ce soir ?

Gil devint méfiant :

— Pour ?

— Changer le monde.

La fin de la journée d'école approchait. Les enfants étaient énervés. Cécile leur fit scander les syllabes du texte écrit au tableau noir :

— Tapez dans les mains ! Ti-no a vu la lu-ne ! Tu n'as pas besoin de taper aussi des pieds, Baptiste.

De l'autre côté de la cloison, Mélanie Meunier se passa la main sur le front. Ce bruit, ce bruit ! Cécile ordonna :

— Tout le monde debout ! À vos crayons magiques !

Puis ce fut :

— Quand vous entendez la lettre « i », vous levez les mains au ciel et vous les agitez.

C'était une variante de pigeon vole.
— Hibou.
Mains levées.
— Maison.
Mains au corps. Deux enfants réagissaient après les autres : Marianne parce qu'elle se consultait et que ça lui prenait toujours un certain temps ; Steven parce qu'il observait l'opinion de la majorité avant de s'y ranger. Dix minutes avant la sonnerie, Cécile décida d'aller prendre des nouvelles du lapin qui s'était sauvé dans le jardin. Tout le monde se mit à brailler :

Lissant ses moustaches,
Le fermier passe et repasse.
Cherchez-moi, coucou, coucou,
Le lapin mange le chou !

De l'autre côté de la cloison, Mélanie était au bord de la crise de nerfs. « Il faut que je lui dise, se répétait-elle, il faut que je lui dise. » La sonnerie retentit.
— À demain, maîcresse !
— Non, Audrey. Après le mardi, c'est...
— Mercredi ! mugirent Baptiste et Églantine.
— Vous vous rappelez ma comptine ?
— Ouiiii ! firent-ils tous, comme à Guignol.
C'était une invention de Cécile pour mémoriser les jours de la semaine. Les mômes quittèrent la salle de classe en scandant :
— Lundi ravioli, mardi pisse au lit, mercredi ouis-titi, jeudi m'sieur zizi...

Dès qu'elle inventait, Cécile se lâchait. Malheureusement, ce mardi-là, Mélanie Meunier se lâcha aussi. Elle se jeta sur sa collègue dans le couloir :

— Mais vous ne vous rendez pas compte ! Ce bruit... mais c'est infernal ! Personne... jamais...

Hagarde, échevelée, elle avait l'air d'une échappée de l'asile. Cécile recula d'un pas. Mélanie sentit fondre son agressivité et, des larmes dans les yeux, elle chevrota :

— Il faut mieux tenir votre classe. Moi, je ne peux plus travailler dans ces conditions. Déjà, avec mon fils qui... qui me fait ses dents, je ne dors plus.

Elle regrettait son accès de colère et ne savait plus comment s'en sortir.

— Excusez-moi, murmura Cécile.

Elles se regardèrent, toutes les deux, penaudes.

— Ce n'est pas grave, la rassura Mélanie. Tout le monde est passé par là. Vous débutez...

Elle sourit de ce beau sourire fatigué et courageux dont elle accueillait son fils Martin à deux heures du matin. Et se sauva chez elle. Cécile résista à la tentation d'en faire autant. Elle avait décidé d'affronter Mémère.

Les grands du CM connaissaient Mémère depuis longtemps. Quand ils étaient à la maternelle voisine, elle les mouchait et les reculottait. Désormais à la retraite, elle avait repris du service à la BCD. Mémère avait une figure taillée dans le bois, et le caractère à l'avenant.

— On s'assoye quand on a choisi son livre, dit-elle en soulevant Maëva sous les bras puis en l'asseyant brutalement.

Maëva était de ces petites choses que la vie semble avoir laissées une fois pour toutes à la consigne. Elle ne bougerait pas de sa chaise jusqu'à ce que Mémère la flanquât à la porte.

— Mais qu'est-ce qu'ils me font encore, les Bamboula ? grogna Mémère.

Félix, Alphonse et Léon ricanaient en rond, un livre ouvert entre eux. C'était un documentaire sur les espèces menacées. Pensant avoir découvert un livre cochon, ils s'extasiaient sur un baudet du Poitou en érection.

— Mais qu'ils sont sales ! s'écria Mémère en leur distribuant des taloches sur le crâne.

Les Baoulé poussèrent des cris exagérés, assortis de « grâce, pitié, moi, bon nèg' ! ».

— Des voyous, vous êtes que des voyous !

Mémère prononçait « veau-you » et Alphonse la singea dans son dos : « Petit veau-you ! Ça pense qu'au mal ! » Cécile, qui observait la scène du pas de la porte, dut admettre que, passé le CP, les Baoulé devenaient terriblement insolents. Mémère rangea le livre confisqué dans un tiroir et aperçut alors la jeune fille.

— Qu'est-ce que c'est quoi ? lui demanda-t-elle, sur la défensive.

— Heu, bonjour, madame...

— Madame Mémère !

C'était Léon qui se chargeait des présentations.

— Je suis la nouvelle institutrice...

— Cécile ! compléta Léon.

— Faites z'y fais pas attention, dit Mémère. C'est pas élevé, ces gosses. Il vous faut queuque chose ?

— Oui, pour mes petits. Enfin, pour les CP. J'aimerais avoir la clef de la BCD.

De surprise, Mémère en laissa tomber la mâchoire et resta un instant bouche ouverte. Puis elle s'écria, affolée :

— Y a qu'une clef. C'est ma clef.

— Mais je ne veux pas vous la prendre. Juste venir de temps en temps avec mes élèves. Il n'y a pas beaucoup de livres dans leur classe.

— Ah oui, ah oui... Juste venir...

Mémère se calmait peu à peu.

— Ils apprennent à lire, plaida Cécile. C'est important pour eux de voir beaucoup de livres, de comprendre qu'on y trouve tellement de choses passionnantes...

Mémère approuva d'un hochement de tête. Elle était fière de sa BCD. Elle avait cousu elle-même les coussins, couvert les livres, accroché les posters.

— Je leur lirai des histoires, poursuivit Cécile.

Mémère tressaillit.

— Ah oui ? Vous lirez...

Elle jeta un regard triomphant sur ces livres qui se refusaient à elle.

— Bon, conclut-elle, vous me direz les jours que vous voulez et je vous ouvrirai. Ça me dérangera pas. Même si c'est des histoires un peu longues, hein ? Ça me dérange pas.

Au moment où Cécile se retirait, Félix lui lança :

— C'est vrai que votre lapin s'appelle Lapinou Crotte-Crotte et qu'il a fait dans sa...

— Les écoutez pas, s'empressa de l'interrompre Mémère.

— On est des veau-yous ! ricana Alphonse.

Tous se prirent une nouvelle tournée de taloches. Cécile se retint de signaler à Mémère qu'il était interdit de frapper les élèves, songeant que les Baoulé seraient probablement déçus si elle ne le faisait plus.

Sur le chemin du retour, Cécile ne quitta pas l'école de la pensée. Elle revoyait Marianne et ses beaux yeux de vache, Baptiste au visage torturé de tics. Le soir, au repas, elle revint sur le cas de Steven. Le petit garçon arrivait à assembler deux lettres en une syllabe, mais sitôt passé à la syllabe suivante, il avait oublié la première.

— Il imprime pas, résuma Gil. Bon, j'y go.

Cécile et sa mère sursautèrent :

— Où ?

— Ciné. Voir une grosse daube pour ados.

Il était déjà debout, n'attendant même pas la permission de sa mère.

— Tu as classe demain, lui rappela Cécile.

Gil était en seconde et le mercredi-ouistiti, les lycéens vont au bahut.

— J'ai français en première heure. Tout le monde dort, même la prof.

Il attrapa son béret noir, fit son sourire d'ange et dit sans raison :

— Je vais changer le monde !

5

Ce qui manque à la biche
pour faire un cerf

Marie-Claude Acremant, la maîtresse des CM1, passait auprès des parents pour une personne dynamique.
Avec elle, les enfants « faisaient plein de choses ». Et
de fait, Marie-Claude ne ratait aucun stage de canoé-
kayak, aucune visite de centrale nucléaire. Elle savait
qu'à l'aller, au retour ou bien sur place, elle pourrait
en griller une ou deux. Teint gris, voix rauque, Marie-
Claude était accro à la nicotine. M. Montoriol, qui
n'était pas dupe, l'appréciait modérément. Marie-
Claude vit une bonne occasion de se faire bien voir
de lui en allant débiner Cécile Barrois sur laquelle il
avait lui-même émis des doutes.

— Je crois qu'elle a vraiment un problème. Mélanie m'a dit que c'est un chahut continuel dans sa
classe. Est-ce qu'il ne faudrait pas alerter l'Inspection ?

— Ouiii, répondit mollement M. Montoriol. Ça ne
se décide pas à la légère.

— Je dis ça pour la réputation de l'école, reprit

Marie-Claude, le ton pincé. Les parents ont déjà assez peu apprécié l'invasion des Baoulé...

— Tu sais très bien qu'on a besoin d'eux, l'interrompit son directeur.

Sans vouloir donner raison à Marie-Claude, Georges Montoriol décida de faire son enquête : Cécile Barrois était-elle, oui ou non, débordée par ses CP ?

Un jeudi, il confia sa propre classe de CM2 à Alphonse Baoulé. C'était sa technique : au lieu de désigner comme responsable de la discipline le premier de classe, il choisissait le pitre.

— J'en ai pour dix minutes, Alphonse, je compte sur toi. S'il y en a qui se permettent de faire les imbéciles, tu me les marques au tableau.

Alphonse, l'air compassé, s'assit à la place du maître. M. Montoriol traversa la cour et se rendit sans faire de bruit jusqu'à la porte des CP. Il écouta. Silence de mort. Un peu inquiet, il appuya l'oreille contre la porte. Il lui sembla n'entendre que la voix de Cécile. Il voulut en avoir le cœur net. Il tapa deux coups brefs pour ne pas donner l'alerte et entra.

— Excusez-moi, dit-il, prenant le premier prétexte venu, les enfants ont-ils eu les papiers pour la coopérative scolaire ?

Les petits étaient assis par terre dans un angle de la salle. C'était l'heure des aventures de Lapinou Crotte-Crotte. Robin se dépêcha d'ôter le pouce de sa bouche. Cécile rougit comme si elle était en faute.

— La... oui, je, non... Je n'ai pas encore distribué les papiers. C'est pressé ?

— Pas trop.

Georges entra, tout sourires. C'était donc ça, le « chahut continuel » ?

— Qu'est-ce que vous leur faites pour qu'ils soient aussi sages ?

Il semblait tout autant interroger les enfants.

— Elle nous raconte des histoires, crièrent plusieurs d'entre eux.

— Levez le doigt, levez le doigt, les réprimanda doucement Cécile.

Le directeur approuva d'un signe de tête. Il regarda sur les murs les dessins très artistes de Robin ou ceux, presque autistes, de Steven, puis le texte du jour écrit au tableau : « Cracra, le rat, a volé le ri(z). Tino cri(e) : À ba(s)(le ra(t) ! » Suivait une série de syllabes : ra re ri ro ru. Le sourire de Georges s'épanouit tandis qu'il songeait : « Méthode syllabique[1]. Pas révolutionnaire, la demoiselle. »

— Qu'est-ce qui est écrit au tableau ? demanda-t-il.

Tous les doigts se levèrent, celui de Marianne en dernier. M. Montoriol, happé par les yeux étincelants d'Inès, la désigna. Elle lut en haussant le ton sur le point d'exclamation, comme le recommandait Cécile.

— C'est bien, dit Georges. Continuez de bien travailler.

Cécile comprit que le compliment lui était aussi destiné et quelque chose de très profond lui entra dans le cœur. Papa.

— Vous penserez à mes papiers ? lui rappela Georges.

----

1. La méthode syllabique est la méthode la plus traditionnelle pour apprendre à lire. On assemble les lettres en syllabes et les syllabes en mots.

Puis il retourna en fredonnant dans sa salle de classe où Alphonse avait déjà écrit la moitié des prénoms au tableau.

— Beau travail, admira M. Montoriol.

— C'est tous des veau-yous, m'sieur !

Les élèves éclatèrent de rire et Georges secoua Alphonse par l'épaule.

— À ta place, mon ami !

Dans la classe de Cécile, chacun reprit aussi la sienne avec force raclements de chaise, chutes de trousses et crocs en jambe. Avant la leçon d'écriture, Cécile fit faire quelques mouvements pour décontracter le dos et assouplir les poignets.

— Tom, ce n'est pas du karaté !

Les jours passaient. Tom était moins susceptible, Maëva moins craintive, Robin moins pleurnichard, Steven plus propre, Baptiste toujours instable. Elle se pencha au-dessus de lui :

— Ne te crispe pas sur ton stylo. Pense à respirer.

Démor tirait la langue en écrivant, Inès fronçait les sourcils, Steven poussait des soupirs. Ils s'appliquaient. Ils souffraient. Cécile les aimait encore plus dans ces moments-là. Elle passait entre les rangées.

— C'est bien, Floriane. Tu rêves, Marianne... Attention de bien suivre le petit chemin, Steven. Bravo, Vincent !

Le petit Chinois ne leva même pas le nez de sa copie pour ne pas se déconcentrer.

— Et moi, maîcresse, c'est bien ? quémanda Audrey en tendant son cahier.

— C'est parfait.

Cécile hésita puis plia les genoux pour mettre son visage à hauteur de celui d'Audrey. C'était une fillette toute ronde, les joues, le menton, le ventre, les cuisses. Elle était enrobée de partout, comme les confiseries au chocolat dont elle se gavait.

— Il faut dire « maîtresse ». *Trr, trr.* Maîtresse. Essaie.

— Maîcr... maîtresse.

— Voilà. Et ça, c'est un...

Cécile prit dans la rainure de la table un crayon de couleur.

— Un trayon ?

Cécile soupira.

— Donne-moi ton carnet de correspondance, Audrey. Je vais mettre un mot à tes parents. Tu me le rapportes signé, demain.

Il fallait d'urgence envoyer la petite fille chez l'orthophoniste ou ce serait la descente aux enfers de la dyslexie.

Comme tous les jours, Audrey revint seule chez elle. Brandon, son frère, déjà rentré du collège, s'était enfermé dans sa chambre. Mme Cambon revenait tard du Auchan où elle était caissière et M. Cambon encore plus tard. Audrey se serait sentie livrée à l'abandon si elle n'avait eu la télévision. À dix-neuf heures, après avoir épuisé les ressources de Cousin Skeeter, Titeuf et Sourire d'enfer, elle alla gagner des millions sur TF1.

— *En forme, Maryline ? Alors, pour 200 euros : qui mettait autrefois les enfants au piquet ?*

A/ le maître d'école

B/ le grand méchant loup

C/ le maire du village
D/ le garde champêtre
Audrey, qui avait en mémoire une histoire de biquette attachée au piquet et mangée par le loup, se décida pour la réponse B.
— *Le maître d'école, vous en êtes sûre ?* demanda le présentateur. *C'est votre dernier mot, Maryline ?*
En même temps que la candidate, Audrey répondit :
— C'est mon dernier mot, Jean-Pierre.
La porte claqua. C'était Mme Cambon, peinant sous le poids des commissions.
— Encore devant cette télé, fut sa première réflexion.
Puis :
— As-tu fait ton travail pour demain ?
— Mais elle en donne pas, la maîcresse ! répondit Audrey en faisant semblant de le déplorer.
— Pas de devoirs, pas de notes, c'est quoi, cette école ? marmonna Mme Cambon, en s'éloignant vers la cuisine.
De son temps, on allait au piquet. Et le jeu continuait :
— *Pour 1 500 euros, Maryline, contrairement au cerf, la biche ne possède pas*
A/ de pattes
B/ de poils
C/ d'oreilles
D/ de bois
La porte claqua de nouveau. M. Cambon rentrait de bonne heure, ce soir-là.
— T'es déjà là ? s'étonna Audrey.
— T'es déjà là, t'es déjà là ? la singea-t-il. Tu crois

que c'est un plaisir de vendre des lunettes chez Aleflou ?

Sa femme reparut au salon.

— Ah, c'est toi ! T'es déjà là ?

— Vous le dites si je dois repartir, bougonna
M. Cambon.

— C'est juste que le dîner est pas prêt.

M. Cambon annonça qu'il allait lire le journal en
attendant. Il s'assit dans le canapé et parcourut le
magazine TV de la quinzaine. Audrey se souvint du
mot de la maîtresse et apporta à son père le carnet de
correspondance. Cécile avait écrit : « Audrey aura les
plus grandes difficultés à apprendre à lire si elle n'est
pas rééduquée par un orthophoniste (confusion de
sons à l'oral). Veuillez prendre contact avec votre
médecin généraliste pour qu'il vous prescrive des
séances. »

— Encore cette histoire ! s'emporta M. Cambon.
Elle est pas fichue de t'apprendre à lire, cette maîtresse ? On la paye pour quoi ?

Audrey se replia vers la cuisine et tendit le carnet
à sa maman :

— Faut signer, implora-t-elle.

— C'est toujours quand j'ai les mains dans la
salade, soupira Mme Cambon. C'est pas une punition,
au moins ?

Elle lut lentement le mot en s'essuyant les mains.

— De quoi elle se mêle, cette bonne femme ? marmonna-t-elle.

Puis elle se tourna vers sa fille :

— Moi aussi, j'ai pas appris facilement. C'est
comme ça. On n'est pas fortes pour l'école.

Les yeux d'Audrey se brouillèrent. Sa mère s'en aperçut.

— Laisse-moi ça, je vais signer. Mais ça m'étonnerait que ton père soye d'accord pour payer.

Elle sortit l'huile et le vinaigre du placard et se mit à faire la sauce. La présence de sa fille dans son dos la gênait.

— C'est pas ton émission tout de suite ? Starados ?

Audrey fit un petit bond de joie.

— Ah si !

Après tout, si elle n'était pas forte pour l'école, elle pourrait toujours chanter à la télé.

Ce soir-là, c'étaient les Street Generation qui passaient, quatre fillettes entre dix et douze ans qui se tortillaient sous les sunlights, promenant leurs mains sur leur absence de seins ou les plaquant sur leurs fesses. Audrey les imita en chantant avec conviction :

— C'est la fête à tue-tête ! Allez viens avec nous, lâche-toi un bon coup !

Sa mère posa le saladier sur la table et la regarda qui se trémoussait, sans trop savoir ce qu'elle en pensait.

— « La fête à tue-tête », dit-elle avec un ricanement. Mets-moi la table et lâche pas les assiettes !

Audrey obtempéra sans cesser de regarder l'écran. À présent, c'était Léa, la romantique du groupe, qui entamait son dernier tube :

> *Ce garçon a pris mon cœur*
> *Pour le pire et le meilleur.*
> *Mais n'le dites pas à maman,*
> *Elle me prend pour une enfant.*

Audrey était pétrifiée par l'admiration.

— Comment qu'elle chante trop bien, murmura-t-elle.

Puis elle voulut partager son enthousiasme avec son père :

— Papa, t'as vu ? C'est une petite fille qui chante !

— Qu'elle chante ou qu'elle pète, lui répondit-il, qu'est-ce que tu veux que ça me fasse ?

Chez les Barrois, la soirée réunissait la petite famille dans le living-room. Gil, affalé en travers d'un fauteuil, essayait de lire un gros livre à la couverture rouge. Cécile l'observait du coin de l'œil, amusée. Il soupirait et bâillait et faisait craquer ses doigts, luttant contre la somnolence. Mme Barrois, à un bout de la table, épluchait des haricots verts. À l'autre bout, Cécile corrigeait les cahiers de ses CP. En regardant l'écriture heurtée de Baptiste, divaguante de Steven, presque adulte de Vincent, Cécile était tentée d'y lire l'avenir de ces enfants.

— Ça t'ennuie, Sissi, si je mets la télé ? demanda Gil.

— C'est l'heure de « Qui veut gagner des millions ? », remarqua Mme Barrois.

— Ouais, cool ! s'écria Gil d'un ton faussement enthousiaste.

Le présentateur en était à sa question à 1 500 euros :

— *Contrairement au cerf, la biche ne possède pas*
A/ de pattes
B/ de poils
C/ d'oreilles
D/ de bois

— De couilles ! gueula Gil du fond de son fauteuil.

Les Barrois mère et fille firent semblant de n'avoir rien entendu. Mais Cécile songea : couilles en or, Montoriol, Montoriol en pyjama. Mais peut-être couchait-il tout nu ? Elle prit brusquement conscience des obscénités qui lui traversaient l'esprit. Mais pourquoi pensait-elle à des choses pareilles ? Elle prit son stylo rouge et elle écrivit sur le cahier de Philippine : « Bravo, sois toujours aussi sérieuse et appliquée ! »

6

Où Louis dit bonzour
à madame la Mort

Quand Éloi proposa à Gil de changer le monde, au premier étage du Tchip Burger, celui-ci soupçonna une technique de drague inédite. Il n'en était rien. Éloi voulait vraiment changer le monde.

D'une voix de plus en plus fébrile au fur et à mesure qu'il entrait dans les détails, il expliqua à Gil que les multinationales font fabriquer leurs produits dans les pays du tiers-monde où ils exploitent les gens et virent tout ce qui ressemble à un syndicat.

— Tiens, un exemple. Au Lesotho, en Afrique, des centaines de femmes travaillent neuf heures par jour sur leurs machines à coudre sous la lumière des néons. Ça leur rapporte cent euros par mois. Sans assurance médicale, sans congé maternité. Tout ça pour te faire des t-shirts Levi's !

— J'y suis pour rien, protesta Gil.

— Attends, je t'explique, reprit Éloi, à cran. Ce qui coûte cher, quand tu achètes un t-shirt de marque, c'est pas la matière première, c'est pas l'ouvrier, c'est le branding.

— Le branding ? répéta Gil.

— Autrefois, c'était le marquage du bétail et aujourd'hui c'est celui des cons...sommateurs. Ça coûte des milliards et ça donne quoi ?

Craignant d'être interrompu par son chef d'équipe, Éloi débita à la vitesse d'une mitraillette :

— Des sportifs qui bouffent des Big Tchip à la télé, Fleury Michon qui fait du voilier, Mattel qui repeint une rue en rose Barbie. On te colle des doses de Nivéa dans ton magazine, on barre ton horizon avec des panneaux Marlboro, on met des banderoles Mickey au cul des avions.

Éloi brandit un index accusateur vers Gil :

— Tu es devenu le portemanteau des marques ! À huit ans, les gamins veulent des écrase-merde Converse. À seize ans, ils tueraient pour un blouson avec un croco !

— Ok, je suis une fashion victim, ricana Gil. Mais toi, tu fais quoi ?

— Si tu viens ce soir, à 20 h 30, en bas de la rue Paul-Bert, tu le sauras.

Gil n'avait jamais accordé la moindre pensée aux pays du tiers-monde et à la société de consommation. Éloi ne l'avait pas ébranlé. Mais ce rendez-vous excitait sa curiosité. Voilà pourquoi il se retrouva à 20 h 25 rue Paul-Bert, après avoir dit à sa mère et à Cécile qu'il allait voir une grosse daube au cinéma. En bas de la rue, il y avait une dizaine de motards, garçons et filles.

— Tiens, tu es venu ? s'étonna une voix.

C'était Éloi, méconnaissable avec son casque de moto et sa veste de cuir.

— On va à Paris, dit-il. Tu montes derrière moi ?

— On fera quoi, à Paris ?

Éloi lui tendit un casque en déclamant :

— « Je lancerai un groupe secret d'autodéfense, formé de cagoulards parcourant le monde sur des motos pour abattre des affiches à la tombée de la nuit ! »

— Cool, fit Gil, l'air de s'en foutre.

Il était partagé entre peur et envie. Il n'avait jamais chevauché de moto et l'envie fut la plus forte. Dès que la moto s'arracha sur l'autoroute, Gil oublia tout ce qui n'était pas cet instant-là. Il roulait dans la nuit au cœur d'un escadron de motards, envahi par une sensation de toute-puissance. Oui, il allait changer le monde. Mais la méthode employée par ces jeunes qui appartenaient au GAP, le Gang Anti-Pub, déconcerta Gil dans un premier temps.

Après avoir laissé les motos à la garde d'un des leurs, place de la République, ils s'éloignèrent vers une des bouches du métro. Sur un ton de pédagogue, Éloi expliqua à Gil ce qu'ils allaient faire :

— On va retourner contre elle-même la force du branding. Dans le jiu-jitsu, on peut renverser un géant en utilisant son élan. Crève, crève, crève !

Gil sursauta :

— Quoi ?

— Non, rien, je lui jette un sort.

Il désigna l'enseigne du Tchip Burger qu'ils venaient de dépasser puis s'engouffra avec le GAP dans le métro. Ensuite, tout alla très vite.

Une fille et un garçon se postèrent à chaque bout du quai, prêts à donner l'alerte d'un coup de sifflet, tandis que les autres passaient à l'attaque. Leurs armes ? Des marqueurs et des bombes de peinture.

— On va choisir celle-là, dit Éloi en montrant à Gil une affiche. Hein qu'elle est belle ?

C'était une réclame pour Poids Plume, des substituts de repas. « X-elles ? disait la pub. Et si vous passiez au S ? » Éloi se recula jusqu'au bord du quai, comme un photographe cherchant une vue d'ensemble. Puis il sortit d'un vieux sac acheté dans les surplus militaires une bombe de peinture rouge.

— Tu es costaud, hein ? dit-il à Gil.

Gil le dominait de la tête et des épaules.

— Tu vas m'aider. Je dois taguer en haut de l'affiche pour plus de visibilité.

Gil comprit tout de suite ce qui allait se passer car un couple était déjà au boulot, la fille montée sur les épaules du garçon. Il trouva la situation plutôt grotesque mais n'eut pas le temps de protester. Éloi se jucha sur ses épaules en deux mouvements. Il était très léger et remarquablement entraîné à cet exercice. En quelques secondes, le tag était fait et Gil put lire : « Et si vous deveniez anorexique ? »

Éloi sauta au sol et sortit de son sac un marqueur noir et un fusain. Cette fois-ci, il se contenta de grimper sur un des sièges mis à sa disposition par la RATP. En quelques gestes, il noircit les yeux d'un des mannequins, ombra ses joues au fusain et lui dessina une fermeture éclair sur les lèvres, transformant cette jolie fille en un zombie famélique.

— C'est excellent, reconnut Gil.

— Ça s'appelle le skulling. Je t'apprends ?

Les gestes de Gil se révélèrent moins efficaces que ceux d'Éloi, mais le résultat final lui arracha tout de même un nouveau : « C'est excellent ! » Puis il s'éloigna sur le quai pour aller admirer ce que faisaient les autres.

Tous n'étaient pas adeptes du skulling. Il y avait une jeune fille aux cheveux blonds presque blancs qui bombait des slogans féroces à la peinture noire. Sur une affiche où une femme en peignoir (assoupli par Douceline) exposait aux passants les fesses roses de son bébé, elle inscrivit : « Ne vends pas le corps de ton enfant. » Plus loin, un mannequin, mise à nu pour la plus grande gloire d'une marque de slip, se retrouva barrée du slogan : « Femme voilée, femme dévoilée = même esclavage. »

Gil revint vers Éloi en arrêt devant une affiche proposant téléviseurs et lecteurs DVD à −20 % avec l'injonction : « À ce prix-là, prenez les deux ! » Éloi écrivit au marqueur : « Je préfère jouir que posséder. »

Quand toutes les affiches de la station eurent été relookées, le GAP remonta à la surface. Prochaine destination : la Madeleine. Gil regarda sa montre :

— Dis donc, ça va faire tard pour une soirée ciné...

Éloi acquiesça. Il appela :

— Nathalie !

La fille blonde se retourna.

— Je reconduis Gil. Tu es prudente ?

Elle le rembarra :

— Je fais ce que je veux.

Éloi fit signe de la main qu'il ne discuterait pas puis murmura :

— Crève, crève, crève...

Car il était de nouveau devant le Tchip Burger. Une heure plus tard, il déposait Gil au bas de chez lui.

Avant de le quitter, il fouilla une dernière fois dans son sac et lui tendit un gros livre à couverture rouge intitulé *No logo* et sous-titré « La tyrannie des marques ».

— À méditer, lui dit-il.

Gil, que sa croissance fatiguait, mit plusieurs jours à se remettre de sa virée.

— Il ne faut plus qu'il sorte en semaine, dit Cécile à sa mère.

— C'est sûr, répondit Mme Barrois qui n'était pas contrariante.

Mais Gil était un garçon. Il échappait à sa juridiction.

Un mardi, Cécile inaugura les séances de lecture à la BCD. Mémère était présente, et quand elle vit Baptiste et Tom s'échanger des coups de coussin, la main la démangea.

— Les coussins, c'est fait pour s'asseoir dessus, remarqua Cécile. Alors, quelle histoire on va choisir ?

— Celle-là, celle-là ! crièrent les enfants.

Ils en montraient une du doigt sur un présentoir ou couraient en sortir des rayonnages. Mémère en était tout ébaubie. Cette demoiselle Cécile ne pouvait pas être une institutrice. Au mieux, une remplaçante.

— Là, il y a mon nom écrit, fit Démor en tendant un album à Cécile.

Elle sourit.

— Une partie de ton nom. C'est une histoire qui s'appelle *Bonjour, madame la Mort !* Vous voulez que je la lise ?

— Ah non ! se révolta Robin. C'est triste, la mort.

— Moi, j'ai le nom de la mort, fanfaronna Démor, et je suis pas triste.

— Oui, mais moi, mon hamster, il est mort et j'étais triste, dit Églantine. Un peu triste.

— Moi, c'est mon papy qu'est mort, fit Louis, les yeux au loin.

— C'est normal, les papys, c'est vieux, reprit Églantine. On meurt quand on est vieux.

— Maman, elle avait un enfant, il est mort, objecta Toussaint. C'est pour ça que Alphonse, il a pas son jumeau.

— Ça, c'est pas de chance, dirent les enfants et Églantine serra la main de Toussaint.

Mémère écoutait les petits taper la discute entre eux et elle n'en revenait pas que la maîtresse les laissât parler à leur guise.

— Mais on la lit, cette hiscoire ? s'impatienta Audrey.

Et Cécile commença :

— « Il était une fois une très vieille paysanne qui vivait seule dans une ferme en bien piteux état. Son mari était mort, il y avait déjà fort longtemps. Comme compagnie, il ne lui restait qu'un chat, une poule, une chèvre et une vache. Elle n'entendait et ne voyait presque plus rien. Pourtant, malgré son grand âge – elle avait quatre-vingt-dix-neuf ans –, cette vieille n'avait aucune envie de mourir. »

Robin tétait son pouce et Mémère écoutait, bouche ouverte. Elle avait soixante et onze ans, son mari était mort depuis déjà fort longtemps, et elle n'avait aucune envie de mourir. Mais la Mort frappa à la porte.

— « Qui ? » « La Mort ! » répéta la voix en articulant bien. « Aurore ! comprit la paysanne, quel joli nom ! »

La vieille dame était sourde et comprenait tout de travers. Les enfants commencèrent à rire. D'abord timidement, encore impressionnés par le voisinage de la Mort, puis à gorge déployée, quand la vieille dame, trouvant mauvaise mine à son invitée, la fit mettre au lit et lui servit de la tisane. La fermière et la Mort devinrent deux bonnes amies jusqu'au jour du centième anniversaire. Ce jour-là, la vieille dame se fit belle et la Mort la photographia. Puis on joua de la musique, on dansa, on alluma cent bougies, on mangea le gâteau. La vieille dame se coucha, bien fatiguée. Et Cécile lut d'une voix qui se nouait peu à peu :

— « Alors, la Mort, sans bruit, éteignit d'un souffle la dernière bougie. Puis elle rassembla ses bagages et partit sur la pointe des pieds en fermant doucement la porte. Et c'est ainsi que la très vieille paysanne, qui vivait seule avec une vache, une chèvre, un chat et une poule, mourut. »

Il y eut un silence dans la BCD. Steven s'était une fois de plus endormi sur l'épaule de son voisin.

— Eh bien, voilà, c'était triste, dit Robin sur un ton de reproche.

— Moi, mon papy, ze le garde dans mon cœur, dit Louis. Comme ça, il mourrira plus zamais.

Mémère ferma la porte à double tour après le départ des enfants et garda la clef dans son poing serré. La BCD était un lieu enchanté et Cécile une magicienne.

Ce midi, c'était de nouveau Tchip Burger avec Gil. Gil mit sa sœur dans la file d'Éloi.

— Un seul Big Tchip.

— Tu es malade ?

— Un Américain sur trois est obèse. J'ai pas envie de finir américain.

Tous les six mois, Gil tombait amoureux. C'était sans doute l'explication.

— Sur place ou à emporter ?

Cécile était devant Éloi.

— À em...non, sur place.

— Vous pouvez encore partir en courant, lui suggéra Éloi.

Ses lèvres avaient à peine bougé. C'était presque de la ventriloquie. Il approcha son visage de celui de Cécile par-dessus le comptoir et lui souffla :

— Passez votre commande, j'ai mon chef d'équipe qui me flique.

Cécile commanda un Big Tchip, deux frites, des Tchipets par neuf, un Coca et un Orangina.

— Tout ça ? fit Éloi au lieu du réglementaire « et avec ça ? ».

— Je suis avec mon frère, bredouilla Cécile d'un ton d'excuse.

Elle fit un geste vers la salle et Éloi suivit des yeux la direction indiquée.

— Vous êtes la sœur de Gil ? dit-il, puis se rendant compte de son imprudence, il se retourna pour passer la commande en cuisine.

Il encaissa de façon strictement professionnelle, évitant de croiser le regard de Cécile.

— Bon appétit ! dit-il en poussant vers elle le plateau.

Deux longues secondes, Cécile attendit un sourire – qui ne vint pas – et s'éloigna.

— Tu connais le serveur ? demanda-t-elle à son frère.

— Moi ?

Il parut hésiter puis trancha :

— Non.

Cécile comprit qu'il lui dissimulait quelque chose. Elle se mit à manger en silence. Il lui sembla soudain que quelqu'un derrière elle venait de prononcer le nom de « Baoulé ». Elle cessa un instant de mâcher et tendit l'oreille.

— Des Ivoiriens, ajouta la voix.

Un groupe de collégiens turbulents empêcha Cécile d'en entendre davantage. Le plus discrètement possible, elle tourna la tête.

La personne qui avait parlé des Baoulé était une femme, assez incongrue dans ce décor, avec son tailleur fuchsia et son rang de perles. À côté d'elle, il y avait un homme d'une quarantaine d'années, à la cravate mal nouée et aux manches retroussées. Cécile picora quelques frites, tout en cherchant un souvenir dans sa mémoire. Elle avait déjà vu ce couple. Mais où ?

7

Comment les Baoulé ont sauvé l'école

— Est-ce que les Baoulé sont ivoiriens ? répéta Marie-Claude Acremant.

C'était Cécile qui venait de lui poser la question. Elle fit une moue d'ignorance.

— Moi, j'aurais dit soudanais. En tout cas, ils sont une tripotée et le père a au moins deux femmes.

Pomponnée et parfumée comme à son ordinaire, Chantal Pommier entra alors dans la salle des professeurs.

— Est-ce que tu sais ça, Chantal ? l'interpella Marie-Claude. La nationalité des Baoulé ?

— Les Boualé ? Ils sont rwandais, non ?

Toutes deux tombèrent d'accord pour dire que, soudanais ou rwandais, les Baoulé faisaient mauvais effet sur les parents.

— Ils finiront par mettre leurs enfants à Saint-Charles, et nous, on sera bons pour fermer une classe.

— Ou l'école, conclut Marie-Claude.

Puis elle se dépêcha d'aller fumer dans l'entre-bâillement de la fenêtre.

— Les Baoulé ? Ils sont ivoiriens, répondit sans hésiter M. Montoriol.

Cécile avait surmonté sa timidité pour lui poser sa question.

— Ce sont des réfugiés politiques ?

— Quelque chose comme ça, répondit Georges. C'est une histoire compliquée. Les Baoulé étaient des gens assez importants en Côte-d'Ivoire. M. Baoulé avait une entreprise de je ne sais plus quoi dans le nord, vers Bouaké, et son oncle était même ministre de l'Énergie. Et puis...

M. Montoriol fronça les sourcils à la recherche de l'enchaînement dramatique qui avait entraîné la catastrophe finale.

— Le fils aîné des Baoulé, le jumeau d'Alphonse, qui s'appelait... qui s'appelait... Ah, ça ne me revient pas. (J'adore les noms de ces gosses, par parenthèse !) Bref, le jumeau d'Alphonse est tombé malade et ses parents ont compris qu'on ne le soignerait pas correctement, même à Yamoussoukro. M. Baoulé a pris contact avec une association en France qui a facilité l'accueil du petit avec sa mère. Il a été suivi à l'hôpital Robert Debré où ils ont tout de suite diagnostiqué un cancer des os. Et il a fallu amputer de la jambe... Hyacinthe ! Voilà, ça me revient.

Cécile écoutait son directeur, crispée par l'angoisse, certaine d'avance que tout irait de mal en pis.

— Pendant que Mme Baoulé était en France, la situation s'est détériorée en Côte-d'Ivoire. Je vous avouerai que je n'ai pas compris grand-chose à ce qui se passe là-bas. Mais ce qui est certain, c'est que l'oncle de M. Baoulé, le ministre, a été chassé du gouvernement et même emprisonné. Il a réussi à s'enfuir, ayant encore quelque complicité en place, et il est allé se cacher dans sa famille, à Bouaké. C'est ce qui a précipité tout le monde dans le malheur parce que, non seulement l'oncle a été retrouvé et exécuté, mais le nouveau gouvernement s'est acharné sur les Baoulé et a confisqué la fameuse entreprise. M. Baoulé avait un frère qui a été assassiné lors d'une émeute. Sa belle-sœur, veuve et enceinte, a pu s'enfuir avec ses trois enfants et est venue accoucher en France. On lui a accordé l'asile politique. Quant à Mme Baoulé, après la mort du petit Hyacinthe, elle n'a pas pu rentrer au pays. C'était comme un piège qui se refermait sur elle et la coupait de ses enfants.

M. Montoriol distillait les terribles événements, assez satisfait de l'air horrifié de Cécile. Il conclut plus rapidement :

— Pour finir, c'est M. Baoulé qui a rejoint sa femme avec les enfants. Mais vous imaginez le trafic pour les faire tous passer ! Certains ont fait le voyage avec des enseignants français qui fuyaient la Côte-d'Ivoire, d'autres avec un homme d'affaires libanais, d'autres avec des religieuses... Enfin, une vraie odyssée. Moi, on m'a demandé de scolariser les enfants en cours d'année. Les trois paires de jumeaux, plus Alphonse, Léon, Clotilde et Donatienne !

Il sourit à ce souvenir.

— Un vrai coup de chance. L'école Louis-Guilloux sauvée par les Baoulé !

— Comment ça ? s'étonna Cécile.

— Nos effectifs baissaient. Depuis deux ans, on nous menaçait de fermer des classes. Et je voyais venir le moment où on parlerait de fermer l'école. Je crois que la municipalité a très envie de récupérer nos locaux en plein centre-ville. Et voilà les Baoulé qui se pointent ! Dix d'un coup en 2003, deux de plus cette année. Et la relève est assurée ! Il se mit à rire franchement. M. le directeur ne semblait même pas soupçonner que l'image de marque de l'école Louis-Guilloux s'était détériorée. Pour le maintien de ses effectifs, un Baoulé valait une de Saint-André.

Il était dans la nature de Cécile de réfléchir longuement. Si les Baoulé n'avaient pas été ivoiriens, elle en aurait conclu qu'elle avait mal entendu. Mais la femme avait bien dit : « Les Baoulé, des Ivoiriens. » En fouillant sa mémoire, Cécile y avait retrouvé ce couple mal assorti. Ils étaient venus dans l'école peu avant la rentrée et l'avaient visitée. Or, ils n'étaient pas parents d'élève. Mais ils s'intéressaient aux Baoulé. Pourquoi ? Les Baoulé étaient-ils des réfugiés politiques à protéger ? Ou à surveiller ?

Cécile était peinée de constater que les petits Ivoiriens étaient en butte aux préjugés. Peut-être du racisme qui ne disait pas son nom. On les trouvait « insupportables », « mal élevés », « ils faisaient baisser le niveau », « l'école n'était plus comme avant ». Cécile l'admettait : les garçons Baoulé étaient fanfarons et insolents, les filles Baoulé faisaient les commères et tenaient tête. Mais ils étaient gais, bons compagnons de jeux, Alphonse et Démor étaient même des leaders dans la cour de récré. Prudence et Pélagie, collées l'une à l'autre, étaient bonnes élèves. Et les aînés protégeaient les petits.

Georges Montoriol réussissait cet exploit de ne jamais confondre un Baoulé avec un autre, y compris dans les paires de jumeaux. Il avait une façon bien à lui de les interpeller :

— Monsieur Félix, voulez-vous que je vous aide à escalader ce mur ?

Le gamin, qui en était déjà à mi-hauteur, se laissait tomber en douceur sur le sol.

— Je m'entraîne, m'sieur.

— C'est très bien. Entraînez-vous à conjuguer au présent et au futur « Je ne dois pas grimper sur le mur ».

Puis à la récré suivante et la punition faite, il taquinait le fautif :

— Pas d'entraînement aujourd'hui, monsieur Félix ?

Quand il était de garde dans la cour, il avait souvent un ou deux Baoulé sur les talons.

Ce jour-là, assise sur un banc au soleil, Cécile observait son directeur à la dérobée. Les cheveux courts, rasé de frais, l'air en bonne santé, il s'appuyait au mur sans se soucier de salir son beau costume. Était-il marié, avait-il des enfants ? Mystère. Mais il avait trouvé sa place dans le cœur de Cécile. Elle croyait y avoir bien enfoui son secret. En réalité, Georges se savait regardé et il n'en était pas mécontent.

— Monsieur Léon ! s'exclama-t-il en se décollant du mur. Croyez-vous que je n'ai rien vu ? Que faisiez-vous dans les toilettes des filles ?

Léon roula de gros yeux de façon comique pour mettre les rieurs de son côté. M. Montoriol le secoua par l'épaule :

— Pas de ça avec moi. Tu viendras me voir à mon bureau à la fin de la récréation. Nous nous expliquerons. Entre hommes.

Léon repartit, le nez baissé, tout piteux, suivi par le regard amusé de M. Montoriol. Georges s'avança vers le banc où Cécile faisait semblant de lire.

— Ce Léon, dit-il en s'asseyant près d'elle, pas le dernier à s'intéresser aux filles.

Cécile en eut un tressaillement de tout le corps.

— Vous avez deux minutes ? Je voulais vous mettre au courant des us et coutumes de notre école. À Noël, nous organisons un petit spectacle pour les parents. C'est un peu pour faire la nique à Saint-Charles. Ils font tous les ans une crèche vivante ou quelque chose dans ce genre.

Il ajouta sur le ton ironique d'un vieux défenseur de la Laïque :

— Je vous rassure, je ne vous demanderai pas de jouer la Sainte Vierge... Mélanie a l'habitude de faire danser les cours élémentaires et, moi, je fais chanter les cours moyens.

M. Montoriol avait tout un répertoire de chansons citoyennes qui allaient de « Pas de chance pour elle d'être née gitane » à « Je veux du bonheur pour toute la planète ».

— Et vous, Cécile, qu'allez-vous faire avec vos CP ?

C'était la première fois qu'il appelait sa jeune collègue par son prénom. Elle recula sur le banc, au risque de se retrouver par terre.

— Je... je ne sais pas. Ils sont petits.

— J'avais pensé que vous auriez pu leur inventer une pièce de théâtre.

— Oh non, non, je ne saurais pas.

Elle se tordait les mains. Elle avait envie de crier : « Allez-vous-en, laissez-moi tranquille ! »

— Je suis persuadé du contraire. De toute façon, il faut que vos CP participent... Attention, vous allez tomber.

Le lendemain, M. Montoriol l'interpella :
— Vous pensez à ma pièce de théâtre ?
Les jours suivants, il se contenta d'un petit geste assorti d'un rappel :
— Vous y pensez ?
Cécile était furieuse. Ce n'était pas du harcèlement, mais pas loin. Pourtant, il faudrait bien qu'elle présente quelque chose pour le spectacle. Elle n'avait pas de difficulté pour inventer une histoire au fil des mots. Mais la faire apprendre aux enfants et jouer devant les parents, des parents de centre-ville !
— Vous savez qu'on prépare toujours un spectacle pour Noël ? dit-elle enfin à ses élèves.
— Oui. Alphonse, il apprend des chansons débiles ! lança Démor sur un ton de satisfaction.
C'étaient les propres mots de son frère aîné.
— On lève le doigt, le gronda Cécile.
Toussaint enfonça le clou :
— Oui, mais nous, on n'a pas envie de chanter des chansons débiles.
« Et jouer des pièces débiles ? » s'interrogea Cécile. Découragée d'avance, elle proposa aux enfants :
— Et si on faisait du théâtre ?
— Oh oui ! s'écria Inès, les yeux plus brillants que des diamants noirs. On ferait une histoire de Lapinou Crotte-Crotte.
Baptiste bondit d'enthousiasme :
— Et il ferait caca sur les parents !

Il mima « prout, prout » en s'accroupissant tandis que les enfants ricanaient.

— Baptiste, ça suffit ! De toute façon, on ne fera pas une histoire avec Lapinou.

Consternation générale.

— Pourquoi ? demanda Steven.

Cécile ne pouvait pas répondre. Renier Lapinou Crotte-Crotte, c'était se renier soi-même.

— Les mamans, elles aiment pas son nom, dit Philippine.

Silence de plomb.

— On pourrait l'appeler autrement ? suggéra Cécile.

— C'est pas possible, dit Églantine de Saint-André. Moi, j'aime pas mon nom, mais j'ai pas le droit de changer.

C'était indiscutable. Les enfants réfléchissaient sérieusement, certains se prenant la tête entre les mains. Le petit Chinois leva le doigt.

— Oui, Vincent ?

— On n'a qu'à l'appeler seulement Lapinou dans la pièce. Crotte-Crotte, c'est son nom secret. On n'est pas obligés de le dire aux parents.

— Et il ferait caca sur eux ! cria Baptiste en bondissant de nouveau de sa chaise. Crotte, crotte, crotte, crotte !

Ses voisins soupirèrent de fatigue. Finalement, tout le monde se rangea à l'avis de Vincent qui en profita pour demander :

— Est-ce que je pourrai faire Lapinou ?

Toussaint se récria, scandalisé :

— C'est mon frère, Lapinou, parce qu'il est brûlé !

Démor se rengorgea tandis que tous les autres s'inquiétaient : « Mais moi, je serai quoi ? »

— Du calme, fit Cécile. D'abord, les familles de lapins ont beaucoup d'enfants.

— C'est comme les familles de Noirs, dit Floriane, répétant en toute innocence un propos de son père. Cécile préféra ne pas relever et commença à distribuer les rôles. Églantine serait une lapine blanche amoureuse de Lapin-Toussaint. Inès serait prise au piège d'un méchant chasseur et délivrée par Floriane et Vincent. Cécile canalisa l'agressivité de Tom en lui proposant de jouer le féroce renard.

— Et je tuerai Lapinou ! gronda Tom en montrant les crocs.

— C'est ça, viens me tuer ! le provoqua Démor en position de combat.

Marianne accepta de se déguiser en sapin, Maëva et Steven, en joignant les mains, figureraient le terrier des lapins. Il fallait trouver un rôle à tous, même aux plus timides, même aux moins débrouillés. Cécile essaya d'apprendre quelques répliques aux enfants, mais ils les oubliaient aussi vite qu'ils les apprenaient. La séance devint si bruyante qu'un élève du CE1, envoyé par Mélanie, demanda « si c'était possible de faire moins fort ». Cécile se réfugia à la BCD.

Dès qu'elle fut au courant de l'entreprise, Mémère s'offrit pour faire les costumes. Elle avait désormais trouvé sa place parmi les CP et, dès que la maîtresse était occupée, elle ne se gênait plus pour distribuer des tapes sur les fesses. Les enfants l'acceptaient telle qu'elle était, et même ceux qu'elle effrayait un peu la saluaient d'un sonore « bonjour Mémère ! », en entrant dans la bibliothèque. Mémère avait ses chouchous, les petites filles « jolies de figure » comme Inès ou Églantine, et les garçons bien élevés comme Jean-René ou Robin.

— Vous allez pas donner le grand rôle à Démor ? demanda-t-elle à Cécile.

— Pourquoi pas ?

— Mais le pauvre ! Il est si vilain avec sa figure brûlée.

Cécile lui fit les gros yeux :

— Chch... Il pourrait...

L'enfant, qui était pourtant à l'autre bout de la bibliothèque, s'était retourné. Il avait entendu. Cécile tapa dans les mains pour rassembler ses troupes autour d'elle.

— On va lire une histoire. Asseyez-vous tous en rond.

Ce jour-là, Cécile choisit un album aux grandes images baignées de lune.

— Essayez de lire le titre. On lève le doigt.

Églantine se trémoussa en disant : « Moi, je sais, moi, je sais ! » Mais Cécile l'ignora.

— Cherchez bien. Philippine, tu as trouvé quelque chose ?

— Y a « pirates » dans le titre.

— Bravo ! Vous avez vu où c'est écrit « pirates », les enfants ?

— Ouiiii !

— C'est « Max et les pirates » ! s'égosilla Églantine qui lisait couramment.

Baptiste bondit de son coussin en scandant : « Max et les pipis, Max et les pipis ! » Mémère en laissa tomber la mâchoire, catastrophée. Cette classe, c'était du jamais-vu ! Elle fit asseoir Baptiste en le tirant brusquement par le bras. Cécile restait imperturbable :

— Vous vous rendez compte, les enfants ? Vous pouvez lire de vraies choses, maintenant.

— Ah oui, c'est là, dit lentement Marianne.

Et elle déchiffra :

— Pi-ra-tes.

Mémère la regarda, pensive. Comment une enfant de six ans, pas bien dégourdie, pouvait-elle savoir ce qu'elle-même n'avait jamais pu apprendre ?

À 16 h 30, après avoir lâché les enfants, Cécile retourna prendre ses affaires dans sa salle de classe. En passant devant la porte des CE1, elle aperçut Mélanie Meunier encore à son bureau, le front appuyé dans la paume de la main, tellement voûtée au-dessus de ses cahiers à corriger qu'on pouvait penser qu'elle allait s'écrouler d'un moment à l'autre. Surmontant une fois de plus sa timidité, Cécile toqua à la porte. Elle voulait s'excuser du bruit qu'avaient fait ses élèves. Mais Mélanie, très absorbée, ne l'entendit pas.

Cécile entra dans la classe sur la pointe des pieds et jeta un regard effaré autour d'elle. Toutes les tables étaient rangées, rien ne traînait dans les allées. Sur le mur, les dix commandements de la classe étaient irréprochablement calligraphiés :

Je ne dois pas parler sans autorisation.

Je ne me lève pas sans permission.

Je ne coupe pas la parole à un camarade...

Les piles de cahiers s'alignaient sur une étagère, protège-cahier mauve pour la grammaire, jaune pour le calcul, rouge pour les contrôles. La leçon sur le masculin et le féminin des noms n'avait pas été effacée du tableau et Cécile put admirer une écriture moulée à l'ancienne, sans rature ni tremblement. Mélanie avait laissé ouvert le cahier de classe où elle inscrivait le travail de la journée, chaque matière soulignée en rouge et chaque nouvel acquis stabiloté en jaune fluo. C'était glaçant de perfection.

Cécile voulut signaler sa présence en toussotant, mais aucun son ne sortit de sa gorge. Mélanie poussa un profond soupir d'épuisement et Cécile comprit alors le sens de l'expression : se tuer à la tâche. Elle prit la fuite.

8

En l'honneur des Street Generation

Audrey avait une grande nouvelle à annoncer à ses parents. Elle était invitée à l'anniversaire d'Églantine le mercredi suivant, de 14 heures à 18 heures. Églantine avait une piscine et un karaoké. On allait drôlement bien s'amuser.

Les Cambon étaient à table : Brandon, quatorze ans, la tête rentrée dans les épaules, Mme Cambon parlant du prix faramineux des légumes, M. Cambon avalant sa soupe à grands « slurp » et Audrey face à la télévision. C'était l'heure de l'émission « Votre star sur un plateau ».

— *Alors, c'est la chambre de Julie ?* questionna une voix off.

La caméra était en train d'explorer la chambre d'une petite fille. Les parents de Julie faisaient visiter leur pavillon, tout à la fois timides et crevant de satisfaction.

— *C'est elle qui a mis tous les posters de Lorie sur les murs,* dit le père.

— *C'est comme une grande sœur pour elle,* ajouta la mère.

— *Et ça ?* dit la voix.

La caméra prit en gros plan un petit bureau d'écolière. La mère attrapa un carnet couvert de paillettes et de stickers.

— *Ça, c'est le journal intime de Julie. Elle adore écrire ses petits secrets.*

Le père eut un rire attendri tandis que la mère feuilletait le carnet devant la caméra.

— *Vous voyez, c'est plein de photos de Lorie. Et de chevaux aussi. Julie adore les chevaux.*

Audrey était hypnotisée.

— C'est quoi, cette connerie que tu nous mets ? lui demanda son père.

— Ah non, c'est trop bien ! C'est une petite fille que ses parents vont lui faire une surprise en invitant Lorie.

— Ça s'appelle « Votre star sur un plateau », ajouta Mme Cambon. Ça plaît aux gamines.

Elle jeta un regard indulgent à sa fille.

— Change-nous ça, ordonna M. Cambon à Audrey. On paye pas la redevance pour regarder des gens qui se font des surprises.

Mme Cambon se contenta de baisser un peu le son et Audrey se souvint de la grande nouvelle à annoncer.

— Je suis invitée à un anniversaire !

Il y eut un silence, puis sa mère fit : « Ah oui ? » Audrey se leva de table et courut chercher la jolie invitation dans son cartable. Mme Cambon déchiffra à voix haute :

— Églantine de Saint-André... C'est un nom, ça ?

Brandon ricana puis Mme Cambon poursuivit :

— De 14 heures à 18 heures, mercredi 26... Ils sont bien gentils, les de Saint-Machin, mais le mercredi, on travaille.

— Moi, j'ai match, dit Brandon préventivement.

Audrey jeta un regard de noyée à chaque personne autour de la table.

— Alors, je peux pas y aller ?

— Ben non, fit M. Cambon.

À la télé, les parents avaient fini de déballer tous les trésors de leur fille à la caméra. Et la voix off demanda :

— *Comment vous pensez que Julie va réagir quand elle va voir Lorie penchée au-dessus d'elle en pleine nuit ?*

Les parents s'entre-regardèrent, béats :

— *Ça va être comme un rêve. De la magie. C'est le plus beau cadeau qu'on puisse lui faire.*

Des larmes piquèrent les yeux d'Audrey.

— Tu nous mets voir ce qu'il y a sur les autres chaînes, s'impatienta M. Cambon.

En quelques jours, l'anniversaire d'Églantine devint la grande affaire des CP. Il y avait les élus et les exclus. Il en découla des chantages. Lisa refusa de venir si Claire n'était pas invitée. Il y eut des bagarres à la récré. Tom se battit avec Démor qui lui avait dit : « T'es pas invité pace que t'embêtes trop les filles. » Enfin, ce fut le drame. Audrey pleura en avouant que personne de sa famille ne pourrait l'emmener chez les Saint-André.

— Tu auras six ans, Églantine ? demanda Cécile en pleine classe.

— Oui, maîtresse, et maman, elle va acheter le plus gros gâteau...

— Je ne t'ai rien demandé au sujet du gâteau, l'interrompit Cécile. Comme tout le monde ne pourra pas venir chez toi, je propose qu'on fête aussi ton anniversaire à l'école.

Ce fut un soulagement général.

— Maman fera un gâteau au chocolat, promit Robin.

— J'amènerai des bonbons ! renchérit Audrey.

— Et on pourra mettre de la musique ?

Cécile accepta la proposition de Floriane sans réfléchir aux conséquences.

— Ouais ! On va faire une boum ! s'écria Lisa.

— J'ai les Street Generation en CD ! hurla Audrey.

— C'est pour les filles, se moqua Tom et il chanta en faisant des mines pâmées : « Ce garçon a pris mon cœur pour le pire et le meilleur »...

Heureusement, c'était l'heure de la récréation et Cécile poussa tout son petit monde dans la cour. Dans le couloir, elle croisa Mélanie Meunier qui s'efforça de lui sourire et Cécile, atterrée, songea : « Mon Dieu, la boum ! »

— Une boum ? s'étonna Mme Martin, la maman de Philippine. Je me demande quand vous travaillez dans cette classe.

Elle était venue chercher sa fille à la sortie de l'école.

— Mais je travaille ! s'indigna Philippine.

— C'est quand même sérieux, le CP, poursuivit Mme Martin sans l'écouter. C'est l'année où on apprend à lire.

Philippine s'arrêta net devant une devanture de kiosque. Elle tendit le doigt vers un gros titre du magazine *Têtu* :

— Là, c'est écrit : « nu ».

Très exactement, il était écrit : « Brad Pitt enfin nu ! »

— Non, oui, bon, viens, dit Mme Martin en tirant le bras de sa fille.

— Et là, c'est : « fff... folles de... »

Marie-Claire titrait : « Ces femmes folles de leur corps. »

— Laisse ça. Ce n'est pas intéressant.

— Mais si, s'entêta Philippine en tapant du pied. Je lis des vraies choses, maintenant. C'est la maîtresse qui l'a dit.

Mme Martin n'était plus très loin de se demander s'il fallait apprendre à lire si tôt.

Le soir, les trois générations de femme, Mimi, la grand-mère, Minette, la mère, et Philippine, la fille, se réunirent dans la kitchenette. Mimi posa sur la table une assiette contenant deux minuscules steaks hachés et une toute petite casserole émaillée. On aurait cru que toutes trois allaient jouer à la dînette.

— Je prends la moitié d'un steak, dit Mimi.

— Alors, donne-moi la moitié de l'autre moitié, demanda Minette, le ton dégoûté. Oh là là, c'est plein de sang...

Philippine eut droit à un steak entier, mais sa mère le coupa en deux dans son assiette. La fillette montra la casserole du doigt :

— C'est quoi, dedans ?

— Des coquillettes, répondit Mimi.

— Tu n'as pas mis de beurre au moins ? s'affola Minette.

Elle ne digérait pas le beurre. Les coquillettes non plus, d'ailleurs.

— Je ne sais pas ce que j'ai, ce soir, dit-elle. Mais je n'ai pas du tout faim.

Elle repoussa le steak sur le bord de son assiette et le regarda comme s'il était son ennemi personnel. Puis elle se coupa un bout de pain. Le croûton, parce qu'elle ne digérait pas la mie.

— Y a du Ketchup ? réclama Philippine.

Les deux femmes se regardèrent, hésitantes.

— Tu en as vraiment besoin ? fit Mimi, le ton suppliant. Tu sais, c'est chimique.

— Mais c'est bon !

Il y avait en elle une envie de bonnes choses et de mots crus. Parfois, comme ce soir, elle fatiguait un peu. Elle mangea donc les nouilles sans beurre, sans sel, sans Ketchup. Puis ce fut un yaourt sans sucre parce que Mimi avait oublié d'en racheter.

— Une autre fois, promit-elle à sa petite-fille, déconfite.

— Ah oui ! se souvint alors Philippine. Églantine m'a invitée à son anniv'.

C'était l'invitation qu'Audrey avait dû refuser.

— Son nanniv ? répéta Mme Martin, sans avoir l'air de comprendre.

— Anniversaire, rectifia Philippine. Je pourrai aller chez elle, mercredi ?

Il y eut un silence effaré. Sonner à la porte de quelqu'un qu'on ne connaît pas ? Y laisser Philippine ?

— Mercredi... ce mercredi ? balbutia Minette.

— Oui, répondit Philippine, pleine d'espoir.

— Ce mercredi-là ?

Mme Martin insistait comme si toute la difficulté résidait dans le fait que l'invitation fût faite pour un mercredi plutôt que pour un lundi.

— Non, mercredi, on ne pourra pas...

Mimi vint à son secours :

— Une autre fois...

À présent, Philippine était tout à fait fatiguée. D'ailleurs, il était l'heure de se coucher. L'horloge comtoise du salon laissa échapper une plainte avant de compter neuf coups de sa belle voix grave et dorée. Tout le monde se mit au lit avec un livre. À une heure du matin, deux lampes de chevet étaient encore allumées. Mimi et Minette étaient insomniaques. Philippine, elle, était à la boum et dansait avec Lapinou Crotte-Crotte.

Cécile programma la fête pour le jeudi 27. Les heureux invités à l'anniversaire d'Églantine ne suscitèrent donc qu'un intérêt médiocre en décrivant la pièce montée, la piscine et le karaoké. Comme promis, Robin posa sur la table de la maîtresse un gâteau au chocolat. La maman de Louis avait fait deux quatre-quarts en forme de lapin qui enthousiasmèrent les enfants.

— Elle est trop zentille, ma maman.

Le monde selon Louis se divisait en zentils et pas zentils, et il tâchait, avec toute sa bonne volonté de petit garçon, de faire pencher la balance du bon côté.

— Moi, je vous ai apporté du Champomy ! dit Cécile. C'est le champagne des enfants.

Pour que l'illusion fût complète, elle avait acheté des flûtes en plastique.

— On peut mettre la musique ? demanda Audrey en brandissant son CD des Street Generation.

Cécile jeta malgré elle un regard vers la cloison qui la séparait des CE1.

— Oui, mais pas trop fort.

— Meunier, tu dors, chantonna Démor.

Les gosses ricanèrent. L'esprit délié de Démor épatait souvent Cécile et lui faisait oublier que cela s'appelait aussi de l'insolence. Avec des gestes pleins d'assurance, Audrey manœuvra le lecteur de CD.

— Je mets d'abord la 2, annonça-t-elle. Y a plus d'ambiance.

— Ah oui ! s'esclaffa Marianne. « Meunier, tu dors », c'est Mme Meunier !

On avait dégagé un semblant de piste de danse au milieu de la classe et dès que les Street Generation entamèrent leur fameux tube : « C'est la fête à tue-tête », Audrey, Lisa et Claire ouvrirent le bal sans complexe. Cécile, ébahie, vit les trois petites reproduire fidèlement la chorégraphie des lolitas, plaquant les mains aux fesses ou les portant à la poitrine, puis tendant l'index vers un public imaginaire. Elles avaient dû répéter la danse des dizaines de fois, en regardant le clip à la télé. Églantine se joignit à elles, moins précise, mais plus sexy.

Robin se mit le pouce dans la bouche, Tom imita Églantine dans son dos en se contorsionnant, Démor et Toussaint déclarèrent qu'ils n'aimaient que le rap et Louis sortit ses cartes Yu-Gi-Oh ! pour jouer avec Inès. Quand les gamines les plus délurées chantèrent le sentimental : « Ce garçon a pris mon cœur pour le pire et le meilleur. Mais ne l'dites pas à ma maman », Baptiste se tailla un vif succès auprès des copains en chantant : « Ce garçon a pris mon cœur pour le pipi et le caca. Mais ne l'dites pas à mon papa... »

Audrey était cramoisie à force de sauter et la sueur traçait des sillons sur ses bonnes joues. Églantine, qui avait retiré son cardigan Lulu Castagnette, se retrouva en débardeur Petit Bateau dont elle laissa glisser une bretelle. Lisa et Claire, hors d'haleine, admiraient la pochette du CD. Les quatre nymphettes y posaient, les pouces passés dans leur jean taille basse ou remontant d'une main leur t-shirt au-dessus du nombril.

— C'est laquelle que tu préfères ? demanda Lisa.

— C'est Léa, dit Claire.

— Pareil que moi.

Et toutes deux en chœur :

— Elle est trop trop belle.

Elles se tapèrent dans les mains et Cécile, larguée, se demanda si tout cela était navrant ou simplement rigolo.

Le lendemain matin, elle ne put éviter de saluer Mélanie dans la cour de récré. Elle bredouilla :

— Désolée... hier... la musique... un peu fort ?

— On fait plutôt ce genre de fête en fin d'année, répondit Mélanie en étouffant un soupir.

9

Qui parle de bonheur

Les jours raccourcissaient. Malgré tout le plaisir qu'ils prenaient à taquiner Mémère, les Baoulé ne restaient plus à l'étude. Il y avait une raison à cela : les huit kilomètres qui séparaient l'école de leur maison. M. Montoriol savait que les enfants Baoulé, après avoir été éparpillés dans différents foyers de la ville, étaient regroupés depuis la rentrée à Saint-Jean de Cléry. Mais il ignorait que les petits faisaient, matin et soir et sac au dos, une heure et demie de route à pied. L'argent leur manquait pour prendre le tramway.

Pendant vingt bonnes minutes, ils traversaient le centre-ville, lorgnant les belles choses des vitrines ou se moquant des gens. Eux-mêmes ne passaient pas inaperçus. Alphonse, dix ans, marchait devant, l'air dégagé comme s'il n'était pas de la tribu. Félix, neuf ans, Démor, six ans, et leur cousin Léon, sept ans, le suivaient. Ils étaient de toutes les blagues, de tous les mauvais coups. Puis venait un groupe de filles, Prudence et Pélagie, les inséparables jumelles de huit ans, et Donatienne, leur cousine du même âge. Les vitrines de vêtements leur arrachaient des cris d'extase, pro-portionnels au prix affiché. À l'arrière, traînant les pieds, on trouvait Toussaint, le jumeau de Démor, Tiburce, le jumeau de Félix, Honorine et Victorine, sept ans, et faisant voiture balai, Clotilde, neuf ans, fille aînée de Mme veuve Baoulé.

Si l'on exceptait Démor que la brûlure avait défi-guré, tous ces enfants étaient magnifiques, sveltes et cambrés. Leur procession sous les arcades de la grande rue avait quelque chose de royal et pourtant, si l'on y regardait bien, ils étaient pitoyablement vêtus. Tant que l'été s'était attardé, les petits Baoulé avaient pu faire illusion. La fraîcheur venant, ils avaient dû sor-tir des malles sweats et pantalons. Mais c'étaient ceux qu'on leur avait donnés l'année passée. Le jogging de Toussaint lui arrivait à mi-mollet, la jupe de Dona-tienne n'avait plus de forme, les chaussures de Léon allaient rendre l'âme, le pull de Félix n'avait plus de couleur précise, et Alphonse, qui refusait de porter son gilet à boutons (un gilet de fille !), frissonnait sous son t-shirt.

Quand Auchan était en vue, traçant la frontière entre la ville et sa banlieue, Clotilde ouvrait son sac à dos et en sortait du pain. En tête, Alphonse en fai-sait autant. Tous les deux volaient du pain à la cantine en prévision du goûter.

— Fais passer, fais passer, disaient entre eux les Baoulé jusqu'à ce que tout le monde fût pourvu.

Parfois, un des enfants avait réussi à détourner autre chose, une pomme, une barre chocolatée, un Babybel. Il partageait avec son voisin. Le petit Léon souffrait de la faim plus que les autres. Clotilde prévoyait pour lui double ration de pain.

Pendant quatre kilomètres, les enfants Baoulé longeaient le tramway. Il était interdit de dire qu'on aimerait monter dedans. On était des nègres, on était résistants. Mais Toussaint et Tiburce faisaient des grimaces aux voyageurs assis qui les doublaient, histoire de se soulager un peu. Il restait encore deux kilomètres à faire après Monsieur Bricolage pour arriver au village de Saint-Jean-de-Cléry, et peu à peu, la campagne reprenait ses droits. Ici, un verger que l'automne effeuillait, là, un champ frais retourné au-dessus duquel les mouettes tournoyaient.

Prudence et Pélagie retrouvaient alors un geste d'autrefois en mettant leur cartable sur la tête, Léon ôtait ses vieilles chaussures et marchait, les pieds nus. Juste avant la pancarte signalant l'entrée dans Saint-Jean-de-Cléry, Alphonse escaladait le talus et se retrouvait sur une voie de chemin de fer. Tous le suivaient en poussant des cris de joie. La maison n'était plus loin, et maman, et M. Baoulé, et Bébé Éden ! Il suffisait de remonter pendant dix minutes la voie ferrée. C'était le moment le plus amusant.

On avançait en équilibre sur une poutrelle ou bien on sautait de traverse en traverse, on ramassait des gravillons pour s'en mitrailler, puis on jouait au petit train et quand Alphonse lâchait la vapeur, tchou, tchou, on était arrivés chez les Baoulé.

C'était une maison de briques à coins de pierre, solide et toute simple, comme aiment en dessiner les enfants. Au-dessus de la porte d'entrée qui était vitrée, une horloge marquait trois heures dix pour l'éternité. Sous le toit, se détachait, en lettres noires sur fond blanc, le nom de la station : SAINT-JEAN-DE-CLÉRY. Car les Baoulé squattaient une gare désaffectée.

D'ordinaire, une des deux mamans guettait sur le quai l'arrivée des enfants. Ce jour-là, il n'y avait personne, et la gare, soudain sinistre, se détachait sur un ciel tourmenté. Léon ne put s'empêcher d'appeler :
— Mimami !

Il était le seul fils de Mme veuve Baoulé et depuis qu'il avait vu mourir son père, égorgé sous ses yeux, il était celui qui devait la protéger. Devançant Alphonse, il poussa la porte d'entrée :
— Mimami ?

Elle était là, assise sur le banc de l'ancienne salle d'attente. M. et Mme Baoulé étaient là également et tous trois parlaient avec une jeune fille aux cheveux blonds presque blancs. Les petits Baoulé reconnurent Nathalie de l'association « Mes amis, au secours ! ». La jeune militante fronça les sourcils. Elle était hostile à ce squat. C'était dangereux d'avoir rassemblé en un seul endroit les enfants et les parents. Ils pouvaient être tous ramassés en un seul coup de filet. M. Baoulé savait ce que pensait Nathalie et il se dépêcha d'expédier les petits à l'étage du dessus.

— Donc, reprit Nathalie comme s'il n'y avait pas eu irruption de douze enfants, vous n'avez toujours rien reçu de l'Ofpra ?

Elle s'adressait à Mme veuve Baoulé qui était demandeuse d'asile auprès de l'Office français pour les Apatrides et les Réfugiés depuis bientôt deux ans.

— Ça va vini', dit-elle de sa voix nonchalante qui devenait vite plaintive. Mon bébé, elle est français...

Elle montra Éden, jolie poupée brune de dix-huit mois qui dormait sur une natte.

— Mais non, madame Baoulé ! s'énerva Nathalie. Un enfant qui naît en France n'est pas français. Ce sont des idées fausses qu'on n'arrive pas à vous enlever de l'esprit !

Nathalie passait son temps à engueuler ceux qu'elle venait aider. Elle se tourna vers M. Baoulé :

— Et je suis sûre que vous avez mis votre femme enceinte en croyant que ça vous servirait ! Eh bien, non, non ! Ça fera seulement deux enfants de plus à nourrir, parce que, en plus, vous les faites par deux !

Un éclair de colère brilla dans les yeux de M. Baoulé. On lui avait tout pris, son frère, son passé, son pays. Mais pas sa fierté. Sa femme éclata de rire comme si Nathalie venait de faire une bonne plaisanterie.

— C'est pas d'ma faute, dit-elle. J'aime tellement mes enfants que je fais toujou's la photocopie !

Mais de fait, les Baoulé avaient d'abord cru qu'en ayant un enfant en France, ils deviendraient parents d'un enfant français et qu'on ne pourrait plus les expulser.

— Depuis 1993, martela Nathalie en donnant des petits coups de stylo dans le bois de la table, la loi Pasqua stipule que les enfants nés en France de parents étrangers doivent faire la demande de la nationalité française entre treize et dix-huit ans. Éden n'est pas française.

Mme veuve Baoulé se leva d'un bond pour aller prendre sa fille dans ses bras comme si cette déclaration la menaçait d'expulsion immédiate. Le bébé ouvrit tout de suite ses grands yeux et, mal réveillée, elle regarda fixement devant elle, accentuant sa ressemblance avec une grosse poupée. Nathalie se leva à son tour en jetant une enveloppe sur la table.

— C'est de la part de l'assoce'...

Trois cents euros. Dérisoire mais vital. La jeune fille attrapa son casque de moto.

— Et méfiez-vous du voisinage. Que les gosses n'emmerdent pas les petits vieux du coin. C'est vite fait, une dénonciation. Les retraités, ils n'ont que ça à faire. Allez, bye !

Elle était la générosité même, mais si violente que personne ne pouvait l'aimer. Elle enfourcha sa moto, laissant derrière elle des adultes désemparés. Quand elle arriva en centre-ville, elle troqua son casque de militante humanitaire pour celui de militante anti-pub. Sur un abribus, une jeune femme en nuisette proclamait : « La séduction n'est qu'un jeu. » C'en était trop pour Nathalie qui lui écrivit « pute » entre les yeux.

Pendant ce temps, les petits Baoulé étaient redescendus dans la salle d'attente. C'était là que dormaient les parents, là aussi que les mamans préparaient les repas, lavaient le linge, tout en surveillant bébé Éden. Depuis quinze jours, elles avaient de l'électricité grâce à un syndicaliste CGT travaillant à EDF qui avait pu rétablir le courant. L'eau, elles allaient la chercher dans des jerrycans à une pompe à incendie, cinq cents mètres plus loin. La vie s'organisait.

M. Baoulé avait trouvé divers petits travaux à faire, peinture, jardinage, gardiennage. Le soir, pour qu'il puisse se reposer un peu entre deux emplois, sa femme mettait les enfants à la porte en leur donnant leur dîner : deux marmites de riz très cuit avec un peu de viande ou de poisson et l'inévitable sauce au piment. Clotilde faisait la distribution. On mangeait sous l'auvent de la gare quand il pleuvait ou assis sur les rails quand le temps s'y prêtait. On parlait de l'école, les grands faisaient rigoler en imitant Mémère : « Petit veau-you ! » ou bien Montoriol : « Monsieur Félix, croyez-vous que je ne vous ai pas vu ? », Toussaint et Démor faisaient rêver en parlant de Cécile. Léon en était amoureux et tout le monde le chambrait. Il se cabrait :

— Et alors ? Je me mariera avec et je serai français !

Il détestait la Côte-d'Ivoire. Mais pas Alphonse. Alphonse se souvenait des beaux jours. Les petits lui demandaient :

— Alphonse, tu nous racontes quand on était riches ?

Ce soir-là, Alphonse, qui avait froid, s'éloigna en sautant d'une traverse à l'autre. Il aimait la tribu, il aimait aussi être seul. Pas tout à fait seul. Hyacinthe était à son côté. Hyacinthe qui était mort. Alphonse regarda le chemin de fer rouillé que la végétation, par endroits, faisait disparaître et il se prit à rêver que la station suivante s'appelait Bouaké.

— *Bakans*[1] ! Alphonse ! Clotilde !

Les mamans battaient le rappel pour la toilette du soir. Vite faite, la toilette, avec un broc, une cuve, de

---

1. Les enfants !

l'eau froide et une serviette pour trois. Pendant ce temps, bébé Éden clapotait dans l'eau tiède de sa bassine, si jolie, si potelée, et secrètement préférée parce qu'elle avait la peau plus claire que ses sœurs et son frère. Léon tourna un moment autour de sa mère. Il lui aurait réclamé un peu de la semoule du bébé, s'il n'avait craint d'être entendu par Alphonse.

Puis ce fut l'heure du coucher. Le premier étage avait dû autrefois abriter le chef de gare et sa famille. Il y avait trois chambres dans lesquelles on ne pouvait plus marcher à la nuit tombée, car le sol en était recouvert de matelas, de couvertures et d'enfants. Dans l'une des pièces, s'entassaient Démor, Léon, Félix et Alphonse. C'était de là que partaient tous les coups fourrés. Ils étaient d'ailleurs les seuls à posséder ce bien inestimable : une lampe de poche.

— On y va, ce soir ? demanda Félix, allongé dans le noir.

— Il fait froid, dit une voix.

— Qui a froid ? questionna Alphonse.

Pas de réponse. Un nègre n'a pas froid.

— Tu es petit, Démor, dit l'aîné. Il vaut mieux que tu dormes.

— Si je viens pas, il vous arrivera un malheur.

Démor profitait de l'esprit superstitieux des autres Baoulé. Il les avait persuadés que porter le nom de la mort le rendait invulnérable et qu'il protégeait à la façon d'un paratonnerre.

— Il vient, dit Léon.

Les quatre garçons avaient une façon d'entrer et de sortir de la maison qui ne dérangeait personne, par l'issue de secours. C'était une échelle métallique, tout près de leur fenêtre.

Une fois sur la voie ferrée, ils partirent dans le noir, butant parfois sur un obstacle imprévu. Quand Alphonse jugea qu'ils n'étaient plus repérables, il alluma la lampe de poche au grand soulagement de Léon, car la lune éclairait certains boqueteaux de façon très alarmante. La voie ferrée passait ensuite sur un pont, enjambant un bras de Loire. Au niveau de la deuxième pile du pont, Alphonse tendit la lampe à Félix :

— Tu m'éclaires.

Il enjamba le bastingage et chercha du bout du pied la première encoche dans la pierre. Il connaissait chaque prise et se retrouva rapidement au pied du pont sur une étroite langue de sable.

— C'est bon ! cria-t-il. Lance !

Félix balança la lampe par-dessus bord.

— Mais t'es con ! l'engueula Alphonse. Elle est tombée à l'eau...

Heureusement, elle était tout au bord de la plage et il fut facile de la récupérer. Mais marchait-elle encore ?

— C'est bon ! cria de nouveau Alphonse.

Il dirigea un jet de lumière vers la rambarde. C'était le tour de Félix. Le garçon était moins sportif que les autres. Mais il s'était entraîné à l'escalade, notamment sur le mur de l'école quand M. Montoriol n'était pas de garde. En quelques mouvements, il rejoignit Alphonse.

— À toi, Léon !

Personne ne le disait, mais chacun savait que Léon crevait de peur. Le petit garçon descendit en apnée comme un plongeur.

— À toi, Démor !

Démor était intrépide. Était-ce de porter le nom de la mort ou bien parce que le feu avait pris à ses cheveux, quand il était bébé, le vaccinant contre la peur à tout jamais ?

Quand ils furent tous quatre réunis, ils ôtèrent leurs chaussures pour piétiner le sable très doux, très pâle de la petite plage. Mais ils se rechaussèrent pour s'enfoncer dans l'île que Démor avait baptisée l'île des Cannibaoulés. Le chemin de sable était parfois envahi par les ronces ou la bardane. Les garçons ne s'en plaignaient pas puisque les ronces leur avaient offert un festin de mûres et les boules crochues de la bardane de quoi se bombarder pendant des heures.

Le sentier passait parfois très près de l'eau clapotante, un peu trop près, au goût de Léon. Puis il longeait des vasières où, quand la saison était plus douce, les jeunes Baoulé avaient pataugé, construit des bassins, capturé des têtards. Sous un saule blanc, ils avaient construit leur cabane avec des branches entrecroisées, des fougères et des cageots trouvés dans un entrepôt, le long de la voie ferrée. Ils rêvaient de se faire une barque et de partir à la découverte des bancs de sable voisins. En attendant, ils apportaient leurs trésors à la cabane où ils s'étaient ménagé une cache. On y trouvait des billes gagnées à la récré, un briquet volé à Nathalie, un couteau et un verre prélevés à la cantine, d'énormes vis et des plaques de fer trouvées près des rails, un pot de confiture orné d'une tête de mort où ils avaient stocké les baies empoisonnées de la Morelle douce-amère, puis toutes sortes de bouts de poterie sûrement gauloises et des silex nécessairement préhistoriques.

Après avoir vérifié que le trésor n'avait pas été pillé, les garçons décidèrent de se faire un feu sur la plage. Ils gardaient à cet effet des restes de cagettes, des brindilles et du bois flotté. Le temps avait été sec et le feu prit rapidement. Alphonse, qui serrait les dents pour les empêcher de claquer, approcha les mains de la flamme. Puis il les plongea dans ses poches :

— Hé, Léon ! Tadam !

Il brandit deux morceaux de pain. Le petit garçon se mit à rire. La faim lui alluma des yeux de loup.

— Hé, Léon !

Cette fois, c'était Félix qui sortait deux pommes de ses poches. Où les avait-il prises ? Mystère... Les garçons s'assirent en rond et firent d'abord griller le pain.

— Alors, Démor, t'as pas une autre histoire de ton Lapinou ? fit Alphonse, sur un ton un peu dédaigneux.

En réalité, il raffolait des aventures de ce lapin qui était moche et mal élevé, mais gagnait toujours à la fin. Démor écoutait si attentivement sa maîtresse quand elle parlait de Lapinou qu'il pouvait restituer les histoires presque mot pour mot et en jouant tous les personnages. Le pain grillé et les pommes disparurent tandis que Démor racontait. Puis on étouffa le feu avec du sable et on remonta le long du pont. Les quatre enfants étaient gelés, Léon sentait la torsion de son estomac qui réclamait toujours, Démor titubait de fatigue.

— C'était bien, dit Alphonse, grelottant encore dans son lit, malgré la couverture.

— Une autre fois, on pêchera, se promit Félix.

Il ignorait que dans quelques jours, quelques semaines au plus tard, la Loire en crue effacerait toute trace de l'île et engloutirait le trésor des Cannibaoulés.

Le bonheur est une affaire à saisir.

10

Qui va de la rue Jean-Jaurès
à la rue Paul-Bert
en passant par la rue
des Droits de l'homme

Nathalie revint chez elle d'humeur exécrable. Faire des moustaches aux mannequins des abribus ne l'avait pas soulagée. Depuis quelque temps, tous les dossiers des demandeurs d'asile faisaient du surplace et le seul contact aimable que l'association avait avec la préfecture, une dame d'un certain âge, avait mystérieusement disparu. Maintenant, c'étaient tronches de cake et compagnie.

Arrivée au 20, rue Jean-Jaurès, Nathalie monta quatre à quatre l'escalier, bruyamment et en prenant bien toute la place. Une petite dame, qui descendait sa poubelle, dut se ranger le long du mur.

— Mais c'est ça, maugréa-t-elle, poussez-moi pendant que vous y êtes.

Nathalie se retourna et lui jeta un regard rageur. Elle n'aimait pas les gens. Elle n'aimait que l'Humanité. Au sixième, elle entra sans crier gare et tomba sur Éloi, complètement nu.

— T'as fait un vœu ? lui dit-elle, la voix brutale.

— Si tu frappais avant d'entrer, j'aurais le temps de me vêtir, répondit le garçon sur un ton précieux en enfilant un vieux peignoir rouge.

— Frapper aux portes, c'est reconnaître la propriété privée.

— Eh bien, moi, je fais don de mes fesses à la collectivité, répliqua Éloi.

Sa camarade haussa les épaules. L'humour ne faisait pas partie de son arsenal militant.

Depuis six mois, Éloi et Nathalie cohabitaient pour partager les frais. Ils avaient chacun leur chambre, mais celle d'Éloi était dans le passage. Par ailleurs, et pour le plus grand malheur du jeune homme, la cuisine et la salle de bains étaient communes. Nathalie ne nettoyait jamais la vaisselle et laissait s'encrasser les éviers. Éloi, qui était propre comme un chat à pedigree, avait, une fois ou deux, tenté une revendication. Elle l'avait envoyé dans les cordes d'un simple :

— Mais moi, je m'en fous que ce soit sale.

Nathalie disparut dans sa chambre. C'était un innommable boxon parsemé de cendres de cigarette. Car Nathalie, qui poussait fort loin l'esprit de révolte, fumait pour emmerder les non-fumeurs, mais écrasait ses mégots à côté des cendriers par refus de l'ordre établi.

Éloi rejeta son peignoir et s'allongea à plat ventre sur le lit pour feuilleter *la République du Centre*.

— Je vais au taf ! lança Nathalie en entrant de nouveau dans sa chambre.

Elle était infirmière intérimaire et préférait le travail de nuit, le plus dur, auprès des grabataires et des malades en fin de vie. En soupirant, Éloi attrapa son peignoir et le noua en pagne.

— T'as vu cette histoire ? dit-il en désignant son journal. Cette Ivoirienne sans papiers à Montargis ?

Il lut le fait divers :

— « Une Ivoirienne de vingt-quatre ans, sous le coup d'un arrêté de reconduite à la frontière et en rétention administrative dans un hôtel de Montargis avec ses deux enfants de un et trois ans, s'est jetée de la fenêtre du premier étage. Une représentante de la préfecture venait de lui signifier que, dans l'attente de la réponse à sa demande d'asile, elle resterait sous surveillance policière avec interdiction de sortir. La jeune femme a été évacuée à l'hôpital dans un état grave. Les deux enfants ont été confiés à la DDASS. »

La lassitude passa comme l'ombre d'une aile sur le visage de Nathalie.

— C'est de pire en pire, souffla-t-elle.

Il y eut un silence entre les deux jeunes gens. Ils imaginaient la scène dans la chambre de l'hôtel. Puis Nathalie s'échauffa de nouveau :

— Ils ont mis une espèce de bonne femme à la préfecture, une emperlouzée de première, qui ne parle que de « reconduite à la frontière ». Je suis sûre qu'elle bloque le dossier de Mme Baoulé.

— Celle dont le mari a été assassiné ?

— Égorgé. Sous ses yeux et ceux de son petit garçon.

Nathalie se mit à crier :

— Qu'est-ce qu'ils veulent ? Qu'elle retourne en Côte-d'Ivoire pour se faire égorger, elle aussi ?

— Du calme, Nat', lui dit gentiment Éloi.

Elle secoua la tête, farouche. Du calme ?

— Il faut faire la révolution !

— Dans ce cas, je suis mal, remarqua Éloi.

Il appartenait à une famille de vieille noblesse terrienne qui avait perdu quelques têtes à la Révolution. Nathalie le regarda et il y eut dans son cœur une accalmie.

— T'en fais pas, Saint-André, je témoignerai pour toi.

Elle partit en claquant la porte, et Éloi (de Saint-André) se rappela qu'il devait, lui aussi, partir travailler. Il faisait la *close* à Tchip Burger. Il enfila un battledress négocié à trois euros aux Puces, une chemise aux poignets de dentelle jaunie qu'il avait rachetée pour deux euros à une amie costumière de théâtre et se coiffa d'un feutre noir, trouvé sur une banquette du tramway. L'extravagance lui allait comme un gant.

Vingt minutes et trois stations de tram plus tard, il sortit de son casier la tenue de la Firme et alla l'enfiler dans le petit réduit des équipiers. C'était toujours le même garçon insensé, mais avec une visière. Il arriva juste pour le rush.

— En cuisine ! lui gueula Xavier.

Éloi confectionnait à toute vitesse les hamburgers et les Tchipets, en gardant un visage totalement absent. C'était sa façon de rester intact. Il se vidait de son âme. Faire la close impliquait de nettoyer le lobby et la cuisine après la fermeture. Tout le monde était épuisé et l'ambiance était devenue si mauvaise entre les équipiers que chacun essayait de refiler à l'autre les corvées les plus désagréables. Éloi se retrouva donc au dégraissage des friteuses. Le patron passa à minuit et demi. La recette du jour le mécontenta.

— Un Tchip Burger en plein centre-ville, ça marcherait mieux, s'excusa Xavier.

— Figure-toi que j'y ai pensé, lui répliqua la Firme. Mais il n'y a aucun emplacement. Sauf un, rue Paul-Bert. Mais ça, Louvier le garda pour lui.

— Salut, la compagnie ! lança Éloi, prêt à repartir dans la nuit.

Puis il ajouta en regardant son patron :

— Que Dieu vous ait en Sa sainte garde !

Car il lui arrivait de dire n'importe quoi.

Une fois sur le trottoir, il se demanda s'il allait sagement se mettre au lit ou bien customiser quelques affiches. Quand il devait prendre des décisions de cette importance, il préférait s'en remettre au hasard, bien meilleur juge que lui. Il se plaça sous un réverbère, sortit un gros dé d'une des poches de son battledress et le fit rouler sur le trottoir. La question était : « Vais-je servir le GAP, ce soir ? » Le dé répondait par oui en tombant sur le 1, par non en affichant le 6. Naturellement, il fallait montrer une certaine patience avant d'obtenir une réponse.

— Deux, quatre, merde, trois, deux, putain, ça vient, oui ? Cinq, un... Ah !

Il empocha son dé et se mit en route, à la recherche d'affiches. Il avait toujours sur lui le matériel du parfait petit vandale. Au moment où il allait se décider pour l'affiche d'un après-rasage qui indiquait d'une façon assez inutile que « Les hommes seront toujours des hommes », il prit conscience d'un bruit de pas qui l'escortait depuis un moment. Or, ce bruit était singulier, comme étouffé et s'arrêtant à intervalles. On le suivait. Il tourna légèrement la tête et ne vit personne. On se dissimulait. Ou c'était un type attendant le moment de l'agresser ou c'était... Éloi sourit et écrivit en tout petits caractères sur l'affiche : « C'est pas beau d'espionner.» Puis il partit en chantant à tue-tête la chanson guillerette de Marcel et son Orchestre :

— *Je roulais en scooter, sur l'avenue du Maine,*
Quand dans l'colimateur, je vois un truc obscène,
Un petit animal, les quatre pattes en l'air,
Dans une pose anormale, me montrait son derrière.

Sa déambulation nocturne le fit passer par la rue des Droits de l'homme et il pensa au jeune Gil. Il habitait au 2 ou au 4. Éloi ne savait plus. Il leva la tête et vit une lumière s'allumer. Il décida que c'était là, et en guise de sérénade, lança le refrain vers la fenêtre :

— *La p'tite souris est morte, hey hey ho !*
Y a ses boyaux qui sortent,
C'est pas beau, c'est pas beau !

Le type qui le suivait – car Éloi était suivi – leva les yeux vers la fenêtre éclairée et nota l'adresse au passage.

Au 2, rue des Droits de l'homme, Cécile ne dormait pas. Cette nuit-là, Cécile doutait d'elle-même. Était-elle, oui ou non, faite pour ce métier d'institutrice dont elle rêvait depuis le CE2 ? Elle aimait les enfants, mais elle n'avait aucune autorité. Et Steven n'arrivait toujours pas à assembler deux syllabes, et Audrey s'empêtrait dans les sons. Quant à la pièce de théâtre, c'était devenu son cauchemar. Les petits ne retenaient pas leurs répliques et faisaient du chahut à chaque répétition. Cécile se versa un verre de lait, souverain remède contre l'insomnie. Mais elle ne trouva rien dans le réfrigérateur contre le manque de confiance en soi.

— Eh bien, où en êtes-vous de votre représentation théâtrale ? lui demanda gaiement M. Montoriol, le lendemain matin.

Cécile ne put s'empêcher de lui jeter un regard furieux. Puis elle baissa les yeux en murmurant :

— Oh... ça n'ira pas.

— Comment ça ? s'étonna Georges, toujours enjoué.

Il l'exaspérait. Ne se rendait-il compte de rien ? Ne voyait-il pas qu'elle était nulle ? Nulle !

— Mais je n'arrive à rien ! explosa-t-elle. Ils ne m'écoutent pas, ils n'apprennent pas ! Et puis cette histoire de lapin est idiote. Les parents vont se moquer de moi !

Elle était au bord des larmes.

— Voyons, Cécile...

— Et je ne sais plus quoi faire avec Steven ! Et Audrey, ses parents n'ont toujours pas contacté l'orthophoniste !

Georges toussota. Gêné. Ému.

— On est tous passés par là, vous savez...

— Oui, oui, Mme Meunier me l'a dit aussi.

Elle renifla.

— Il y a des jours où ça va... Ils travaillent. Mais ils font tellement de bruit !

— Pas quand vous racontez des histoires.

— Mais j'en raconte beaucoup trop, se lamenta Cécile.

Elle tressaillit. Georges venait de poser la main sur son épaule.

— Vous êtes fatiguée. C'est un passage à vide. Vous faites très bien votre travail, Cécile. Vous manquez un peu d'autorité, mais ça viendra avec le temps. Je vais convoquer les parents d'Audrey et je vous garantis que leur fille ira chez l'orthophoniste. Pour Steven, je vais lui faire passer un bilan chez la psychologue scolaire. Sa place n'est pas ici.

Cécile se sentit honteuse d'avoir craqué. Il lui semblait avoir trahi ses petits élèves. Elle parvint à s'arracher un « merci » du bout des lèvres.

— Mais de rien, protesta M. Montoriol. Et pour cette fichue pièce de théâtre, je regrette de vous avoir forcé la main.

Plusieurs fois, au cours de la matinée, Cécile pensa à la phrase de Montoriol en forme de couperet : « Sa place n'est pas ici. » Elle observa Steven à la dérobée. Était-il vraiment différent des autres enfants ? Malgré elle, elle nota le front un peu bas, les yeux trop écartés. Soudain l'enfant, se sentant regardé, lui sourit d'un sourire qui le transfigura. Depuis quelque temps, il avait de ces éclairs de présence, il riait à une blague d'un gros rire enroué, il levait le doigt pour participer. Il était moins seul à la récré et n'avait plus ces vilaines dartres autour de la bouche. Mais, au grand chagrin de Cécile, il s'endormait toujours avant la fin des histoires.

En début d'après-midi, Cécile s'occupa plus particulièrement de son petit groupe de soutien en calcul qui comprenait Steven, Marianne, Robin et Démor.

$$4 + 2 =$$
$$5 + 3 =$$
$$2 + 4 =$$
$$4 + 4 =$$

... étaient les difficultés du jour et Cécile fit ses pronostics. Marianne aurait les solutions, mais dans un quart d'heure. Robin écrirait 9 à la place de 6. Steven déplierait un à un ses doigts en comptant à mi-voix. Puis il oublierait le résultat au moment de l'écrire et devrait recommencer. Démor... Démor bâillait. Il n'avait pas encore commencé. Cécile le secoua.

— Mais dis-moi, tu vas te mettre au travail ? À quelle heure tu t'es couché, hier soir ? Tu as regardé la télé, je parie ?

— C'était trop bien ! répondit Audrey à sa place. C'était « l'île des aventuriers ».

— Tatatatam ! brailla Baptiste en imitant le générique du jeu télévisé. Qui restera sur l'île ? Qui en sera chassé ?

— T'as vu quand ils ont dû manger des araignées ? l'interpella Inès.

— Berk, firent-ils tous, dégoûtés.

— Qui a regardé ? demanda Cécile.

Les deux tiers des élèves levèrent le doigt. Mais pas Démor. Lui était vraiment allé dans l'île des aventuriers.

— T'as regardé quoi ? voulut savoir Audrey, qui ne supposait pas une autre façon de passer la soirée.

— J'ai regardé rien. J'ai pas la télé.

Les enfants poussèrent le même cri que le jour où il leur avait dit qu'il s'était brûlé.

— Allons, on se remet au travail ! gronda Cécile.

Marianne finit par juger que quatre et deux faisaient six, Robin pensa six et écrivit neuf, Steven compta sur ses doigts, attrapa son stylo, bloqua au moment d'écrire et regarda la réponse sur le cahier de Démor. Cécile sentit le découragement la gagner. À quoi servait-elle ?

En fin de journée, on devait répéter la pièce de théâtre à la BCD, mais Cécile laissait sciemment passer l'heure. Vincent leva le doigt :

— On fait pas Lapinou, aujourd'hui ?

Dix-huit regards braqués sur elle.

— Écoutez, si vous n'êtes pas sages pendant la répétition, je vous préviens qu'on annulera la pièce.

— C'est quoi « nannulera » ? demanda Steven, l'air effrayé.

— On ne la fera pas, voilà.

La menace fit effet pendant les dix premières minutes. Puis Baptiste recommença ses blagues pipicaca, Tom pinça les filles, Lisa et Claire jouèrent à « Guillaume, le méchant homme qui a tué trois millions d'hommes » et Mémère distribua sournoisement des taloches.

— J'en ai assez ! cria Cécile.

Tout le monde s'immobilisa.

— Assez, dit-elle, des larmes dans la voix.

Elle s'effondrait.

— On nannulera ? demanda Louis.

— Mais personne ne sait son texte ! gémit Cécile. Et vous ne vous écoutez pas les uns les autres...

— Moi, je sais mon texte, murmura Démor.

Il se fit une oreille de lapin avec la main et l'agita en chantonnant le petit refrain que Cécile lui avait composé :

— *J'ai qu'une oreille et pas de moustache.*
Dans ma famille, je fais tache.
Il y a chez moi quelque chose qui cloche.
Je suis le lapin le plus moche.

C'était tout à la fois triste et drôle. Car il était vraiment moche et chantait avec conviction. Cécile en eut le grand frisson. Qu'allaient en penser les parents ? Des parents de centre-ville !

— Il fait trop bien Lapinou, s'extasia Audrey.

— On va pas nannuler ? supplia Louis.

Cécile le serra contre son cœur.

— Non, murmura-t-elle.

Mais elle n'était pas au bout de ses peines. À la sortie de l'école, une dame très grande et tout en os s'avança vers elle, en se présentant :

— Je suis Mme Marchon, la maman de Jean-René. Il y a moyen de vous dire deux mots ?

— Bien sûr.

— C'est vous qui avez prêté à Jean-René un livre intitulé... hum... *À chacun son... son caca ?*

— *À chacun sa crotte,* rectifia Cécile, inconsciente du danger.

— Je tiens à vous signaler que nous n'avons pas l'habitude de ce genre de lecture à la maison. Je suis... hum... professeur de lettres au lycée Benjamin-Franklin.

113

Cécile se sentit devenir brûlante puis glacée. Incapable de réagir.

— Deux de mes enfants ont eu Mme Maillard comme institutrice et je n'ai eu qu'à m'en féliciter. Elle était traditionnelle et je sais qu'il est de bon ton de s'en moquer. Mais moi, je ne comprends rien à votre méthode, sans doute « moderne », d'apprentissage de la lecture. Pourquoi Jean-René n'a-t-il pas de manuel ? Pourquoi n'a-t-il pas de leçons ni de devoirs ?

Cécile se tordit les mains. Muette, regardant le bout de la rue. Mme Marchon, qui s'était attendue à une vive riposte, en resta interloquée. Et Cécile s'en alla sans avoir dit un seul mot pour sa défense. Elle marcha le plus vite qu'elle pouvait sans se mettre à courir, monta son escalier, poussa tout doucement la porte pour ne pas alerter sa mère et s'effondra sur son lit en sanglotant. La tête dans l'oreiller, elle chercha en aveugle un vieux nounours qui dormait avec elle depuis le CE2. Elle l'appuya contre sa bouche pour faire taire le cri qui montait à ses lèvres. Papa ! Papa !

11

Où l'on fait des projets de mariage

— **C'**est une honte ! Je vais finir par les exclure de ma classe.

Chantal Pommier, qui aimait les entrées théâtrales, venait de pousser la porte de la salle des profs. Cécile et Mélanie la regardèrent, dans l'attente d'un complément d'information.

— La petite Boualé que j'ai dans ma classe...

— Laquelle ? demanda Mélanie.

Chantal s'arrêta dans son élan et agita ses bracelets :

— Je ne sais plus. Pas les jumelles, l'autre...

— Donatienne, alors, précisa Mélanie.

— C'est ça. Depuis deux jours, elle se tient la joue, en prenant des airs de martyre. À la fin, j'en ai assez et je lui demande ce qu'elle a. « J'ai mal aux dents. » Je la houspille un peu, je lui dis d'en parler à ses parents au lieu de faire cette tête-là. Pour finir, je lui fais ouvrir la bouche.

Cécile ouvrit la sienne, stupéfaite. Chantal, heureuse d'avoir trouvé un nouvel auditoire, ajouta :

— Je voulais voir si elle n'avait pas un abcès. Ça peut être très dangereux. Mon mari est médecin et il a vu des cas parfois... Oui, ça peut surprendre que mon mari soit médecin.

Cécile n'avait manifesté aucune surprise mais Mélanie, sachant ce qui allait suivre pour l'avoir subi dix fois, se précipita vers sa bouilloire. Chantal fit quelques moulinets de bracelets :

— On m'a souvent demandé pourquoi j'étais instit alors que mon mari (c'est le docteur Pommier) gagne bien sa vie. Très bien, même.

Elle parut examiner le plus gros de ses bracelets.

— Mais que voulez-vous ? Je n'aurais jamais pu me contenter de n'être *que* la femme du docteur Pommier. D'ailleurs, mon métier me passionne. Et puis, quand on aime les enfants... Ça ne se commande pas, ça. J'ai besoin de voir leurs petites frimousses, d'entendre leurs petites réflexions et...

— C'était un abcès ? la coupa Cécile.

— Un abcès ? répéta Chantal, comme si elle ne voyait pas de quoi on parlait. Ah oui ! Un abcès... Non. Des caries. Plein de caries. Quelque chose d'épouvantable. Ces gens ne soignent pas leurs enfants. Ils en ont trop. Mon mari me disait qu'on n'imagine pas à quel point l'hygiène la plus...

Cécile tourna le dos à Mme Pommier, la laissant en plan au milieu de sa phrase.

— Vraiment asociale, maugréa-t-elle.

Cécile n'avait pas reparlé à M. Montoriol depuis qu'elle avait craqué devant lui. Il semblait comprendre sa gêne et la saluait de loin. Pourtant, Cécile profita de la récréation pour aller toquer à la porte de son bureau.

— Oui, entrez. Ah ! Cécile...

Il lui jeta un petit regard inquiet mais poursuivit gaiement en montrant le désordre de son bureau :

— Toute cette paperasse, ça repousse comme la mauvaise herbe ! Et vous, ça va ?

— Je voulais vous parler de Donatienne. Vous voyez qui je veux dire ?

— En CE2, avec Prudence et Pélagie.

On ne prenait pas facilement M. le directeur en défaut.

— Il paraît qu'elle a mal aux dents. D'après Mme Pommier, elle a plein de caries pas soignées.

Georges marqua un temps d'hésitation, puis désigna à Cécile le fauteuil qui se trouvait de l'autre côté de son bureau.

— Asseyez-vous.

Il laissa encore passer un silence puis se décida :

— J'ai un problème avec les Baoulé. Un gros problème. Ils ne paient plus la cantine. C'est la municipalité qui m'a prévenu. Leur facture de septembre est restée impayée et ils ont des arriérés de l'an passé.

— Ils n'ont pas les moyens de payer, dit Cécile, la voix sèche.

Son cœur s'emballait. Elle songeait à Démor, à Toussaint.

— C'est évident, admit Georges. Je... je voulais contacter M. Baoulé pour voir avec lui ce qu'on pouvait faire. Mais...

Il souleva ses papiers.

— Il ne m'a pas donné d'adresse précise. Saint-Jean-de-Cléry. C'est tout. Pas de numéro de téléphone. Rien. Et je ne vois jamais personne à la sortie.

— Il suffit de demander aux enfants.

Georges fit un signe d'assentiment.

— Alphonse m'a répondu que leur maison n'était pas dans une rue. Il n'a rien pu me dire d'autre. Ou pas voulu.

— Et pour la cantine ? relança Cécile.

Les mains de Georges se crispèrent sur une feuille à en-tête administrative.

— J'ai reçu « ordre » de ne plus servir de repas aux Baoulé.

Cécile bondit sur son siège.

— Quoi ? Et... vous allez obéir ?

Elle haletait de colère. Quelque chose d'inconnu la soulevait. La révolte. Georges soutint son regard et en même temps froissa la feuille.

— Non, dit-il. Je vais payer avec la coopérative scolaire. Mais je risque des ennuis.

La sonnerie marquant la fin de la récréation se fit entendre. Georges et Cécile se levèrent d'un même mouvement.

— Je ne vous ai rien dit de tout ça, n'est-ce pas ? murmura M. le directeur.

— Et les caries de la petite ?

Georges écarta les bras dans un geste d'impuissance :

— Je n'ai même pas le droit de lui donner de l'aspirine !

Après la récré, Cécile profita de son petit groupe de soutien en calcul pour demander à Démor :

— Tu as beaucoup de stations de tram pour aller chez toi ?

Démor gonfla les joues pour indiquer qu'il n'en savait rien.

— Ça te prend combien de temps ? insista Cécile.

Même grimace.

— Tu connais ton adresse ?

— C'est la gare, répondit le petit.

— Rue de la gare ?

— Non. La gare.

Cécile abandonna la partie. Mais après la cantine, elle chercha Donatienne dans la cour. Elle était entourée des jumelles, qui essayaient de la réconforter.

— Tu as toujours mal aux dents ? lui demanda Cécile avec des airs de comploteuse.

Donatienne fit tristement oui de la tête.

— J'ai acheté de l'aspirine, viens prendre un verre d'eau à la cuisine.

C'était contraire au règlement. La chose devait donc se faire discrètement.

— Merci, dit la petite en rendant le verre.

— Il faudrait que je parle à ta maman. Crois-tu que je peux faire un saut chez vous, après l'école ?

Les yeux de la fillette s'agrandirent d'étonnement. Elle se méfiait.

— C'est pourquoi vous voulez lui parler ?

— Pour le dentiste. Il faut que tu voies un dentiste.

La petite baissa le nez et bredouilla :

— J'ai pas le droit. C'est la dame du dépensaire qui l'a dit.

À nouveau, la révolte souleva Cécile.

— Comment ça ? Tout le monde a le droit d'être soigné en France !

Donatienne fit non de la tête.

— Nous, on n'a pas la carte qui faut. C'est une carte qui est verte, en plastique. La dame, elle a dit que je dois aller chez le dentiste en Côte-d'Ivoire. Et même, ça l'a fait rire parce que c'est de l'ivoire, les dents.

La colère secouait Cécile comme un arbre dans la tempête.

— On va voir si tu n'as pas le droit, marmonnat-elle, on va voir.

À la sortie des classes, Démor courut vers son grand frère en criant :

— Es qué émaitressi cloi ba aolo wafan[1] ?

Cécile s'approcha d'Alphonse qui rassemblait son clan. Il la regarda bien dans les yeux :

— Vous voulez venir à la maison ?

Tous les petits la dévoraient du regard.

— Oui... enfin, si tu penses que c'est possible.

Alphonse savait que son père avait peur des Blancs, les Whities, comme il les appelait.

— Elle vient, dit Léon.

— Elle vient, elle vient ! crièrent Démor et Toussaint.

Alphonse acquiesça en homme qui prend ses responsabilités.

— Mais c'est loin, prévint-il.

Cécile sourit, amusée. Saint-Jean-de-Cléry n'était qu'à quelques stations de tram. Elle fut donc bien surprise lorsque les enfants dépassèrent la station du tramway et s'engagèrent sous les arcades de la rue principale.

Alphonse marchait devant et Cécile se demanda pourquoi il ne mettait pas son pull-over. Le jour baissait et la bise était aigre. Pour une fois, Léon avait décroché du peloton de tête et rôdait autour de la

---

1. Est-ce que la maîtresse peut venir à la maison ?

maîtresse en lui jetant des regards incrédules. Elle était là, elle marchait avec eux ! Comment lui dire qu'il était amoureux d'elle sans que les autres l'entendent ? C'était d'autant plus difficile que Démor et Toussaint l'avaient prise par la main et lui racontaient un tas de bêtises. Elle faisait semblant de les écouter en songeant : « Mais où vont-ils comme ça ? Ça fait bien un quart d'heure qu'on marche. Et ces gros cartables qu'ils doivent traîner ! » Seuls Démor et Toussaint étaient légers, car ils n'avaient ni livres ni cahiers à transporter.

— C'est encore loin ? demanda Cécile, sur le ton des enfants qui s'impatientent.

Les immeubles du centre-ville avaient cédé la place aux pavillons et aux surfaces commerciales.

— Oh là là, oui, soupira Toussaint.

— Mais on est à Auchan. On va manger, ajouta Léon pour soutenir le moral de sa bien-aimée.

— Moi, je savais pas, j'ai rien pris pour la maîtresse, s'excusa Clotilde.

Elle ouvrit son cartable et en sortit un premier morceau de pain.

— Ça fait rien, se sacrifia Léon, à demi-mort de faim. Je lui donne le mien.

Il tendit un bout de pain à Cécile, de plus en plus éberluée.

— Non, tu es gentil, Tiburce, je n'ai pas faim.

— Je m'appelle Léon, rectifia le petit garçon, mortifié.

Cécile n'avait pas le coup d'œil de M. le directeur qui identifiait les enfants Baoulé aux vêtements – toujours les mêmes – qu'ils portaient.

— J'ai une pomme ! cria Félix. T'en veux, Léon ?

— Non, non.

Il ne voulait pas passer pour un glouton aux yeux de Cécile.

— J'ai un Kiri ! cria Alphonse. T'en veux, Léon ?

— Mais lâchez-moi, bougonna-t-il.

Cécile s'aperçut qu'il boitillait. Donatienne, quant à elle, regardait droit devant, avec la résignation des enfants qui souffrent. Honorine ne savait plus comment porter son cartable tant il tirait sur ses épaules.

— Tu veux que je te prenne ton sac, Victorine ? lui proposa Cécile.

— Moi, c'est Honorine. Non, ça va.

— On est des nègres, frima Léon. On est forts.

Cécile marchait dans un brouillard de fatigue. Comment ces enfants pouvaient-ils tenir bon, après toute une journée d'école et avec un si gros sac à porter ? Elle entendait leur souffle qui se faisait gémissement, elle voyait leurs dos qui ployaient peu à peu.

— Là, c'est Monsieur Bricolage, lui indiqua Léon qui semblait se faire beaucoup de souci pour elle. Après, c'est plus trop loin.

— Ça me rappelle le jour, dit Cécile, où Lapinou Crotte-Crotte a tellement marché qu'il en avait les pattes tout écorchées. Et vous savez pourquoi il a tellement marché ?

— Non, firent en chœur Toussaint et Démor.

Les derniers kilomètres passèrent comme par enchantement. Tous les Baoulé s'étaient regroupés autour de Cécile et l'écoutaient. Quand ils arrivèrent au bas du talus, ils poussèrent un hourra de délivrance. Sans comprendre ce qui se passait, Cécile les regarda qui escaladaient la butte. Léon resta en arrière. C'était le moment ou jamais.

— Maîtresse, dit-il dans un élan de tout son cœur, je veux me marier avec vous.

Elle tressaillit, confuse. C'était sa première demande en mariage.

— Tu es peut-être un peu petit.

— Mais quand je sera un peu grand ?

Alphonse parut au sommet du talus.

— T'arrives, Léon ?

Cécile souffla à l'oreille du petit garçon :

— D'accord...

Et elle grimpa le talus, plus leste qu'un cabri.

— Maintenant, c'est bien, lui dirent Honorine et Victorine. On peut jouer.

— Et ça n'est pas dangereux ? s'inquiéta Cécile.

Les enfants s'esclaffèrent et firent le petit train au milieu des rails.

— Là-bas, c'est notre maison ! cria Léon.

— La gare, murmura Cécile.

Sur le quai, Mme Baoulé attendait les enfants. En apercevant Cécile, elle mit les mains aux hanches, massive, superbe, comme prête à faire un rempart de son corps. Démor et Toussaint coururent vers elle en criant :

— C'est la maîtresse ! C'est la maîtresse !

Mme Baoulé avait beaucoup entendu parler de Cécile et de Lapinou. Son visage se fendit d'un grand sourire.

— Mais ça fait loin de vini' ! Ent'e, ent'e...

À l'intérieur, dans la grande salle d'attente transformée en buanderie-cuisine, avec du linge qui séchait le long des fils et de la viande en sauce qui mijotait dans deux grosses marmites, Nathalie était en conversation avec Mme veuve Baoulé. Elle jeta un regard irrité aux enfants et fronça les sourcils en apercevant Cécile.

— Qu'est-ce que c'est ? aboya-t-elle, en bon chien de garde des Baoulé.

Cécile se présenta et aborda le problème de Donatienne. Nathalie se tourna, mécontente, vers Mme veuve Baoulé.

— Mais vous m'avez pas parlé de ça !

— On te fait tellement, tellement des soucis, gémit la maman de Donatienne.

Elle raconta que la dame du dispensaire de la place Léon-Blum lui avait réclamé la carte Vitale, puis la carte de séjour, puis une quittance de loyer, et finalement lui avait dit d'aller faire soigner sa fille en Côte-d'Ivoire.

— Les mineurs, même en séjour irrégulier, ont le droit d'être soignés, martela Nathalie en donnant des coups de stylo dans le bois de la table. Il suffit de prouver qu'ils résident en France de façon permanente.

Elle s'adressa à Cécile :

— Vous pouvez lui faire un certificat de scolarité ? Parfait. Ça ira.

Elle se retourna vers Mme veuve Baoulé :

— Je vous accompagnerai au dispensaire. Ce n'est pas la première fois qu'on me parle d'une dame à l'accueil qui joue les petits chefs.

Rendez-vous fut fixé pour le lundi suivant et Cécile laissa son tube d'aspirine à Donatienne en attendant.

Mme Béranger était à l'accueil au dispensaire de la place Léon-Blum depuis plus de dix ans et, comme elle le disait elle-même, on n'allait pas lui apprendre son métier. On lui avait mis dans les pattes, ou plus précisément entre les griffes, une stagiaire qui n'en menait pas large.

— Judith, vous entendez pas le téléphone ? la houspilla Mme Béranger.

— Si, si. Je décroche ?

— Non, vous le regardez en attendant qu'il vous saute dans les bras, fit Mme Béranger qui pensait avoir de l'humour.

Toutes les fois où Judith avait spontanément décroché le téléphone, elle avait reçu une réprimande parce qu'elle se mêlait de ce qui ne la regardait pas.

— Dispensaire Blum, j'écoute, fit Judith de sa voix la plus aimable. Oui ? Un rendez-vous pour... ? Le dentiste...

Elle interrogea Mme Béranger du regard.

— Complet jusqu'en décembre, fit la dame d'accueil sans même compulser le registre de rendez-vous.

— Ce sera possible en décembre, madame, fit Judith avec une note de regret dans la voix. Ah ? Une rage de dents...

Elle jeta un regard suppliant vers sa chef.

— Décembre, répéta Mme Béranger, l'œil farouche.

Et son œil devint plus farouche encore quand elle vit s'avancer vers son comptoir une dame noire et sa fillette. Elle les reconnaissait. Des sans-papiers.

— Bonjou', madame, bonjou', ça va la santé, tes enfants ? fit la maman de Donatienne. Je viens pou' ma fille.

— Vous êtes déjà venue. Et je vous ai déjà dit qu'ici, on soigne les gens qui sont en règle avec la loi.

Elle se tourna vers Judith qui n'en finissait plus de s'excuser au téléphone :

— Mais vous raccrochez, oui ? On peut avoir des coups de fil importants. Bon, et vous...

Elle montra la sortie à Mme veuve Baoulé et eut un petit sursaut en apercevant une jeune fille blonde qui observait la scène.

— Vous avez rendez-vous ?

— Non, répondit Nathalie. J'accompagne Mme Baoulé dans ses démarches. J'appartiens à une association d'aide aux étrangers.

— Vous faites ce que vous voulez de vos loisirs, lui répliqua Mme Béranger. Mais ici, c'est un dispensaire et vous n'allez pas m'apprendre mon métier.

— Je crois que si, répondit Nathalie. Voici le récépissé de la préfecture mentionnant que Mme Baoulé a fait une demande d'asile.

Mme Béranger jeta à peine un coup d'œil au morceau de papier trop de fois plié et déplié.

— Et qu'est-ce que vous voulez que j'en fasse, de votre torchon ?

— Ce document, rectifia Nathalie, ouvre doit à une protection médicale intégrale. Et cette petite fille qui vit en France depuis plus d'un an, comme l'atteste ce certificat scolaire signé par le directeur de l'école Louis-Guilloux, a le droit de se faire soigner dans ce dispensaire. Je vous demande donc un rendez-vous pour elle en urgence.

Elle avait parlé calmement, mais insista sur les mots « en urgence », tout en se penchant vers Mme Béranger par-dessus son comptoir.

— On n'a rien avant décembre, triompha la brave dame.

— Oh, si, cherchez bien.

— Vous n'allez pas m'apprendre mon...

Mme Béranger s'aperçut qu'elle l'avait déjà dit et s'interrompit. La colère commençait à lui chauffer les joues.

— Vous savez, on m'a demandé de signaler les sans-papiers à la préfecture, reprit-elle dans un chuchotement furieux. Alors, si vous cherchez les ennuis...

Sans répliquer, Nathalie porta deux doigts à sa bouche et émit un terrible sifflement. Il se passa alors une chose que Mme Béranger, en dix ans d'accueil au dispensaire, n'avait encore jamais vue.

Un jeune homme entra, tenant à deux mains une sorte de petit accordéon. C'était Éloi et son bandonéon, escorté par les jeunes du Gang Anti-Pub, rebaptisé pour l'occasion le Groupement Assez Polyvalent. Un garçon jouait de la trompette, l'autre du saxo, un troisième avait un hautbois, une fille des cymbales, une autre la grosse caisse. Et cinq choristes, tapant dans des woodblocks, entamèrent l'hymne révolutionnaire bien connu :

— *La petite souris est morte, hey, hey, ho !*
Y a ses boyaux qui sortent.
C'est pas beau, c'est pas beau !

Nathalie gueula :
— On veut un rendez-vous !

L'air effaré, la petite Judith s'enfuit par un couloir tandis que Mme Béranger cherchait autour d'elle les moyens de se défendre. Lorsque Éloi et son orchestre annoncèrent à l'assistance que le gros chien-chien était également mort, hey, hey, ho ! et que tout son ventre était dehors, c'est pas beau, c'est pas beau, Judith déboucha du couloir, suivie de près par un homme en blouse blanche.

— Ah, docteur Moulière, docteur Moulière ! s'écria Mme Béranger, voyant enfin son salut. C'est des fous ! Appelez la police !

— Stop ! hurla Nathalie.

La fanfare s'interrompit et elle prit la parole :

— Docteur, cette personne (elle désigna Mme Béranger) enfreint la loi en refusant l'accès aux soins à cette petite fille qui souffre d'une rage de dents depuis plusieurs jours.

Nathalie s'abstenait volontairement de parler de racisme. Le docteur Moulière jeta des regards furieux sur Mme Béranger et sur la fanfare avec beaucoup d'équité.

— Arrêtez-moi tout ce cirque, dit-il. Je vais prendre la petite entre deux rendez-vous.

Il s'éloigna avec Mme Baoulé et Donatienne qui traînait des pieds. Au passage, il lança un « merci, Judith ! » qui allait valoir beaucoup de brimades à la malheureuse stagiaire.

— Bon, vous avez entendu le docteur ? fit Mme Béranger en faisant semblant de croire qu'il avait pris son parti. Il vous a dit d'arrêter votre cirque. Alors, allez-vous-en et laissez-nous travailler en paix !

— Nous aimons regarder les gens qui œuvrent pour le bien de l'humanité, lui répondit Éloi. Nous allons rester là un petit moment. Mais sans faire de bruit, promis.

Le GAP s'assit en tailleur sur la moquette. Une bonne demi-heure s'écoula dans un silence hostile, Mme Béranger s'étant barricadée derrière son comptoir et ses verres à double foyer. Puis Donatienne reparut, rayonnante :

— J'ai même pas eu mal !

Le docteur Moulière s'approcha du comptoir et ordonna à Mme Béranger :

— Prenez-moi cinq rendez-vous dans le mois...

Il jeta un regard en coulisse à Nathalie et esquissa un sourire.

— ... pour cette petite fille...

Il posa la main sur l'épaule de Donatienne :

— ... cette petite fille très courageuse.

Tout le long du retour, Donatienne chanta les louanges de son dentiste. Il était drôle, il était gentil, il lui avait donné une brosse à dents. Mais il est une chose qu'elle ne dit pas à propos du docteur Moulière et qui était pourtant bien décidée dans sa tête. Quand elle serait grande, elle se marierait avec.

12

Qui est bon
pour notre conscience politique

Gil avait fini par lire *No logo*, le gros livre qu'Éloi lui avait prêté. Il en avait retenu que le PDG de Disney gagnait 9 793 dollars l'heure tandis qu'un travailleur haïtien touchait 28 cents l'heure et que, en conséquence, il valait mieux être PDG chez Mickey que travailleur à Haïti.

Ce samedi après-midi, Gil décida de rapporter le livre à Éloi.

— J'y go, dit-il à Cécile et à sa mère.

— Où ? firent-elles d'une seule voix.

— Voir un copain de ma classe.

— Martin ? demanda Mme Barrois pour avoir l'air de se tenir au courant.

— Non. Saint-André. Tu connais pas.

— De Saint-André ? s'étonna Cécile en insistant sur la particule. Ça doit être le frère d'Églantine. C'est comment, son prénom ?

— É... Emmanuel, se reprit Gil à temps. Bon, atchao, Sissi !

Gil avait dans l'idée que son nouvel ami était une fréquentation à risque et il préférait en tenir sa sœur à distance. Il voyait Éloi de temps en temps au premier étage du Tchip Burger, et celui-ci, tout en gardant un œil sur son chef, lui avait raconté la courte histoire de sa vie. Il était né riche d'un père riche qui avait épousé une femme riche avant de s'enrichir grâce à son cabinet d'avocat d'affaires. Éloi avait été un petit garçon affectueux, fantaisiste et terriblement gâté. Les Saint-André auraient aimé avoir une famille nombreuse. Mais pendant quinze ans, ils ne purent avoir d'autre enfant, en dépit de tous les traitements compliqués et onéreux auxquels ils se soumirent. Quand Éloi eut dix-sept ans, deux événements bouleversèrent le cours de sa vie. Sa mère tomba enceinte alors qu'elle avait abandonné tout espoir. Un mois avant la naissance d'Églantine, Éloi fut agressé par deux voyous qui en voulaient à son blouson Lacoste et le laissèrent inconscient sur le pavé. Une fois rétabli, Éloi changea de comportement. Églantine devint une petite fille charmante et terriblement gâtée tandis que son frère aîné refusait tout gadget coûteux, ne portait plus aucun vêtement de marque et adhérait à la Ligue communiste révolutionnaire. À dix-huit ans, Éloi déclara à ses parents qu'il avait l'intention de vivre par ses propres moyens. Son père lui répliqua :

— Si tu pars d'ici, tu ne reviens plus.

Éloi n'était pas revenu.

— C'est ouvert ! gueula Éloi, étendu à plat ventre sur le lit dans sa tenue préférée.

Gil entra, fit un pas et resta indécis.

— Je dérange ?

— Non, dit Éloi en attrapant son peignoir rouge. Mais ferme quand même la porte.

Il crut bon de donner une petite explication :

— J'évite d'user mes vêtements. Ça va, toi ?

— Ouais.

Gil fit des yeux le tour de la chambre. Chaque mur était peint d'une couleur différente, bleu ciel, rose saumon, vert Nil et jaune paille. Un vieux théâtre de Guignol occupait un des coins, un balafon et un bandonéon trônaient au centre, et des livres dégorgeaient d'une malle en osier entrouverte.

— Assieds-toi, dit Éloi en désignant une souche d'arbre qui était le seul siège de la pièce.

— Je t'ai rapporté ton bouquin, fit Gil en posant *No logo* sur le lit.

— Alors, t'en as pensé quoi ?

— Bof-bof.

— Tu vas continuer à acheter des pompes Nike ?

— Je sais pas.

Gil plia ses jambes de héron pour s'asseoir sur la souche. Il ne savait pas ce qu'il fallait penser de la mondialisation, des OGM et du CAC 40.

— Tu vois, Éloi, fit-il en allongeant ses jambes devant lui, puis en agitant ses péniches tout au bout, je crois que je ne pense pas.

Il s'attendait à ce qu'Éloi s'énerve et cherche à l'endoctriner. Mais le jeune homme se contenta de rire.

— Qu'est-ce que ça te donne d'être pauvre ? voulut savoir Gil.

— Je ne suis pas vraiment pauvre. Les pauvres ne choisissent pas leur vie. Moi, si. En fait, je suis...

Il cherche le mot au plafond :

— Je suis précaire. Comme un oiseau tout au bout d'une branche. La branche plie. L'oiseau va-t-il tomber ? Non, il s'envole !

Il se leva d'un bond et s'approcha de la fenêtre.

— Je vais te montrer un truc marrant, dit-il en faisant à Gil un signe de la main. Tu vois le type en bas ?

— Avec un blouson en jean ?

— Oui. Il me flique.

Il rit. Gil le regarda, incrédule. Il avait un peu peur d'être mystifié par Éloi.

— Je suis un mec dangereux, dit-il. Tu savais pas ça ? Attends, je m'habille et on va promener le chien.

Gil regarda de nouveau par la fenêtre. Le type venait d'allumer sa cigarette et s'éloignait. Éloi racontait donc n'importe quoi. Mais le type s'arrêta au bout de la rue et s'appuya au mur pour fumer.

— Prêt pour la promenade ? dit Éloi. Hier, je lui ai fait faire dix kilomètres de nuit. Temps superbe, ciel étoilé, il a dû être content.

Une fois dans la rue, Gil et Éloi partirent bon train. Au bout de quelques mètres, Gil tourna la tête. Le gars les suivait.

— Mais c'est qui ?

— Sûrement un gentil, dit Éloi, puisque je suis un méchant. T'as jamais vu de film ?

Soudain, il se baissa, et avec une craie extraite d'une des nombreuses poches de son battledress, il dessina un petit cercle sur le trottoir puis y inscrivit le chiffre 1.

— Qu'est-ce que tu fais ?

— J'entretiens son intellect à l'aide de petites énigmes, répondit Éloi en désignant son suiveur d'un mouvement de tête.

Cent mètres plus loin, il traça un second cercle dans lequel il inscrivit le chiffre 2.

— Ça veut dire quoi ?

— Absolument rien. Maintenant, on va sonner chez le docteur...

Il s'approcha d'une porte et lut sur la plaque :

— Docteur Mérou. Maladies de la peau. Varices. Laser.

Gil s'écarta et le regarda faire, un peu effrayé. Une dame d'un certain âge ouvrit :

— Oui ?

— Bonjour, madame, fit Éloi bien poliment. J'ai trouvé ceci sur votre palier.

Il montra au creux de sa main une pièce de vingt centimes.

— Et j'ai pensé que le docteur Mérou-maladies-de-la-peau-varices-laser l'avait peut-être égarée.

La dame se pencha sur la pièce, l'air perplexe.

— Je... je ne crois pas.

— C'est peut-être Mme Mérou ? reprit Éloi. Est-ce que je peux me permettre de vous la confier ? Au cas où elle n'appartiendrait ni au docteur Mérou ni à madame, puis-je compter sur vous pour aller la porter au commissariat ?

Avant qu'elle ait eu le temps de réagir, la bonne dame se retrouvait avec la pièce dans la main.

— Je compte sur vous, répéta Éloi en s'éloignant avec un charmant sourire.

Il fit quelques pas et murmura à l'intention de Gil :
— Le docteur Mérou va être fiché aux RG.
— Hergé ? s'étonna Gil, de plus en plus largué.
Soudain, Éloi fit volte-face et revint vers la porte du médecin. Gil eut peur de le voir sonner une deuxième fois. Mais le jeune homme se contenta de dessiner un cercle à la craie sur la porte et d'y inscrire le chiffre 3. Les deux garçons reprirent leur promenade.
— Je crois que le type a décroché, dit Gil, plutôt soulagé.
— Vraiment ? Oh, tiens, on va faire un peu de shopping. Depuis le temps que je rêve d'avoir une table de chevet !
Éloi poussa son camarade dans un magasin d'ameublement.
— Superbe, superbe, fit-il.
Il passa entre les armoires et les cadres de lit tout en répétant « superbe, tout ça ». Il entraîna Gil jusqu'au fond du magasin, puis revint à pas de loup vers la vitrine.
— Alors ? Il a décroché ?
Le type en jean fumait devant le magasin, l'air assez énervé.
— Vous désirez un renseignement, messieurs ? questionna une vendeuse.
Éloi lui fit son sourire le plus dévastateur.
— Mademoiselle, nous sommes suivis par un maniaque. Le gars devant votre vitrine.
— Il a une sale tête, approuva la demoiselle, déjà gagnée à la cause d'Éloi.
— Et je me demande s'il n'est pas armé. Il a toujours la main dans sa poche, vous voyez ?

— Oh là là, mais il faudrait peut-être alerter la police ?

Éloi regarda la jeune fille, comme sidéré par la proposition.

— Mais comment n'y ai-je pas pensé plus tôt ? Le 17, c'est ça ? Il vaudrait mieux que vous appeliez, mademoiselle. Une femme harcelée par un homme, ça mobilisera plus vite la troupe...

La vendeuse, qui s'ennuyait à mourir dans ce vaste magasin sans clientèle, fit donc le 17 et se lança dans une description du maniaque qui l'assiégeait. Pendant qu'elle se débattait avec son correspondant, Éloi fit un clin d'œil à Gil et lui indiqua le fond du magasin. Tous deux filèrent par une issue de secours qu'Éloi avait repérée. Ils coururent par les petites rues puis retrouvèrent le boulevard. Éloi consulta l'heure à un parcmètre puis tendit la main à Gil :

— Il faut que j'y aille. Content d'avoir pris un peu d'exercice avec toi...

— Tu vas au Tchip Burger ? Pourquoi tu travailles là-bas ?

— C'est bon pour ma conscience politique.

La conscience politique d'Éloi aurait été fortifiée s'il avait pu voir ce qui se passait chez Tchip Burger au même moment. Louvier, alias la Firme, recevait la dame en tailleur que Nathalie avait qualifiée d'emperlouzée de première et qui s'occupait, pour leur malheur, du sort des étrangers, dans un des services de la préfecture.

— Ici, nous serons au calme, dit Louvier en repoussant la porte de la salle de réunion.

Tous deux s'assirent à la table et Louvier posa la main sur le poignet de la dame, en essayant de prendre un air sentimental.

— Tu es ravissante, aujourd'hui.

— Ça tient toujours pour mardi ? répondit la dame. Louvier consentit d'un simple battement de cils et il en vint à la seule chose qui l'intéressait :

— Bon, ça avance, du côté des Boualé ?

— Baoulé, rectifia la dame de la préfecture. Pour le moment, ils ont déposé des demandes d'asile politique pour tout un tas de raisons : un frère qui a été assassiné au cours d'une émeute, un oncle ministre qui a été exécuté...

Louvier ricana. Un ministre, n'importe quoi !

— Non, c'est exact, rectifia la dame. Ils ont des preuves de ce qui s'est passé, des articles de journaux sur les émeutes de Bouaké où le nom de Baoulé est indiqué, des photos de leur oncle ministre quand il était au gouvernement, une lettre qui...

— Ça peut s'égarer, tout ça ? suggéra Louvier.

La dame fit semblant de ne pas entendre et elle enchaîna :

— Ils ont fait entrer tous leurs gosses avec des visas touristiques de trois mois qui ne valent plus rien, évidemment. L'année dernière, les gosses étaient dispersés dans des foyers d'accueil, français ou africains, et les gens avaient signé des certificats d'hébergement. Mais cet été, les parents les ont tous regroupés dans un squat.

Louvier siffla entre ses dents.

— Où ça ?

— À Saint-Jean-de-Cléry. La gare est désaffectée. Ils s'y sont installés.

— Ils manquent pas d'air ! On pourrait prévenir les flics, non ? Un squat, ça se nettoie ! Et il faut les débouter de leur demande d'asile. Tu ne peux pas accélérer le mouvement ?

— Je vais voir, fit la dame d'une voix molle, je vais voir...

Louvier tambourina sur la table. Il s'impatientait. Il avait les capitaux et les relations pour racheter à la fois les locaux et l'emplacement de l'école Louis-Guilloux. Il avait hâte d'investir dans un Tchip Burger en plein centre-ville. De quoi se faire des couilles en or !

— Si tes nègres sont reconduits à la frontière, ça fera douze départs d'un coup, à Louis-Guilloux. Effondrement des effectifs. Le directeur l'aura dans l'os.

Il émit son ricanement de hyène.

— Un pauvre con. Georges Montoriol. Toujours à vous tartiner de la morale. Mon fils l'a eu en CM2.

Louvier aurait voulu que la fermeture de l'école soit décidée à la rentrée suivante.

— Quand je pense que c'était dans la poche pour la rentrée 2004, soupira-t-il. On aurait redistribué les gosses dans les deux autres écoles du secteur. Les parents ne pouvaient pas s'opposer. Et il a fallu que ces Boualé débarquent !

Il enrageait. Il avait le sentiment que ces gens étaient venus de leur bled pourri exprès pour l'emmerder. Mais ils ne perdaient rien pour attendre, il les écraserait sous son talon.

— Ça va s'arranger, fit la dame, la voix tendre. Et pour mardi, à 18 heures, comme d'habitude ?

Louvier lui jeta un regard maussade. Quel crampon !

— C'est ça, mon cœur, 18 heures.

Dès qu'il n'aurait plus besoin d'elle, il la jetterait. Fort de cette résolution, il raccompagna jusqu'à la sortie la dame de la préfecture dont l'histoire ne retiendra pas le nom.

13

Où Léon trouve chaussure à son pied

Les CE1 étaient déjà prêts pour le spectacle de Noël. Mélanie Meunier avait accepté qu'ils dansent sur l'air des Street Generation : *C'est la fête à tue-tête*, à la condition qu'ils éliminent de la chorégraphie un ou deux gestes qu'elle estimait « déplacés ». Les CE2 n'étaient pas prêts du tout. Chantal Pommier avait ressorti *I'm singing in the rain* d'un fond de tiroir et demandé à Mélanie de lui inventer un petit ballet avec des parapluies automatiques.

— De toutes les couleurs. À la fin, ils les ouvriront tous en même temps. Ce sera très mignon.

Les CE2 n'avaient pas envie d'être mignons et enviaient les CE1. Les répétitions n'avançaient pas et, à l'exception d'un petit garçon qui faisait un numéro de claquettes épatant, ils traînaient tous des pieds comme s'ils étaient chaussés de sabots.

— C'est une bourrée auvergnate ? plaisanta le directeur.

Lui-même avait dressé les cours moyens qui chantaient, le dos bien droit et les mains dans le dos, cinq chansons toutes plus citoyennes les unes que les autres. Alphonse et Félix se promettaient de bien déconner, le jour dit. Les CP commençaient à savoir leur rôle et Cécile connaissait désormais les affres du créateur. Tous les enfants s'étaient enhardis et aucun ne faisait de la figuration. Ils étaient tous des lapins, Mémère ayant accepté de jouer le rôle du méchant renard et distribuant des taloches à tour de bras. À la fin du spectacle, quand chaque fillette donnait la main à un petit garçon et que tous chantaient :

C'est ici que notre histoire se termine.
Renard ne s'est pas léché les babines
Et les petits lapins deviendront grands.
Vous, parents, soyez sages en attendant !

Cécile en avait un frisson de peur et de plaisir mêlés. Affronter des parents de centre-ville la terrorisait. Mme Marchon allait-elle s'exclamer à la fin de la représentation :

— C'est ça que vous leur faites apprendre alors que La Fontaine a écrit de si jolies choses !

Et comment M. et Mme de Saint-André allaient-ils réagir en voyant leur fille donner de si bon cœur un gros bisou à son Toussaint-lapin ?

Justement, ce matin-là, Cécile avait une surprise pour Églantine :

— Mon frère connaît le tien.

La fillette, qui était au beau milieu de sa copie du jour, leva la tête vers la maîtresse.

— Mon frère est dans la même classe que ton frère.

Le visage d'Églantine n'exprimait rien d'autre que de l'incompréhension. Cécile dut préciser :

— Mon frère Gil est en seconde au lycée Franklin. Dans la classe de ton frère Emmanuel.

— J'ai pas de frère Emmanuel, répondit Églantine, presque désemparée.

— Ah ? Tu... tu n'as pas de frère ? bredouilla Cécile.

La petite eut l'air d'hésiter :

— Si. Mais il est grand.

— Et il ne s'appelle pas Emmanuel ?

— Non. C'est Éloi.

En un éclair, Cécile revit l'étrange garçon sous sa visière et elle dut s'appuyer à la chaise de son élève tant ses jambes fléchissaient. Éloi était un prénom rarissime. Le serveur du Tchip Burger était très certainement Éloi de Saint-André. Gil le fréquentait et s'en cachait. Pourquoi ?

— Ça ne fait rien, Églantine, murmura Cécile, j'ai dû me tromper de nom.

Une fois revenue à son bureau, elle se mit à fouiller dans son tiroir. Elle avait classé dans un dossier la fiche que le maître de la maternelle voisine avait établie sur certains de ses élèves. Elle voulait relire ce qu'il avait écrit à propos d'Églantine.

Églantine de Saint-André : sait lire. Trop gâtée. Gros drame avec le frère aîné (pas eu de précisions). Éloi devenait plus que mystérieux. Inquiétant.

Ce jour-là, Cécile était de garde dans la cour et Georges Montoriol la rejoignit pour bavarder.

— Je ne sais pas ce qu'en penserait sa femme, remarqua Chantal Pommier à mi-voix, en les observant par la fenêtre de la salle des profs.

Car le directeur était de plus en plus souvent en compagnie de la jeune fille. Tous deux parlaient des Baoulé. Cécile avait mis au courant son directeur des conditions dans lesquelles les enfants vivaient, le trajet de huit kilomètres, le squat, le manque de soins et de vêtements.

— Vous avez vu la doudoune de Démor ? lui fit observer Georges. Il sue sang et eau, là-dedans, et pendant ce temps Alphonse grelotte. Il refuse de mettre son gilet parce qu'il a des boutons et que ça fait fille...

— Les jumelles sont arrivées trempées jusqu'aux os, ce matin, renchérit Cécile.

— *I'm singing in the rain*, fredonna Georges dont la gaieté était inaltérable. Bon, il faut habiller ces gosses, ma chère Cécile.

La chère Cécile rougit.

— Mémère a fait les fonds de placard, reprit-il. Elle a retrouvé deux K-Way, un sweat, et un jogging oubliés à l'école, l'an dernier. On va équiper Honorine, Victorine, Toussaint et Alphonse.

— Je peux contacter Nathalie, la personne de l'association. Elle m'a laissé sa carte.

— Très bien. Faisons la liste de ce qu'il nous faut.

Ils s'assirent sur un banc et notèrent : « Des chaussures pour Léon, des impers pour Prudence et Pélagie, un coupe-vent pour Démor... »

Tout en inscrivant les prénoms, ils se donnèrent mutuellement des éclaircissements sur le caractère des enfants Baoulé et sur leurs petits secrets.

— Ah oui ? Toussaint est amoureux d'Églantine ? s'amusa Georges. Et c'est réciproque ?

— Elle lui écrit des mots d'amour, mais c'est moi qui dois les lui lire...

Georges eut un rire très juvénile. Puis il devint songeur.

— Regardez, Cécile...

Il balaya la cour d'école d'un grand geste de la main.

— Où, dans quel autre endroit de France, peut-on trouver pareil rassemblement de gens différents ? Des pauvres et des riches, de toutes races, de tant de pays, aux histoires si différentes, qui croient en Dieu, en Jéhovah, en Allah, ou qui ne croient en rien, comme le mécréant qui vous parle ? Et ils jouent ensemble, ils apprennent au coude à coude et ils fraternisent. Y a-t-il un autre endroit où Églantine de Saint-André aurait quelque chance de rencontrer Toussaint Baoulé et de l'aimer ?

La cloche sonna, coupant court au lyrisme de M. le directeur. Il se leva.

— Je dois tout à l'école, dit-il brusquement. Et j'espère que l'école me devra un peu quelque chose.

Ce fut comme une grande secousse pour Cécile. Elle avait la vocation depuis le CE2, mais Georges venait d'y mettre des mots.

Au moment de la sortie, la pluie s'était remise à tomber, régulière et monotone. Les petites jumelles eurent leur K-Way et Alphonse son sweat. Il l'examina sous toutes les coutures, la mine un peu dégoûtée, avant de l'enfiler. Puis il se frotta les bras avant de faire un grand sourire ravi à M. Montoriol. Il avait chaud.

— Ils seront quand même trempés en arrivant chez eux, murmura Cécile.

Georges n'était pas radin, il n'était pas non plus milliardaire. Il hésita une petite seconde avant de se décider :

— Bon, je vais les mettre au tram'. Mais il faudra trouver une solution...

Il emmena donc la troupe jusqu'à l'arrêt du tramway, les plus petits répétant sans cesse :

— C'est vrai, m'sieur, qu'on va monter dedans ?

— Et vous tacherez de vous tenir correctement, les sermonna Montoriol. Hein, pas de chahut ?

En fait, ils étaient intimidés et Alphonse avait presque peur.

— Mais je vais savoir, m'sieur ?

Georges monta avec eux, les confia au chauffeur et composta tous les tickets de tram en sa possession. Démor et Toussaint coururent vers le fond du véhicule pour s'asseoir sur la grande banquette.

— On est sages ! tonna M. le directeur, ou le chauffeur vous débarque.

Il jeta un dernier regard sur les douze enfants qui essayaient de contenir leur excitation dans les limites du raisonnable et il sauta du tram, en riant intérieurement.

De son côté, Cécile se rendit au siège de l'association qui se trouvait passage Dupanloup, au fond d'une cour. Le local se composait de deux pièces dont l'une était occupée par les sans-papiers qui étaient souvent sans-abri.

En cette fin d'après-midi, la permanence était tenue par Éloi et Nathalie. Elle était en train de remplir des imprimés administratifs tandis qu'Éloi, les pieds sur la table et les yeux au plafond, lui parlait du noël à venir. Il voulait organiser une fête pour tous les sans-papiers.

— Je t'assure, Nat', la fête, c'est pas la même chose que le gaspillage de cette putain de société. Les peuples les plus pauvres font la fête.

— Oh, me sors pas de ces trucs de dame patronnesse : « Les pauvres ont besoin de fleurs autant que de pain. » Mon cul. Les pauvres, il leur faut de la soupe et des soins.

— Mais c'est pas des chiens, Nat' ! protesta Éloi.

La jeune fille ne répondit rien. Elle regardait fixement en direction de la porte d'entrée. Éloi tourna la tête, vit Cécile et fit « oh, oh » à mi-voix.

— Je ne sais pas si vous me reconnaissez ?

— L'instit des Baoulé, lui répondit Nathalie. Y a un problème ?

Cécile glissa un coup d'œil à Éloi. Le jeune homme n'était pas très physionomiste et Cécile était assez quelconque. Mais il savait qu'il l'avait déjà vue.

— Ah oui ! s'exclama-t-il.

Cécile eut droit au plus charmeur des sourires.

— La sœur de Gil, c'est ça ?

Elle fit « oui » de la tête et, en dépit de ses préventions, lui rendit son sourire. Nathalie se raidit sur son siège.

— Vous voulez quoi ? demanda-t-elle sans pouvoir contrôler l'agressivité de sa voix.

Cécile parla de sa quête de vêtements pour les Baoulé tout en bafouillant, rougissant, s'excusant de déranger.

— Je m'en occupe, l'interrompit Éloi. Si vos mômes n'ont pas besoin d'un crocodile sur leur polo, j'aurai ce qu'il faut. Où on peut vous apporter ça ?

— Je... chez moi ? hasarda Cécile.

Elle dévorait Éloi sans s'en rendre compte. Plus il était gentil, plus elle écarquillait les yeux. Il la reconduisit à la porte puis retourna s'asseoir, les pieds sur la table.

— Quand elle a envie d'un type, au moins, elle ne s'en cache pas, fit remarquer Nathalie.

Éloi haussa les sourcils puis se remit à parler de la fête de Noël.

— Tu ne crois pas qu'on pourrait faire un sapin dans la cour ?

— Va te faire foutre, Saint-André.

Elle était furieuse contre lui, elle ne savait pas trop pourquoi.

Malgré son excentricité, Éloi était un garçon efficace. Il connaissait des gens un peu partout, notamment des fripiers sur les marchés et des bénévoles à Emmaüs. Il eut vite fait de rassembler des vêtements en bon état qu'il mit dans deux gros sacs-poubelles. Quand il passa au 2, rue des Droits de l'homme, il tomba sur Mme Barrois qui fut longue à comprendre de quoi il s'agissait.

— Je vais mettre un mot à Cécile, finit par dire Éloi en cherchant un papier dans une de ses multiples poches.

Il ne trouva qu'une vieille enveloppe à son adresse. N'aimant pas gâcher le papier, il écrivit au dos de l'enveloppe : «Bonjour, mademoiselle l'institutrice. Voici de quoi vêtir vos négrillons. Vous ne me devez qu'une reconnaissance infinie. Bien à vous. Éloi.» Comme c'était à peu près illisible, Cécile s'y prit à trois fois, ce soir-là, pour déchiffrer le message. Cette enveloppe à l'adresse du jeune homme lui parut être une invitation déguisée. « J'irai le remercier », se dit-elle, tout en doutant fort d'en avoir le courage.

Dès le lendemain, les petits Baoulé furent tous équipés de vêtements chauds, confortables, et bien à leur taille. Éloi avait veillé à ce qu'il n'y ait aucun logo visible, ce qui chagrinait un peu Alphonse qui aurait aimé frimer avec le *swoosh* de Nike ou les trois bandes d'Adidas. Mais c'était à peine une ombre au tableau. Les enfants Baoulé étaient radieux et Léon n'avait plus mal aux pieds.

— En plus, je vais les économiser, dit-il à M. Montoriol en montrant ses belles baskets. Comme on prend le tram !

M. le directeur avait négocié des tarifs très préférentiels pour ses protégés et l'association réglait la facture. Georges reçut dans son bureau Clotilde, l'aînée des filles, Alphonse, l'aîné des garçons, et leur remit les cartes de transport.

— Personne ne s'avise de vous faire la charité, leur dit-il dans ce langage très adulte qu'il prenait pour parler à ses élèves. La société doit protéger, soigner et éduquer les enfants. C'est un devoir qu'elle remplit, c'est un droit que vous avez.

Désormais, quand Alphonse chantait avec la chorale des cours moyens :

Trop d'enfants sont encore condamnés
À vivre leur enfance en souffrant.
Dis-moi, comment pourrais-je les aider ?
Écoute ton cœur tout simplement !

... il n'avait plus envie de déconner.

14

Où Cécile reçoit son cadeau de Noël

L'excitation montait dans toute l'école. M. Monto-riol voulait que, cette année-là, la fête de Noël soit particulièrement réussie, comme s'il fallait prouver quelque chose aux parents. Il avait donc investi dans un énorme sapin que les enfants avaient décoré avec la dame des arts plastiques, puis, comme d'habitude, il avait loué une estrade et des chaises pour transformer la cantine en salle de spectacle. L'émulation avait gagné toutes les institutrices. Chantal avait fait chausser des bottes à ses élèves pour qu'ils dansent comme s'ils sautaient dans les flaques, à l'exception de l'aérien Jean-Daniel qui faisait des claquettes. Le contraste était des plus amusants. À la fin du ballet, Donatienne ôtait ses bottes et allait rejoindre, pieds nus, le petit danseur, comme délivrée elle aussi de la pesanteur. Au moment où ils allaient s'embrasser, tous les autres CE2 ouvraient leurs parapluies automatiques pour les cacher au regard des spectateurs.

De leur côté, les CE1 avaient harcelé les parents pour obtenir des tenues un peu fun, minijupe et collants à rayures pour les filles, marcel et baggy pour les garçons, des paillettes dans les cheveux pour les unes, la coiffure bien plaquée au gel pour les autres. Les filles complotaient dans le dos de Mélanie Meunier pour faire, le jour dit, les fameux « gestes déplacés ».

Du côté de la chorale, on chantait fort, on chantait juste, en articulant bien. M. Montoriol avait demandé aux parents d'habiller leurs enfants « dans la mesure du possible » en noir et blanc. Marie-Claude Acremant, ne voulant pas rester sur la touche, avait peint un décor de forêt en carton pour la pièce de théâtre. Mémère avait cousu nuit et jour de mystérieux déguisements, puis, un après-midi, elle en fit la surprise à Cécile et ses élèves. C'étaient des cagoules découpées dans des chutes de fourrure synthétique. Mémère y avait ajouté des oreilles flexibles grâce à un petit fil de fer qui les bordait. Les enfants enfilèrent les cagoules en se plaignant que c'était serré, c'était chaud, que ça grattait, que c'était moche. Mémère était furieuse.

— Allez vous regarder, leur dit Cécile. Vous êtes de très jolis lapins.

Il y avait des cabinets réservés aux adultes où l'on pouvait se recoiffer devant un miroir. Les enfants se bousculèrent pour y apercevoir leur reflet. Démor se regarda et s'écria, stupéfait :

— On voit pas que je m'ai brûlé quand j'étais bébé !

La cagoule dissimulait presque toute trace des affreuses cicatrices. Son regard rencontra celui de Mémère et le cœur du petit garçon comprit que la vieille femme s'était donné toute cette peine pour cet unique résultat. Il lui sourit et des larmes sautèrent aux yeux tout secs de Mémère, comme si on venait d'actionner une poire.

— Je pète de chaud ! fit savoir Baptiste.

Cécile rangea les cagoules. On ne les mettrait que pour le spectacle et on y ajouterait un maquillage de lapin.

La fête fut prévue pour le dernier samedi avant les vacances de Noël afin que les parents puissent se libérer. Ce fut l'occasion pour Cécile d'en apprendre davantage sur la situation familiale des enfants.

— Moi, mon papa il viendra avec sa copine, alors, ma maman elle viendra pas, dit Maëva.

— Moi, mon papa il viendra pas parce que je sais pas où il est, dit Philippine comme s'il était question d'une chaussette introuvable.

Mais Mimi et Minette seraient là et pourraient se contenter d'une chaise pour deux.

— Moi, ma maman elle viendra pas, dit Steven de sa bonne grosse voix.

— Elle est morte ? s'informa Floriane comme si sa demande était bien naturelle.

— Non, mais elle est méchante et elle a plus le droit de s'occuper de moi.

— Ça, c'est pas de chance, dirent les enfants.

Audrey, quant à elle, passa par toutes les incertitudes. D'abord :

— Mon papa il peut pas venir parce qu'il travaille chez Aleflou et ma maman elle peut pas venir non plus parce qu'elle travaille à la caisse, le samedi.

Puis :

— Ma maman, elle va peut-être venir parce qu'elle va demander à sa chef pour le congé.

Puis :

— La chef, elle a dit qu'il y a trop de travail le

samedi, mais papa, il va voir avec le monsieur de Aleflou si c'est possible qu'il vienne.

Puis :

— Papa, il viendra pas parce que le monsieur de Aleflou il a dit que c'est pas possible avant les fêtes.

Enfin, un matin, Audrey traversa la cour en criant :

— Maîtresse, maîtresse, maman, elle vient !

Et là, c'était sûr parce que Mme Cambon elle avait dit à la chef qu'elle prenait son samedi parce que les enfants c'est trop important.

— T'as entendu ? Maintenant, je dis « maîtresse », je dis plus « maîcresse » comme quand j'étais petite, se rengorgea Audrey.

M. Montoriol ayant sérieusement remonté les bretelles **des parents** Cambon, Audrey allait chez l'orthophoniste et progressait rapidement.

— Et t'as vu ? J'ai maigri, dit-elle en tapant sur son petit bedon.

La pédiatre l'avait mise au régime. Un vent de Noël soufflait sur l'école, léger, léger.

Pourtant, dans la nuit du vendredi au samedi, Cécile ne put trouver le sommeil et, au matin, elle avait des cernes lilas sous les yeux. Mme Barrois voulut la réconforter :

— Ton papa disait : « Quand on a fait de son mieux, Dieu ne vous reproche rien. »

Dieu, d'accord. Mais Mme Marchon ?

Cécile arriva à l'école, une heure avant le spectacle. Ses élèves survoltés l'attendaient dans la BCD.

— Maîtresse, mon maquillage tient pas !

— J'ai perdu un gant !

— Comment c'est après « Pitié, monsieur le renard, pas avec des oignons ! » ?

Ils ne savaient plus leur texte, ils avaient mal au ventre et Mémère était blême. Après avoir réconforté tout son monde, Cécile s'aventura dans le réfectoire métamorphosé en salle de spectacle. Les parents arrivaient, nombreux, bruyants, parfois accompagnés des grands-parents et des frères et sœurs aînés désormais au collège. M. Montoriol papillonnait :

— Madame Gervais ! Il faut vraiment que ce soit Noël pour qu'on ait le plaisir de vous voir !

— Mais vous rajeunissez ! s'extasia Mme Gervais. Vous devez avoir un truc ?

Il rit et, apercevant Cécile, lui fit un petit signe complice. En effet, il se sentait jeune, plein d'allant. Cinquante ans, quelle blague !

— Vous connaissez ma femme ? dit-il en s'approchant de Cécile.

Il se tourna vers une petite dame sans âge et sans grâce :

— Élisabeth, voici notre jeune collègue, Cécile Barrois.

Mme Montoriol serra la main de Cécile et lui débita toute une série de platitudes sur le temps, les enfants, le beau métier d'instit et les Noëls d'autrefois. Cécile hochait la tête, *oui, bien sûr, comme vous dites, ça, c'est vrai.* Elle était consternée. Elle se doutait que Georges était marié. Mais pas avec ça ! Tout en parlant avec Cécile, Élisabeth suivait des yeux son flamboyant mari, comme on surveille le lait sur le feu.

— Bonjour, fit une voix bourrue dans le dos de Cécile. Vous êtes la maîtresse de Steven, hein ?

Cécile se retourna et vit un grand, gros gaillard, du genre à porter des tatouages sur le bras.

— Je suis le papa de Steven.

— Ah oui, très bien, merci, bredouilla Cécile.

— C'est moi qu'ai la garde du petit, maintenant, comme sa mère elle a été déchue.

Il laissa passer un temps, attendant une réponse. Ne voyant rien venir, il ajouta :

— Et... heu... j'espère que ça va, Steven ? Parce que... il travaille, il m'a dit.

— Oui, ça va, ça va...

Cécile entendait la phrase de Montoriol qui résonnait comme un glas : « Sa place n'est pas ici, sa place n'est pas ici. »

— Bon, bien, merci... pour Steven.

Cécile sourit et le gaillard s'éloigna, pataud, balourd, et balançant les bras. Sa place n'était pas ici.

Renfoncée dans l'ombre, Cécile parcourut l'assemblée du regard, cherchant à deviner qui était qui. Elle savait que les parents Baoulé ne viendraient pas. Ils préféraient se faire discrets. Elle crut reconnaître Mme Cambon, une dame assez forte au menton énergique, accompagnée d'un adolescent maussade. Puis son regard tomba sur le couple qui entrait. Ils étaient tous deux de haute taille, l'homme très distingué, une allure de diplomate, la femme très racée, ses cheveux blond cendré rassemblés en chignon. Les Saint-André. Cécile l'aurait parié. Elle retrouvait chez la mère la grâce d'Églantine et les yeux gris d'Éloi. Mme de Saint-André salua le directeur. Elle paraissait très douce, très lasse, s'ennuyant d'avance, mais en personne bien élevée. Quand elle parlait à quelqu'un, elle semblait chercher quelqu'un d'autre, plus loin. M. de Saint-André, très raide, gardait au coin des lèvres un petit pli ironique. Cécile prit la fuite et retourna auprès de ses élèves.

— Y a du monde ? s'informa Mémère, la voix chancelante.

— Un peu, répondit Cécile qui venait de quitter une salle pleine comme un œuf.

À dix heures, M. Montoriol invita tous les parents à prendre place. Mme Pons, la zentille maman de Louis, s'assit au troisième rang, entre M. de Saint-André et Mme Marchon qui était sa collègue au lycée Franklin. Mme Marchon se tourna vers elle :

— Tu as aussi ton fils en CP, avec Mlle Baron ?

— Barrois, rectifia Mme Pons. Louis l'adore !

— Ah bon ? fit Mme Marchon, interloquée.

Mais le spectacle allait commencer. Un petit garçon s'avança sur l'estrade. Les cous se tendirent, on voulait voir. C'était un petit garçon noir.

— Les élèves de l'école Louis-Guilloux sont heureux de vous... de vous accueillir chez eux.

C'était Léon. Il jeta un regard furtif sur le côté de l'estrade, vers le directeur. Georges lui fit les gros yeux pour qu'il tienne bon.

— Nous espérons que vous allez passer un bon moment en notre... notre... compagnie et heu... heu...

Le trou. Il regarda ses belles baskets neuves, fit un grand sourire et lança :

— Bon Noël !

Il déguerpit au milieu des rires et des applaudissements. Alors, de la cuisine transformée en coulisse, un petit lapin s'échappa. Il marchait sur la pointe des pieds. De nouveau, les cous se tendirent, on voulait voir. C'était un petit lapin noir.

— Y a que des nègres, alors ? fit une vieille dame sourde, sans se rendre compte que tout le monde l'entendait.

Derrière Démor, la troupe des lapins suivait, tous plus craquants les uns que les autres, et marchant sur la pointe des pieds. La salle se mit à rire et la pièce put commencer. Cécile s'était inspirée de différents contes africains et avait ponctué son histoire de courtes chansons que les enfants chantaient plus ou moins faux, mais avec beaucoup d'application. La maman de Louis fondait de tendresse et d'émotion. M. de Saint-André s'agitait sur sa chaise, assez gêné que sa petite Églantine fasse rire l'assistance en appelant ce gamin noir « mon chéri lapin ». Quand ce fut fini, sa voisine, Mme Pons, l'entendit déclarer à voix assez haute :

— Eh bien, si tout doit être du même tonneau...

Mais les CP et leur Mémère furent bien applaudis, et Georges alla chercher Cécile tout au fond de la cuisine.

— Venez saluer les parents !

— Non, non, non, ce n'est pas la peine, c'est les enfants...

— Cécile, c'est votre travail.

— Non !

Elle avait presque crié et jeta à Georges un regard de bête prête à mordre. Il la quitta, un peu contrarié, puis fit signe à Mme Meunier d'enchaîner avec ses CE1. Mélanie lança le CD des Street Generation.

— La fête à tue-tête, ricana M. de Saint-André, c'est une rime riche ou je ne m'y connais pas.

Les parents furent assez étonnés de découvrir leurs lolitas de sept ans qui avaient, sur scène comme à la ville, une bonne longueur d'avance sur leurs camarades masculins. Tandis que les garçons s'empêtraient dans leurs enchaînements tout en ricanant, les petites déroulaient impeccablement la chorégraphie des Street Generation en scandant « un, deux, trois », un, les mains sur les fesses, deux, à la poitrine, trois, l'index pointé vers le public. Mélanie Meunier sentit ses cheveux se dresser sur sa tête. Qu'allaient dire les parents ? Elle cherchait déjà quelques paroles d'excuses quand elle s'aperçut que les papas mitraillaient les fillettes et que les mamans riaient, un peu gênées mais très fières.

— C'est limite-limite, jugea Mme Marchon qui avait son Jean-Sébastien en CE1.

Mme Pons se dit qu'elle avait décidément mal choisi sa place entre deux rabat-joie. Les CE2 lui permirent de souffler un peu, sinon que M. de Saint-André regardait sa montre, soupirait, pliait et dépliait ses longues jambes, marmonnait : « On est mal assis », cherchait Églantine en se levant à demi, bref, faisait tout ce qu'il pouvait pour montrer qu'il n'était pas concerné par la prestation en cours. De l'autre côté, Mme Marchon s'épanouissait. C'était son Jean-Daniel qui faisait des claquettes et dont tout le monde admirait la performance. Mme Pommier, qui n'avait pas fait grand-chose pour le spectacle, ne manqua pas de monter sur l'estrade pour récolter des applaudissements. Puis M. le directeur, comme c'était la coutume, prit la parole :

— Chers parents, chers grands-parents, et vous, chers enfants, vous êtes bien sûr dans l'attente de

Noël. Noël, c'est la fête, les retrouvailles en famille, les plaisirs de la table et... les cadeaux. À l'école Louis-Guilloux, nous apprenons aux enfants que tout le monde n'a pas les mêmes chances dans la vie...

Suivit un petit sermon sur l'injustice de ce monde et le sens du partage, sur ce mot de « fraternité », plus souvent gravé dans la pierre que dans nos cœurs, et sur les valeurs à transmettre à nos chers petits. On applaudit poliment.

— Il a raté sa vocation, ce brave Montoriol, il aurait fait un excellent curé, ricana M. de Saint-André.

Les cours moyens prirent place sur l'estrade, tous en noir et blanc, les parents de centre-ville ayant ceci de bon qu'ils sont disciplinés. Tiburce, Félix, Clotilde et Alphonse n'avaient pas honte de leurs vêtements, car M. Montoriol avait payé de sa poche des t-shirts blancs.

— Mais d'où ils les sortent, tous ces petits nègres ? fit la dame sourde.

Ce qui constitua un excellent préambule à la première chanson :

> *Amadou vient de recevoir*
> *Un cartable marron et noir.*
> *Djié djié Aminata-é*
> *Djié djié Kun-Kurué*
> *Une belle gomme rose et bleue*
> *qui a l'odeur des jours heureux.*

Au fur et à mesure qu'il chantait, Alphonse sentait son cœur se gonfler.

> *À Abidjan, pas de printemps,*
> *Amadou a juste dix ans.*

Avec sa gomme dans la main,
Amadou court dans les chemins
Pour effacer ce que la guerre
A apporté comme misère...

Alphonse ne reverrait plus le printemps à Bouaké. Mais ici, il le sentait, il allait refaire sa vie. Il avait trouvé ses points d'appui et il ne quittait pas son maître du regard.

Avec son crayon, son cahier,
Amadou va redessiner
Une école pour tous les enfants,
Un tableau, une chaise et des bancs,
Un cartable pour chacun,
Pour reconstruire la vie, demain.

Quelque chose passa de l'estrade à la salle, une émotion qui venait de ce chœur d'enfants, et Mme Pons alla jusqu'à crier :
— Bravo !
M. de Saint-André la regarda comme s'il avait affaire à une allumée et recula un peu sa chaise, sans doute par crainte de la contagion. Puis les cours moyens enfilèrent leurs chansons citoyennes jusqu'à la dernière :

Trop d'enfants sont encore condamnés
À vivre leur enfance en souffrant.
Dis-moi, comment pourrais-je les aider ?
Écoute ton cœur tout simplement !

— Je me demande où ce brave directeur s'approvisionne en chansons larmoyantes, ironisa M. de Saint-André. Il faudrait tarir la source.

Quand tout fut fini, Mme Pons se leva brusquement et, par maladresse, donna un grand coup de pied dans le tibia de son voisin. Il en poussa un cri de surprise douloureuse.

— Oh, vraiment, je suis désolée, minauda Mme Pons, de la malice plein les yeux.

Car la maman de Louis n'était pas zentille tout le temps.

Quand M. de Saint-André se fut frotté la jambe, il chercha des yeux sa femme, qui avait disparu. Mme de Saint-André avait repéré la maîtresse d'Églantine dans la coulisse-cuisine.

— Mademoiselle Barrois, je crois ?

Cécile se troubla en retrouvant face à elle les yeux d'Éloi. Mais sa mère avait une autre façon de regarder, comme si celui qu'elle voulait voir n'était pas là.

— Je n'ai pas eu l'occasion de vous remercier pour l'anniversaire d'Églantine. C'était très gentil de votre part, de le fêter en classe. Elle m'en parle encore.

— Ah oui ? Je... oui, bafouilla Cécile.

Mme de Saint-André fit un gracieux sourire, rodé au cours de dizaines et de dizaines de soirées mondaines, puis son regard lointain sembla tendre vers un point.

— Tout se passe bien, pour Églantine ?

— Très bien. Elle sait déjà lire...

— Bien sûr, mais je ne parlais pas de performances scolaires. Elle s'est fait des petites amies ?

— Oui, et même...

Cécile faillit parler de son amoureux, mais se retint.

— ... même plusieurs amies...

— Elle vous semble épanouie ? insista curieuse-

ment Mme de Saint-André. Oh, excusez-moi, je vois mon mari qui me cherche...
Un sourire brusque, le regard qui décroche.
— Au revoir, merci encore.
Elle s'éloigna, vive et preste comme un oiseau. Elle avait quelque chose d'Éloi, mais elle était triste, infiniment.

— Excusez-moi, fit une voix.
Cécile n'entendit pas, perdue dans un songe.
— Excusez-moi, répéta la voix. Vous êtes Mlle Barrois ?
C'était une autre dame, à laquelle Cécile demanda machinalement :
— Vous êtes la maman de... ?
— De personne pour le moment !
Elle rit de la méprise.
— Je suis la psychothérapeute de Steven. Steven Mussidan. Je voulais vraiment vous voir et vous dire toute mon admiration pour le travail que vous avez fait.
— Pardon ?
Cécile avait arrondi les yeux, certaine que la dame se trompait d'interlocutrice. Celle-ci se mit à rire de nouveau.
— Il a fait de tels progrès ! Vous avez bien remarqué à quel point ses dessins avaient changé ?
— Oui, reconnut Cécile, il met des couleurs.
— Mais ça n'a plus rien à voir avec les espèces de têtards tout noirs qu'il dessinait ! Il y a du soleil, ses bonshommes sourient. « Ils vont à l'école », me raconte-t-il. Et je voulais savoir : où peut-on trouver

les aventures de Lapinou Crotte-Crotte ? Ma libraire n'a pas su me répondre.

Ce fut Cécile qui se mit à rire. Puis elle rougit, honteuse de devoir avouer :

— C'est-à-dire... je les invente.

Les yeux de la thérapeute se mirent à briller :

— Je m'en doutais ! Steven s'identifie complètement à ce petit lapin handicapé. Il joue à être Lapinou.

Cécile en eut les larmes aux yeux, mais la phrase résonnait toujours dans sa tête : « Sa place n'est pas ici. » Elle avait du mal à admettre qu'elle avait fait faire tant de progrès à Steven.

— Pourtant, dit-elle, il peine à assembler deux syllabes.

— Il vient de tellement loin. Il lui faut du temps.

Cécile acquiesça. Une dernière chose la tourmentait.

— Il s'endort toujours avant la fin des histoires.

La thérapeute eut un sourire émerveillé.

— Vous lui faites un cadeau formidable. Vous lui permettez de s'endormir au son d'une voix qui raconte. Sa maman ne lui a jamais donné ça.

Cécile resta un moment incapable de dire quoi que ce soit, refoulant les larmes comme elle pouvait. Puis elle murmura :

— C'est vous qui me faites un cadeau formidable.

15

Où Léon, c'est vraiment Noël à l'envers

— **M**erde, le trésor ! s'exclama Démor.

On était le 24 décembre et les enfants Baoulé profitaient d'une journée ensoleillée. Alphonse, Félix, Léon et Démor n'étaient pas venus à l'île des Cannibaoulés depuis longtemps. Sous le pont, la Loire roulait des eaux grises et tumultueuses. L'île avait disparu.

— C'est la vie, dit Léon, qui en connaissait un rayon.

Ils jouèrent à cracher dans l'eau, accoudés à la balustrade.

— C'est bien, les vacances, dit Tiburce, le ton peu convaincu.

Le squat était glacial, la nourriture monotone. M. Baoulé était harassé, les mamans toujours sur le qui-vive. Les enfants Baoulé regrettaient l'école.

— C'est sûr qu'il existe pas, le Père Noël ? demanda Démor d'une petite voix.

Ce soir-là, M. Baoulé revint du travail avec un invité, un vieux du Burkina Faso qui passait pour

savoir beaucoup de choses. M. Baoulé jeta un coup
d'œil sur les marmites pour s'assurer que la nourriture ne manquait pas. Il avait, comme Léon, besoin
de beaucoup manger. Un poulet entier pour son dîner
n'était pas pour l'effrayer. Sa femme l'interrogea du
regard, attendant les présentations.

— C'est le vieux Moussa, dit simplement
M. Baoulé. Il vient manger.

Moussa était un petit homme maigre, mais il pouvait engloutir une quantité de nourriture incroyable.
Chaque fois que Mme Baoulé se tournait vers lui et
soulevait la louche dans la marmite, il faisait un signe
de tête sur lequel il n'y avait pas à se méprendre. Il
se fit servir six fois d'affilée. Les petits Baoulé, réfugiés au premier étage, descendaient l'escalier sur la
pointe des pieds pour observer le phénomène. Léon
était furieux. Lui n'avait pas mangé à sa faim.

— Moussa a des choses à dire, finit par expliquer
M. Baoulé.

Sans doute, mais pour le moment, il souhaitait
fumer. Les quelques cigarettes de M. Baoulé furent
ainsi sacrifiées. Les femmes lavèrent la vaisselle, chan-
gèrent les couches du bébé, puis mirent les gosses au
lit. La toilette serait pour demain.

— Mimami, j'ai faim, dit Léon à l'oreille de sa
mère.

Il se prit une taloche qui lui rappela Mémère dans
ses mauvais jours et se promit, la rage au cœur, d'aller
voler la semoule du bébé.

Dans la salle du bas, Moussa digérait.

— Alors ? l'encouragea M. Baoulé.

Le petit homme lui fit signe de la main qu'il ne
fallait pas le bousculer. Mais comme il n'y avait plus

rien à manger, plus rien à fumer, après s'être curé les dents, il se décida à parler. Malheureusement, il le fit en français.

— Ti as entendé d' la femme qu'il s'a j'té d'la fenêt' ? Prim étage et al d'la chance qu'il a juste pa'alysie.

Il détailla bien le mot :

— Pa-'a-ly-sie d'la jamb et qu'al pit plus ma'cher.

M. Baoulé avait eu connaissance du fait divers :

— C'était une Ivoirienne. À Montargis.

— Si, Monta'gis, approuva le petit homme. La femme al fait ça isprès. Isprès, al s'a j'tée d'la fenêt'. Pou' les papiers.

Il hocha la tête en regardant tour à tour M. Baoulé, sa femme et sa belle-sœur.

— Si t'as malade ou si c'est assident, à l'hôpital, ils donnent les papiers. C'est humanitai'e.

Il répéta lentement :

— Hu-ma-ni-tai'e. La femme il a les papiers. Al a pa'alysie d'la jamb mais al a papiers pou' elle, les enfants.

Il hocha encore la tête et ses lèvres articulèrent en silence : « humanitai'e ». La chose était connue de ceux qui cherchaient par tous les moyens à obtenir une carte de séjour. Une personne accidentée ou gravement malade avait de bonnes chances de l'obtenir « à titre humanitaire ». D'après la rumeur, c'était ce qui venait de se passer pour la jeune Ivoirienne. Elle avait eu une carte de séjour pour elle et pour ses enfants. Mais elle finirait sa vie en fauteuil roulant.

Un frisson parcourut Mme veuve Baoulé. Ce petit Moussa, c'était la Mort en personne, elle flairait ces choses-là. M. Baoulé sortit alors une lettre qui était arrivée la veille chez les Guéraud. Ce couple de Français avait hébergé Mme veuve Baoulé à son arrivée en France et il continuait de recevoir son courrier.

— C'est l'Ofpra, dit M. Baoulé.

Une lettre de l'Office français pour les Réfugiés et les Apatrides, cette lettre qu'on attendait depuis deux ans ! La maman de Léon sentit sur son cou la pointe d'un couteau, comme cette nuit-là, à Bouaké. Elle lut :

« Madame, nous sommes au regret de vous informer que, votre situation ne se conformant pas aux critères requis par la convention de Genève... »

C'était un refus. Mme Baoulé dont le mari avait été assassiné, dont le bébé était né en France, dont les enfants allaient à l'école Louis-Guilloux, Mme veuve Baoulé était déboutée du droit d'asile et devrait retourner en Côte-d'Ivoire, avec Clotilde, Donatienne et le petit Léon qui avait vu égorger son père, une nuit d'émeute. La malheureuse jeta un regard de panique vers son beau-frère.

— Les enfants, murmura-t-elle, sauve les enfants !

M. Baoulé dut lui faire comprendre qu'il ne pourrait sauver personne. Il serait, lui aussi, débouté de sa demande d'asile. Tout venait de basculer. Jusqu'à présent, ils étaient en attente de papiers. Désormais, ils seraient sans papiers.

— Humanitai'e, dit le vieux Moussa en les quittant.

Quand M. Baoulé se retrouva avec les deux femmes, une sorte de délire s'empara d'eux. D'abord, ce fut lui qui proposa de se jeter sous une voiture.

— Chétché, chétché, se récria sa belle-sœur.

Non, non, l'homme devait gagner l'argent. Alors, Mme Baoulé se proposa à son tour.

— Chétché, dit la maman de Léon, tu dois faire tes bébés.

Elle, elle était veuve, elle n'aurait plus d'enfant. Et cette femme geignarde, qui s'en remettait si souvent aux autres, déclara que c'était à elle de se sacrifier. Soudain, comme si elle avait compris ce qui se tramait, Éden s'éveilla à l'autre bout de la salle et se mit à pleurer derrière le drap tendu en paravent. Mme veuve Baoulé accourut vers elle et revint en la berçant :

— Bébé ô bébé, nouan zoe khoh, bébé ô bébé, nouan zoe gbiyako...

Elle ne se douta pas que Léon, venu voler la semoule de sa petite sœur, avait entendu toute la conversation.

Une fois dans son lit, et le cœur battant dans la gorge, Léon chercha le sens de ce qui s'était dit. Il avait compris que la carte de séjour, que sa maman attendait depuis si longtemps, lui était refusée. Allaient-ils devoir retourner à Bouaké ? Au fond de son lit, drap et couverture par-dessus la tête, Léon ouvrit des yeux épouvantés. Mais non, il y avait une autre solution et il entendit la voix de Moussa qui articulait : « hu-ma-ni-tai'e ». Ce méchant petit homme terrifiait Léon. À cause de lui, son oncle, sa tante, sa maman voulaient se jeter par la fenêtre ou sous les roues d'une voiture, il ne se souvenait plus trop. Mais alors, que deviendraient-ils, eux, les enfants ? Il reprit son calme peu à peu. Non, oncle Baoulé ne se tuerait pas. Il l'avait dit. Il fallait gagner l'argent pour les enfants. Tante Baoulé ne se tuerait pas. Elle devait faire ses bébés. Alors, c'était...

— Mimami, sanglota tout bas Léon.

De nouveau, il fit effort sur lui pour raisonner. Si maman se jetait par la fenêtre du premier étage, elle ne se tuerait pas, mais elle aurait la paralysie de la jambe, comme avait dit Moussa. Léon la pousserait dans son fauteuil roulant et il lui apporterait le bébé pour qu'elle lui change les couches. Mais quand Léon serait à l'école et tante Baoulé à ses ménages, que deviendraient maman et Éden ? Le petit garçon ne pleurait plus, il cherchait des solutions. Il remonta en rampant vers son oreiller et songea à un lapin qui sort de son terrier.

— Lapinou, murmura-t-il.

Il était Lapinou et il les sauverait tous. Il s'habilla à tâtons, tout en prenant ses décisions. Il allait prévenir Cécile. Elle était d'accord pour se marier avec lui. Donc, elle l'aiderait à rester en France et elle empêcherait maman de se jeter par la fenêtre.

Léon plongea la main sous l'oreiller d'Alphonse et récupéra la lampe de poche. Un bref instant, il eut envie de réveiller son cousin. Mais non, Lapinou se débrouillait tout seul. Le petit garçon entrouvrit la fenêtre, attrapa l'échelle et descendit sur le quai. Il ne fit que quelques pas dans le noir avant d'allumer. Puis il marcha en regardant le rond de lumière devant lui. La nuit était froide, piquetée d'étoiles, et Léon eut soudain peur de croiser le Père Noël. Heureusement, il n'existait pas. Il escalada le talus. De l'autre côté, c'était Saint-Jean-de-Cléry et ses rues désertes, rendues plus lugubres encore par des guirlandes lumineuses.

Léon savait qu'il lui faudrait marcher longtemps. Peu à peu, il percevait le froid, la fatigue et la faim.

Mais au bout du chemin, il y avait l'école Louis-Guilloux et Cécile. Il ne lui venait pas à l'idée que Cécile n'habitait pas à l'école. Une seule chose l'inquiétait : quand il arriverait, il ferait encore nuit et Cécile dormirait. Soudain, comme il passait devant un pavillon, un chien, se jetant sur la grille d'entrée, aboya furieusement. Léon en laissa tomber sa lampe et partit en courant. Des chiens qui hurlent, des cris, des maisons en feu, tout resurgit en un instant. Non, le passé ne s'efface pas d'un coup de gomme comme dans la chanson des cours moyens. Le passé est tapi dans l'ombre et voilà qu'il te saute au visage.

C'est la nuit, à Bouaké. Les hommes sont entrés dans la maison. Certains semblent si jeunes, quinze ans peut-être. Ils ont des coutelas, du sang sur les mains et de l'alcool plein les yeux.

— Mibaba ! cria Léon dans la nuit de Noël.

Les hommes ont jeté papa à terre. Papa est plein de sang. Sauve-toi, Léon ! C'est ce qu'a dit papa avant de mourir. Où est maman ? Elle crie :

— *Wandi*, Léon, *wandi* !

Cours, Léon, cours ! Maman est restée dans la maison. Elle a tout donné aux hommes, l'argent, les bijoux. Son corps. Mais Léon, tu ne le sais pas. Va, sauve-toi !

— Monsieur Bricolage, dit-il à mi-voix.

Bientôt, Clotilde sortirait de son cartable le pain de la cantine. Léon rêvait tout en marchant et emmêlait le passé, le présent.

— Auchan.

Il s'arc-boutait à cette seule pensée : tu dois te sauver. C'est ce que papa voulait. Quand il arriva sous les arcades de la rue principale, Léon n'était plus le petit garçon du CE1. Il avait quatre ans et les hommes voulaient le tuer. Rue Paul-Bert, la tête lui tourna et il dut s'asseoir sur le trottoir, le front contre les genoux. Un noctambule qui passait aperçut cette forme étrange. Pas un chien. Pas un homme.

— Un môme.

Il s'approcha, s'accroupit :

— Ohé ?

Léon releva la tête :

— Pas tuer moi, m'sieur, fit-il d'une voix de bébé.

— Tu es tout seul ? Où est ton papa ?

— Wa oî [1].

— Mais d'où tu viens, bonhomme ? Comment c'est, ton nom ?

Léon se souvint alors qu'il ne fallait pas dire son nom. On peut en mourir, de s'appeler Baoulé.

— J'ai pas de nom.

Le jeune homme comprit que l'enfant était terrorisé. Il se redressa et regarda autour de lui. La rue était déserte. Que faire ? La décision était difficile à prendre. Le promeneur sortit un dé d'une des poches de son battledress et le fit rouler sur le trottoir. Un : il emmenait le petit au commissariat. Six : il l'emmenait chez lui.

— Deux, trois, deux, cinq, putain, quatre, six... Allez, môme, on se bouge.

Quand Nathalie revint rue Jean-Jaurès après sa garde de nuit, elle vit Éloi qui dormait, à moitié jeté hors du lit. Un petit garçon noir prenait toute la place sur l'oreiller.

---

1. Il est mort.

— Mais c'est quoi ? s'écria Nathalie.

Éloi cligna des yeux en sortant du sommeil :

— Joyeux Noël !

Quand Léon s'éveilla, il commença par rouler des yeux effarés, puis il se redressa en appelant :

— Mimami !

Il vit Nathalie au pied du lit.

— T'es un petit Baoulé ?

Léon la reconnut. C'était la dame de l'association. Elle ressemblait à Mémère, elle avait l'air pas gentille, mais au fond, elle l'était.

— Tu t'es sauvé de la gare, hein ?

Léon fit « oui » de la tête. Il s'était sauvé et, maintenant, il devait sauver tout le monde.

— Maman, elle veut se jeter par la fenêtre, dit-il.

Éloi entra dans la chambre avec un plateau plein de bonnes choses qui firent oublier à Léon, pendant quelques secondes, l'urgence de la situation.

— Tiens, mange, dit le jeune homme. Ici, on peut parler la bouche pleine.

Léon hésita entre le pain aux raisins et le pain au chocolat, puis il avala le verre de jus d'orange. Il mourait de soif. Nathalie s'impatientait déjà :

— Pourquoi ta maman a menacé de se jeter par la fenêtre ?

— C'est pour l'humanitaire, répondit Léon en mordant dans le pain au chocolat.

Il fallut dix bonnes minutes aux deux jeunes gens pour reconstituer l'histoire. Mme veuve Baoulé envisageait de se défenestrer afin d'avoir une chance d'obtenir une carte de séjour pour elle et ses enfants. Éloi et Nathalie se regardèrent, consternés.

171

— Ils pètent un plomb, conclut le garçon.

— Elle va l'avoir, sa carte de séjour, dit Nathalie au petit garçon. C'est une question de patience.

Léon fronça les sourcils. Il essayait de se rappeler un autre incident.

— Ah oui ! s'exclama-t-il.

Puis il secoua la tête :

— Ben, non, elle l'aura pas, la carte, c'était marqué dans la lettre qu'elle l'aurait pas.

— Quoi ? sursauta Nathalie. Elle a eu une lettre de l'Ofpra ?

— C'est ça ! s'écria Léon, content d'être si bien compris et entamant le pain aux raisins pour fêter ça.

De nouveau, Éloi et Nathalie se regardèrent, consternés. On venait de refuser le statut de réfugiée politique à Mme veuve Baoulé.

— Joyeux Noël, grinça Éloi.

— Oh, mais attends, on va se battre, répliqua Nathalie. Il faut déposer un recours devant le tribunal administratif.

Sa combativité connut tout de même un court fléchissement. Elle murmura :

— C'est incroyable. Refuser le droit d'asile à cette femme... Son mari a été tué, sa maison a été brûlée, elle a été...

Elle se tut, à cause du petit garçon. Elle connaissait bien le dossier. Il était solide. Au nom de quoi pouvait-on le rejeter ?

16

Où Philippine croque dans un Bounty

Audrey pensait avoir beaucoup de chance parce que son frère avait la télé dans sa chambre et que ses parents avaient la télé dans leur chambre. Donc, la télé du living-room était presque sa propriété personnelle. Toute la journée durant, pendant ces vacances de Noël, Audrey sautait d'une chaîne à l'autre, faisant défiler sur l'écran les jumelles hystériques d'une sit-com, le cyclorameur du téléachat, Muto Sugoroku et Kazuki Takashié se tabassant à longueur de dessin animé, la météo pourrie de la semaine, la dernière explosion de voiture piégée à Kaboul, le tout ponctué par le carillon de Noël *Jingle bells, jingle bells*, chaque fois que déboulaient Kellogs cornflakes et le monde enchanté de Polly Pocket. Audrey s'emmerdait. Comme elle y était habituée, elle n'en avait pas vraiment conscience. Elle bâillait, se tortillait sur le canapé, courait ouvrir le frigo, prenait un petit-suisse, revenait en courant vers la télévision avec l'espoir que, entre-temps, il se serait passé quelque chose d'intéressant. Dix fois par jour, elle tombait sur le clip des Street Generation et en profitait pour peaufiner sa chorégraphie. C'était, avec ses courses vers le frigo, le seul exercice qu'elle prenait. La prochaine pesée chez la pédiatre serait désastreuse.

Le 22 décembre, Audrey était toujours plantée devant sa télé à dix-huit heures passées. C'était une nouvelle émission : « Tous les coups sont permis ». Une jeune fille venait à l'émission avec son fiancé pour mettre son amour à l'épreuve. En conséquence, elle le prêtait à deux filles pendant quinze jours. Dans une vilaine lumière jaunâtre, Sandy se confia en gros plan à la caméra :

— *Le mariage, c'est sérieux, quoi, je veux dire. Donc, moi, je trouve qu'il vaut mieux savoir avant. Parce que bon... mais bon, j'ai confiance en Benoît. C'est juste un test, quoi, je veux dire. On s'aime, ça, je suis sûre.*

Audrey se mordillait les lèvres, incertaine. C'était ça, l'amour ?

— *Ce que j'ai peur, c'est si c'est une blonde parce que Benoît, il a toujours été attiré, enfin, surtout, si c'est une fille très... fille.*

La voix off commenta, narquoise :

— *Hélas, Cyrielle est en effet une blonde très... très fille.*

La blonde en question apparut à l'écran, arrachant un cri d'admiration à Audrey :

— Trop belle !

Et elle, elle n'avait pas un petit bidon sous le pantalon. Audrey soupira. La première épreuve pour Benoît consistait en une séance dans une cabine d'essayage en compagnie de Cyrielle. La cabine était très petite, plongée dans une lumière rouge, et Cyrielle devait essayer un soutien-gorge et un string. Audrey ne voyait pas du tout l'intérêt de la chose et à ce moment-là, la porte d'entrée s'ouvrit.

— Maman ! s'écria Audrey, comme délivrée.

— Encore devant cette télé, maugréa Mme Cambon. Elle s'en voulait de laisser sa fillette seule à la maison et, du coup, dès qu'elle la voyait, elle la houspillait.

— T'as vraiment rien de mieux à faire ?

Audrey baissa le nez et Mme Cambon se sentit encore plus mal à l'aise. Mais elle avait une bonne nouvelle à annoncer :

— Bon, j'ai pris mon congé pour demain. On va aller faire tes courses de Noël.

— Ouais, ouais, ouais ! cria Audrey, tout son entrain retrouvé.

Brandon entra alors dans le living-room, le casque sur les oreilles.

— Mais enlève ça ! s'énerva sa mère. Tu vas finir sourd.

Audrey, débordante d'enthousiasme, énuméra tout ce qu'elle voulait :

— Le karaoké des Street Generation, la pizza party, la famille du bonheur Barbie...

— Et ma Xbox ? grommela Brandon. On me l'achète ?

— Tu voulais pas un VTT plutôt ? lui rappela sa sœur.

Il lui jeta un mauvais regard :

— Non mais t'entends tout ce que t'as demandé, toi ?

Mme Cambon secoua la tête en s'éloignant vers la cuisine. Le Père Noël allait encore lui coûter bonbon.

Le 23 décembre, Audrey, Brandon et leur mère partirent vers dix heures à Auchan. Brandon était presque de bonne humeur, mais il fourbissait en secret ses arguments en cas de résistance à la Xbox. Devant la galerie commerciale, comme tous les ans, le marché de Noël avait planté ses baraques en bois, décorées de guirlandes rouges.

— Oh, maman, regarde : le bonnet du Père Noël qui fait de la lumière ! C'est que deux euros !

Après cette première halte, Brandon eut mal au cœur tellement il avait faim, et ce, juste comme on passait devant les gaufres. Audrey, après s'être fait sermonner par sa mère parce qu'elle mangeait trop de sucre, eut quand même droit à une barbe à papa. Brandon, qui tenait mentalement le grand registre des cadeaux, s'aperçut qu'il avait déjà un point de retard.

— Oh, maman, regarde : des boîtes à musique !

En plus, elles jouaient *Jingle bells*. Audrey ne pouvait plus décoller.

— Mais on y va, oui ? s'énerva Brandon.

Mme Cambon craqua pour la boîte à musique et Brandon fulmina. Deux points de retard !

— On commence par la Xbox, lança-t-il en courant chercher un caddie.

Il lui fallait posséder quelque chose de cher, très vite, tout de suite. Ça le prenait à la gorge. Mais chemin faisant, il passa devant les téléphones portables.

— Putain ! s'exclama Brandon. T'as vu le Motorola qui fait appareil photo ? J'hallucine !

Mme Cambon aussi : 419 euros. Elle utilisa son joker :

— Ton père ne sera pas d'accord. Où c'est, ta console ?

Après ce premier refus – pas définitif –, Brandon avait toutes les chances d'obtenir la console et au moins trois jeux. Il fit donc semblant de capituler.

— Maman, je peux aller voir les Barbie ? réclama Audrey.

— Deux minutes, on commence par ton frère.

— Pour les jeux, énuméra Brandon, il me faut : Burn out, Rainbow six et Spiderman.

— Tout ça ? fit Audrey.

— Va voir les Barbie, lui conseilla son frère.

Il emporta le morceau sans trop de difficultés et se sentit pousser les crocs. On passa devant les rollers.

— Il faut que je change les miens, déclara-t-il. Putain, les rollers Perform !

Deux secondes plus tôt, il n'y pensait même pas. Mais à 59 euros, il hallucinait complet. Audrey était au bord des larmes :

— Maman, j'ai rien eu, moi !

— Oui, on s'occupe de ta sœur, fit Mme Cambon qui sentait venir la migraine. Alors, c'est quoi, ta liste ?

Mais Audrey ne savait plus, elle parcourait les rayons, hagarde.

— Oh, maman, « Margot l'escargot » !

— C'est pour les petits, voyons !

— Oh, maman, le « Cluedo » !

— Mais c'est pour les grands.

— T'as vu : « Tortue ninja » ?

— C'est pour les garçons...

— « La Famille du bonheur » !

— C'est pour les filles...

Audrey dévisagea sa mère, les yeux exorbités :

— Mais... je suis une fille !

Mme Cambon porta la main à son front. Elle ne savait plus ce qu'elle disait.

Ce 23 décembre, une autre petite fille était en ville pour voir les boutiques. Mimi, avant d'emmener Philippine, l'avait bien prévenue :

— On regarde juste. C'est pas pour acheter.

Elles arrivèrent, main dans la main, au marché de Noël. Philippine sautillait.

— Oh, Mimi, t'as vu les bonnets de Père Noël ?

— C'est un bout de feutrine rouge. Je t'en fais autant, répliqua sa grand-mère.

Philippine n'insista pas. Elle admira les boîtes à musique, les marionnettes, les peluches, caressa longuement un lapin en songeant à Lapinou, puis le reposa en étouffant un soupir. Soudain, elle s'immobilisa. L'odeur de la barbe à papa l'enveloppait tout entière, lui montait à la tête, la grisait, lui faisant venir des larmes aux yeux.

— Oh, Mimi, je peux en avoir une ? murmura-t-elle, défaillante.

— Quoi, ces horreurs ? Alors là, sûrement pas. C'est chimique. Regarde ce rose !

— C'est joli...

Philippine en avait mangé une, il y avait longtemps. Un homme s'était penché vers elle, lui tendant le merveilleux nuage rose.

— Mimi, s'il te plaît...

— C'est non. Tu ne vas pas me faire un caprice, quand même ? Quel âge as-tu ?

Elle eut envie de crier : « J'ai six ans ! »

— Tu vas pas te mettre à pleurer, non ? gronda doucement Mimi.

Elle n'en revenait pas. Une petite si raisonnable d'habitude. Mais il n'était pas question de céder.

— Viens, on va regarder le rayon des jouets.

Philippine se laissa traîner à Auchan. Plus rien n'avait de goût. Elle eut pourtant une fameuse surprise au détour d'un rayon.

— Audrey !

— Philippine !

Les deux petites filles coururent l'une vers l'autre et s'étreignirent. On eût dit deux explorateurs perdus dans la jungle depuis quinze jours et se retrouvant enfin. Elles sautaient de joie.

— Maman, je peux inviter Philippine ?

Mme Cambon et grand-mère Martin échangèrent quelques civilités.

— On ne veut pas déranger...

— Mais ça ne me dérange pas.

Brandon en avait déjà marre et prévint :

— Je vais voir les portables.

Mimi continuant de se faire prier, Philippine se percha sur le caddie des Cambon :

— C'est quoi, tout ça ? fit-elle, ébahie.

— C'est mes cadeaux de Noël.

— C'est pas le Père Noël qui te les apporte, toi ? s'étonna Philippine.

Audrey interrogea sa mère du regard. Mme Cambon toussota avant d'enchaîner :

— Bon, alors, vous vous voyez cet après-midi, les filles ?

— Oui, oui, oui !

Mimi lâcha prise et Philippine repartit en sautillant, le ventre vide, le cœur léger, passant à saute-mouton par-dessus toutes les frustrations. Elle irait chez Audrey !

À quatorze heures, Mimi sonnait chez les Cambon, intimidée et s'essuyant longuement les pieds sur le paillasson.

— Bon, tu es sage, Philippine ? À tout à l'heure, sois sage surtout !

Mme Cambon jeta un regard à l'enfant souriante et menue qui s'attirait tant d'exhortations à la sagesse. Audrey la tira par le bras en direction du salon. Elle attrapa la zapette sur le canapé :

— Alors, qu'est-ce que tu veux regarder ?

Philippine parut désolée :

— Tu... tu n'as pas des jouets plutôt ?

Audrey resta un moment sans voix puis s'écria :

— Oh si ! Plein ! Dans ma chambre...

La chambre d'Audrey était bien rangée, les jouets ne sortant guère des placards. Les fillettes s'offrirent un grand déballage. Philippine admirait tout de bon cœur. Elle ignorait l'envie. Mais au bout d'une demi-heure, elle commença à se lasser :

— On pourrait jouer, quand même...

— À quoi ?

Jusqu'à présent, Audrey avait été la meneuse. À cet instant précis, le pouvoir changea de main.

— On joue à l'école, décida Philippine. On serait les maîtresses. Tu serais la maîtresse des grandes sections, et moi, je serais la maîtresse des CP. Et les élèves, ça serait les peluches et les poupées.

Audrey écoutait, bouche ouverte, l'air pas dégourdie.

— Il faudrait s'habiller en dame, précisa Philippine.

Une lueur s'alluma au fond des yeux d'Audrey.

— Dans le placard de ma mère, chuchota-t-elle.

Mme Cambon était aux prises avec la farce de sa dinde. La voie était libre. Les petites allèrent fouiller la penderie et en sortirent des chaussures à talons et un sac à main. De retour dans la chambre, Philippine déchira des feuilles dans le cahier de brouillon d'Audrey et fabriqua des mini-cahiers pour les élèves.

— On va leur donner des vrais noms.

Elle écrivit sur les cahiers : Liza, Demor, Batise.

— T'es forte, s'extasia Audrey.

— Baptiste, ce serait le singe, dit Philippine en désignant la peluche.

Les deux petites ricanèrent, se comprenant à demi-mot. Puis elles firent la classe aux élèves, montrant au baigneur comment écrire un A et un B, ou demandant à Nounours de réciter les chiffres jusqu'à vingt.

— Et alors, dit Philippine, il y aurait Baptiste qui ferait que de péter dans la classe.

Elle attrapa le singe et le fit s'accroupir avec des « prout, prout » jouissifs. Audrey hurla de rire. Mais Philippine fut inflexible et mit le singe au coin. C'était vraiment un jeu trop bien et le temps filait à tire-d'aile.

— Oh, c'est quoi, ça ? demanda Philippine en découvrant une barre de Bounty dissimulée parmi les jouets.

Audrey se troubla un peu. Elle avait quelques provisions secrètes.

— C'est du chocolat à la noix de coco. Tu connais pas ?

Philippine fit non de la tête en songeant à Mimi. C'était sûrement chimique.

— Je peux... je peux goûter ?

Audrey fit oui de la tête en songeant à la pédiatre. Elle n'y avait plus droit.

— On partage ? proposa Philippine, coupant la barre en deux.

Tout doucement, elle y enfonça les dents puis ferma les yeux, laissant fondre le chocolat. Audrey la regarda faire, étonnée, puis l'imita. Toutes deux firent « Mmmh » en rouvrant les yeux. C'était la première fois qu'Audrey savourait une friandise au lieu de l'avaler.

— Vous voulez goûter, les filles ? fit une voix dans leur dos.

Elles sursautèrent.

— Non, ça va, on n'a pas faim, répliqua Philippine avec autorité.

Mme Cambon aperçut les chaussures et le sac qui traînaient sur la moquette au milieu de tout un déballage, et elle jeta un nouveau regard sur la petite invitée.

— Bon, ne faites pas de bêtises, dit-elle avec un rien de méfiance dans la voix.

Le jeu put reprendre, ponctué de fous rires et de chuchotements. Puis une sonnerie retentit qui leur traversa le corps et les figea en pleine action.

— Ma grand-mère, articula Philippine.

C'était comme un arrêt de mort.

— T'as qu'à lui demander de rester dormir, suggéra Audrey.

— Elle voudra pas, dit Philippine, la voix tragique. Elle veut jamais.

Pendant ce temps, Mme Cambon avait ouvert à Mimi et la rassurait. Oui, les petites avaient été sages, non, ça ne l'avait pas dérangée du tout.

— Philippine, c'est ta mamie !

Les fillettes s'avancèrent, main dans la main, avec des airs de comploteuse.

— Est-ce que Philippine peut rester dormir ? demanda Audrey.

— Ah non, pas ce soir, répondit Mimi.

Elles auraient été invitées à dîner par le président de la République qu'elle ne se serait pas montrée plus catégorique.

— Tu vois, glissa Philippine à l'oreille d'Audrey.

Celle-ci la serra dans ses bras avec emportement :

— Tu es mon amie pour la vie, lui dit-elle en guise d'adieu.

— Je pourrais venir demain ? supplia Philippine, en se tournant vers sa grand-mère.

— Mais non, demain, c'est le 24, protesta Mimi. Allez, viens, on a plein de choses à faire.

— Après-demain ? supplia Philippine, en joignant les mains.

— Mais non, c'est... c'est le 25 !

— Mais quand ? s'écria l'enfant en tapant du pied.

Mimi la prit brusquement par le bras et, tout en l'entraînant vers l'escalier, prononça les mots fatidiques :

— Une autre fois.

17

Où c'est tant pis

Il était de coutume chez les Barrois d'ouvrir les cadeaux le 25 au matin. Tout en regardant Gil vautré dans le canapé, Cécile regrettait le temps où il se levait avant tout le monde et courait d'une chambre à l'autre en criant :

— Il est passé ! Il est passé !

Cécile et sa mère avaient eu la même idée. Elles avaient acheté des vêtements et Gil déballait les paquets en commentant de sa voix traînante :

— Ouais, cool, un jean. Ouais, super, un autre jean.

Il y avait aussi un t-shirt et deux sweats, le tout très cher.

— C'est pas les marques à la mode ? s'inquiéta Mme Barrois.

— Sûrement, fit Gil en rejetant le deuxième sweat. Mais j'ai pas trop envie de me balader avec « Puma » écrit en gros sur moi. C'est pas mon nom.

— Je vais préparer le café, murmura Mme Barrois, des larmes dans la voix.

Le frère et la sœur se retrouvèrent seuls au salon.

— T'es pas sympa, Gil.

— Mais vous êtes pas obligées de me prendre pour un débile, ronchonna-t-il, un peu honteux. À six ans, j'étais trop content d'avoir un t-shirt Pokemon. Et à sept ans, c'était la honte. Voilà, c'est comme ça. On grandit.

— C'est Éloi ?

— Quoi Éloi ?

Cécile secoua la tête en marmonnant : « Non, rien. » Gil subissait l'influence du jeune homme et Cécile n'aurait su dire si elle était bonne ou mauvaise. Elle y repensa beaucoup pendant la journée, ce qui fit qu'elle pensa beaucoup à Éloi. Qui était-il vraiment ? Gentil ou pas gentil ? Ne devait-elle pas se faire une opinion par elle-même ? Elle connaissait son adresse, 20, rue Jean-Jaurès, et elle avait un bon prétexte pour aller le voir : le remercier pour sa collecte de vêtements en faveur des petits Baoulé.

— Je fais un tour au marché de Noël ! lança-t-elle à sa mère, le lendemain après-midi.

— Tu ne veux pas que je t'accompagne ?

— Non, non, ça va, fit-elle en rosissant.

Une fois dans la rue, Cécile marcha d'un bon pas. Dès qu'elle pensait à Éloi, elle avait mal. C'était une douleur qui partait du ventre, compressait les côtes, coupait le souffle et tournait la tête. Elle aimait cette douleur qui faisait d'elle quelqu'un de nouveau. Deux hommes l'avaient regardée au passage. On la voyait. Était-ce à cause du blush qu'elle avait posé sur ses joues ? Ou bien à cause de cette souffrance qui lui faisait des yeux fiévreux ?

Sa peur de voir Éloi était grande. Son envie aussi. Alors, elle sonnerait. Il ouvrirait. Il dirait : « Tiens, la sœur de Gil. » Cécile préparait ses phrases : » J'espère que je ne dérange pas ? Je voulais vous remercier... » Lui offrirait-il le thé ? Devait-elle accepter ? Cécile sursauta. Elle était rue Jean-Jaurès. Mon Dieu, faites qu'il ne soit pas chez lui ! 16...18...20. Elle se triturait les mains comme chaque fois qu'elle se sentait agressée. Mais personne ne la forçait à faire ce qu'elle accomplissait. Elle pouvait rentrer chez elle. Personne n'en saurait rien.

Il n'y avait ni code ni interphone en bas de l'immeuble. Cécile se retrouva dans l'escalier sans avoir encore rien décidé. À quel étage vivait-il ? Elle en monta cinq, certaine qu'il était au dernier. Et au sixième étage, au fond d'un couloir mal éclairé, un bristol punaisé sur la porte indiquait : « No logo ». C'était bien chez Éloi. Elle souhaita de toutes ses forces qu'il soit sorti, tout en sachant déjà l'énorme déception, presque une dépression, qu'elle ressentirait devant une porte close. Elle passa en revue ses phrases d'introduction : « Bonjour, je passais dans le quartier, j'espère que je ne vous dérange pas... » Elle ferma les yeux et frappa.

— Entrez ! gueula une voix.

Elle en resta tétanisée.

— Ben... entrez ? s'étonna la voix.

Elle entra, balaya la pièce des yeux et vit Éloi allongé à plat ventre sur son lit. Nu. Elle aurait dû repasser le seuil, s'enfuir. Ou au moins s'excuser, dire quelque chose. Elle restait là à le regarder, sans bien comprendre ce qui lui arrivait.

— Oh, merde, marmonna Éloi en attrapant son peignoir rouge.

Il s'en drapa à la va-vite puis jeta un petit regard de côté et se mit à rire.

— Pas de chance, fit-il. Je suis naturiste. Ça va, vous ?

— J'espère que je ne vous dérange pas, articula consciencieusement Cécile.

Il rit encore.

— Pas plus que ça. Mais fermez la porte, quand même.

— Je voulais vous remercier pour tout ce...

— Attendez, maîtresse ! Vous savez ce qu'on va faire ? Allez jusqu'à la fenêtre et dites-moi si vous voyez un type en parka verte, en bas.

Cécile ne vit rien d'autre à faire qu'obéir. Il parlait très vite, sur un ton sans réplique. Elle souleva le rideau et regarda dans la rue.

— Je m'habille, la prévint Éloi. Alors, y a quel-qu'un ?

— Oui.

— Je suis surveillé.

L'idée lui plaisait beaucoup.

— C'est les RG. Ils m'ont mis ce type aux fesses.

Cécile n'avait qu'une vague idée de ce qu'étaient les Renseignements généraux.

— Pourquoi ? demanda-t-elle d'une très petite voix.

— Peut-être à cause du GAP dont je suis le fonda-teur. Vous pouvez vous retourner si vous supportez la vue d'un type en calbut.

Cécile resta prudemment face à la rue.

— Ou peut-être à cause de l'assoce' de Nathalie, reprit-il. Franchement, vous pouvez vous retourner.

Il fredonna :

— Loup, y es-tu ? Que fais-tu ? Je mets mon battle-dress. Je suis très beau, torse nu. Vous ratez quelque chose.

Cécile était paniquée. Car elle avait envie de regarder. Elle l'entendit qui s'approchait d'elle, tout en finissant de s'habiller. Il s'immobilisa dans son dos.

— Alors, vous vouliez me remercier ? lui souffla-t-il à l'oreille.

Elle se retourna si brusquement qu'elle le bouscula. Elle avait l'air d'une misérable petite bête traquée.

— Oui ! s'écria-t-elle, dos au mur. Je voulais vous remercier pour les Baoulé.

Éloi aurait aimé jouer encore un peu au chat et à la souris. Mais il se souvint du petit Léon.

— Au fait, vous savez que j'ai récupéré un des mômes Baoulé dans la rue, la nuit de Noël ?

Cécile le dévisagea avec méfiance. Elle en venait à se demander s'il n'était pas mythomane.

— Il avait fait une fugue. Un genre de fugue.

Éloi mit Cécile au courant en peu de mots. Il avait raccompagné Léon au squat et lu la lettre de l'Ofpra qui rejetait la demande d'asile de Mme veuve Baoulé.

— Nat' a déposé un recours au tribunal administratif.

— Ça va changer quelque chose ?

L'intérêt que Cécile prenait à la situation des Baoulé lui faisait oublier la sienne. Éloi grimaça :

— Ça fera gagner du temps.

Puis il sourit, plus embobineur que jamais.

— Et maintenant, qu'est-ce qu'on fait ?

Cécile ne s'en rendait pas compte. Mais ses yeux dilatés et son corps si tendu qu'il semblait vibrer étaient une candide déclaration d'amour.

— « Qu'est-ce qu'on fait » ? répéta-t-elle en se tordant les mains.

— Oui. Toi et moi. Tous les deux, quoi.

Elle regarda vers la porte.

— On pourrait... faire un tour ? Il y a le marché de Noël, justement.

— Oh oui, on achèterait des trucs, dit-il, la voix niaise. Et aussi des machins.

Il mit ses chaussures et décréta :

— On va sur les quais. Et je vous raconterai ma vie. Vous allez voir, c'est passionnant.

Il fit comme il avait dit en commençant par :

— Je suis le fils d'un monsieur riche qui épousa une dame riche...

Cette histoire-là, la sienne, l'obsédait. Cécile l'écouta patiemment, cherchant dans tout ce fatras une phrase, un mot qui lui donneraient la clef de ce garçon qu'elle aimait. Éloi en était arrivé à l'épisode de l'agression, juste avant la naissance de sa petite sœur.

— À ce moment-là, j'ai compris que des gens de mon âge pouvaient me tuer pour rien. Pour un blouson. À leurs yeux, j'étais ça. Un blouson avec un logo. Alors, j'ai tout rejeté.

Comme ils étaient sur les quais, il fit le geste de tout balancer à la flotte :

— Mes vêtements de marque, mes gadgets de luxe, ma vie de gosse pourri. Mes parents.

— Il faut dire aussi que vous étiez jaloux, fit Cécile, comme s'il s'agissait là d'une remarque bien anodine.

— Hein ?

Il la regardait, les yeux écarquillés, comme si elle venait de proférer une énormité.

— Jaloux de qui ?

— Mais de... de votre petite sœur, balbutia Cécile.

Pour elle, c'était une évidence. Certes, Éloi avait été traumatisé par l'agression. Mais il avait surtout mal vécu d'être détrôné de son statut de fils unique et adulé, d'autant plus qu'il avait longtemps été persuadé que ses parents ne pouvaient pas avoir d'autre enfant que lui.

— Ah, ah ! s'esclaffa lourdement Éloi. Ça, c'est au moins de la psychologie de maîtresse d'école.

Puis il se mura dans le silence. Cécile comprit qu'elle avait gaffé. Elle était désolée. Il était si charmant quand il ne se préoccupait que de lui.

— Tiens, fit-elle pour le relancer, le monsieur des Renseignements Généraux est reparti.

Éloi regarda derrière lui.

— Il est allé prendre des renseignements sur vous, dit-il méchamment. C'est mauvais pour votre avancement.

Cécile hésita avant de poser la question. Mais comme de toute façon il était fâché, elle ne risquait plus grand-chose.

— De quoi vous soupçonne-t-on ?

— De subversion. De crime contre l'État. De terrorisme !

— Vous ne voulez pas me le dire.

— Mais je viens de vous le dire ! s'énerva Éloi. Je suis un hors-la-loi. Je vandalise les affiches, j'héberge des sans-logis, j'habille des va-nu-pieds...

Tout en énumérant ses fautes, il pirouettait sur lui-même, comme un valseur, tout au bord de l'eau. Et de plus en plus près.

— J'aide des sans-papiers et, crime suprême, je refuse de consommer !

— Attention ! s'écria Cécile.

Il avait failli tomber. Il rit, s'approcha d'elle en ouvrant les bras :

— M'accorderez-vous cette danse, maîtresse d'école ?

Il referma les bras sur elle et lui fit faire plusieurs tours de valse, tout au bord du quai. Quand il s'arrêta, elle était blême.

— Vous ne dansez pas mal, remarqua-t-il.

Il lui faisait son numéro complet. Exhibitionniste, provocateur, déjanté. Elle avait gardé la main sur son bras. Tout son visage lui criait : « Je t'aime ! » Comme en réponse et avec un sourire, Éloi murmura :

— J'aime Nathalie.

Cécile sentit l'acier du poignard qui lui transperçait le cœur. Elle en resta un instant le souffle coupé. Mais elle se reprit et dit seulement :

— Tant pis.

Puis elle s'arracha à lui. Elle en savait assez sur son compte. Bien qu'il en ait rejeté la panoplie, Éloi était resté un enfant gâté. Il la regarda s'éloigner sans faire un geste, sans dire un mot. Il était pourtant touché par cette détresse qu'il avait provoquée. Pourquoi lui avait-il dit qu'il aimait Nathalie ? Était-ce la vérité ? Il attendait que Nathalie, qui l'envoyait si souvent dans les cordes, finisse par craquer. Nathalie l'aimait. Cécile l'aimait. Mais lui ? Qui aimerait-il ? Grave décision.

Il sortit le dé de sa poche et s'accroupit. Un, j'aime Nathalie. Six, j'aime Cécile.

— Deux, quatre, quatre, trois, deux, cinq, quatre, trois, deux, cinq, mais merde ! Deux, trois, cinq, quatre, c'est pas vrai ! Quatre, trois, deux, deux...

Il insista, de plus en plus ahuri. Le dé ne voulait rien dire. Il le rempocha. Eh bien, tant pis.

C'était pour lui l'heure d'officier au Tchip Burger. Il enfila sa tenue d'équipier et effaça tout ce qu'il y avait en lui d'humanité.

— À la caisse ! lui gueula Xavier.

Vers vingt heures, Nathalie se pointa devant lui et lui passa sa commande habituelle :

— Pour dix euros de tes cochonneries.

Éloi lui fit son sourire commercial :

— Sur place ou à emporter ?

— Fais pas chier.

Elle se retourna et regarda la salle. Soudain, elle tressaillit.

— Dis donc, Saint-André, qu'est-ce qu'elle fout là, l'emperlouzée de la préfecture ?

— Qui ça, quoi ça ?

— La pouf en rose. C'est la bonne femme qui veut reconduire tout le monde aux frontières. Je me demande qui c'est, le mec avec elle ?

— Cherche pas, Nat', c'est mon patron.

Nathalie fronça les sourcils. Curieux tandem. Ils avaient vraiment l'air de bien se connaître.

— C'est une salope, chuchota Nathalie.

— C'est un salaud, dit Éloi.

Le lendemain, 27 décembre, les Guéraud, qui avaient reçu la lettre de l'Ofpra, portèrent une deuxième lettre au siège de l'association. Celle-ci émanait de la préfecture et était encore adressée à Mme veuve Baoulé. Nathalie put lire les mots suivants :

« Madame,

L'Ofpra vous a refusé la qualité de réfugiée. En conséquence, il vous faudra prendre vos dispositions pour quitter le territoire français avant la date du 15 janvier 2005. Au-delà, vous êtes passible de poursuites judiciaires et d'un arrêté de reconduite à la frontière. »

Nathalie en resta sidérée. Quelle rapidité d'exécution, quelle froideur administrative dans cette période de trêve entre Noël et Nouvel An ! Une main de fer s'était emparée des Baoulé et s'apprêtait à les broyer.

18

Dans lequel Cécile dessine
un cochon ronchon

Cécile avait toujours aimé tirer les rois. D'abord, il y avait l'odeur d'amande et de beurre de la galette sortie du four. Puis l'attribution des parts :

— Pour qui celle-ci ? Pour qui celle-là ?

Cécile avait souvent été reine. Mais quand il n'y a que trois prétendants à la couronne, la probabilité est assez élevée.

Ce 5 janvier, dans la salle des professeurs, Mélanie Meunier, Marie-Claude Acremant, Georges Montoriol et Cécile étaient réunis pour la galette du début d'année. On attendait Chantal Pommier.

— Excusez-moi, des parents à voir, fit-elle en entrant, plus cliquetante que jamais. Tu as vu ma nouvelle montre ? Une folie...

Elle mit une montre Cartier sous le nez de Mélanie.

— Mon mari est fou, fit-elle avec un petit rire satisfait.

Puis elle ajouta avec une certaine inconséquence :

— Ah là là, les cadeaux, les cadeaux ! Ils ne m'ont parlé que de ça, aujourd'hui. Je leur ai tout de même dit qu'il y a sûrement des petits pauvres qui ont passé la nuit de Noël dans la rue.

Cécile et Georges s'entre-regardèrent. Tous deux avaient pensé à Léon.

— Bien, je découpe la galette, dit M. le directeur. Je fais six parts.

— Six ? releva Marie-Claude.

— Oui, il en faut une pour le petit pauvre de Chantal.

Georges était rarement ironique. Personne ne sut comment prendre sa plaisanterie.

— Cécile, nous avons besoin d'une main innocente. Pour qui, cette part ?

Cécile, rougissante, procéda à l'attribution. Il y avait bien une part en trop.

— Je vous préviens que si le petit pauvre ne se présente pas, je mange deux parts, plaisanta encore Georges.

Personne ne releva. Il y avait quelque chose de changé chez M. le directeur. Marie-Claude lui jeta un coup d'œil expert. Il rajeunissait. Puis elle posa sur Cécile un regard soupçonneux.

— Oh, je crois..., balbutia la jeune fille.

Elle fit tinter la fève dans l'assiette.

— Vive la reine ! s'écria gaiement Montoriol.

Il lui tendit la couronne :

— Je ne vous demande pas de choisir votre roi. Je n'ai pas de concurrence !

Marie-Claude faillit s'étrangler avec le feuilleté tandis que Cécile piquait un fard.

— Il faut que je me sauve, marmonna Mélanie.

Elle était plus exsangue et voûtée que jamais.

— Ça va, tes enfants ? lui lança Montoriol, l'air de s'en moquer royalement.

— Lola a la bronchite et Martin me fait deux dents en même temps.

Cécile se demanda si elle allait survivre jusqu'à l'été. Puis elle fit du regard le tour de l'assemblée. Marie-Claude avait le teint gris et le blanc de l'œil jauni. Quant à Chantal, blindée dans sa jupe après les excès des fêtes, elle avait les joues qui s'enflammaient sous la couche de fond de teint. Seul Georges était insolent de santé.

— Faites du sport, mes enfants, leur conseilla-t-il, faites du sport ! Cécile, j'ai quelque chose à vous dire...

Tout le monde s'était levé et s'apprêtait à partir. La complicité que Georges affichait avec la jeune fille devenait gênante pour les autres.

— Allons dans mon bureau, ajouta-t-il, de plus en plus inconscient.

Cécile le suivit sans poser de questions. Elle n'arrivait pas à imaginer qu'elle lui plaisait, mais elle se sentait parfois inquiète en sa présence.

— Fermez la porte, lui dit-il, une fois dans son bureau. J'ai reçu un courrier pour vous.

Il lui tendit une lettre :

ÉCOLE LOUIS-GUILLOUX
À L'ATTENTION DE CÉCILE BARROIS

Cécile sentit que son cœur prenait le galop. Que lui voulait-on ?

« Mademoiselle,

Je me propose d'effectuer une visite d'inspection dans votre classe dans la période du 15 au

30 janvier inclus. Je souhaite disposer des travaux et productions des élèves, des livrets scolaires et de vos outils pédagogiques.

Veuillez croire, mademoiselle, en mes sentiments les meilleurs,

Monsieur J.-P. Marchon,
Inspecteur de l'Éducation nationale. »

Un cri s'échappa des lèvres de Cécile.

— Un problème ? s'alarma Georges.

Il ne se gêna pas pour lire la lettre par-dessus son épaule.

— Oui, c'est bien ce que je pensais, une inspection...

Ils étaient tout près l'un de l'autre. Elle le regarda en froissant la lettre entre ses mains.

— Marchon, c'est le monsieur qui va venir dans ma classe ? fit-elle d'une voix d'enfant.

— Heu, oui, c'est l'inspecteur départemental.

— C'est le mari de Mme Marchon ? Vous savez, la maman de Jean-René ?

Georges réfléchit :

— Attendez... non. C'est... son beau-frère. Oui, c'est ça, son beau-frère. Pourquoi ?

Cécile chancelait.

— Asseyez-vous, mon petit. Il ne faut pas prendre ça au tragique. Ça se passera très bien.

Il approcha une chaise et la fit asseoir.

— Oh, mon Dieu, gémit-elle. Elle me déteste.

— Qui ça ?

— Mme Marchon. C'est elle, je suis sûre que c'est elle ! Elle m'a dénoncée. C'est parce que je n'ai pas de manuel de lecture. Et j'ai prêté *À chacun sa crotte* à Jean-René.

Elle pleurait. Georges se frictionna les tempes pour essayer de suivre.

— Cécile, Cécile, restez calme.

Mais c'était lui qui disjonctait. Cette petite jeune fille en larmes... Il s'y était attaché sans y prendre garde.

— Vous pensez que c'est Mme Marchon qui a demandé à son beau-frère de venir vous inspecter ?

— Ouiiii, hoqueta Cécile. Elle me déteste.

— Mais ce n'est pas elle qui vous inspectera, la raisonna Georges. Il faut simplement vous préparer convenablement. Je... je vais vous aider.

Elle leva vers lui ses yeux noyés :

— Vous voulez bien ?

— Mais bien sûr, pas de problème... Ne pleurez plus.

Il lui passa le revers de la main sur la figure, comme il le faisait aux mômes qui tombaient dans la cour de récré. Elle tressaillit et détourna un peu le visage.

— Bon, ça va mieux, hein ? fit-il, la voix enjouée. Vous m'avez fait peur, toute blanche comme ça. Vous avez repris des couleurs.

Cécile venait en effet de virer au cramoisi.

— Ne perdons pas de temps, reprit-il. Nous avons au minimum dix jours devant nous.

Il regarda sa montre puis décrocha le téléphone.

— Allô, Élisabeth ?

Cécile écouta la suite avec stupéfaction.

— J'ai des tas de papiers à remplir. Je ne serai pas à la maison avant dix-neuf heures. As-tu besoin que

je te rapporte quelque chose ? Du pain... Entendu, à
tout à l'heure.

Il raccrocha, regarda Cécile bien dans les yeux.

— Voilà. Nous avons deux heures devant nous.
Allez chercher votre registre d'appel et votre cahier
de classe. L'inspecteur va fourrer son nez là-dedans.
Dix minutes plus tard, ils étaient tous deux au
coude à coude dans la salle des professeurs en train
d'examiner le registre où Cécile notait les absences
des élèves.

— Où sont vos pourcentages d'absence ? lui
demanda Georges, le ton sévère.

— Mes quoi ?

— Ne me dites pas que vous ne savez pas de quoi
je parle. Tous les mois, vous devez noter les absences
de vos élèves en pourcentage. C'est pour les statis-
tiques de l'Académie.

— Je les ferai ce soir, murmura la jeune fille.

— Bien. Passez-moi votre cahier de classe.

Elle le fit glisser vers lui d'une main tremblante.
Elle pensait au magnifique cahier de Mélanie avec les
matières soulignées et les acquis surlignés.

— Cécile, gronda Georges. Qu'est-ce que c'est que...
ce foutoir ? Excusez-moi, mais il n'y a pas d'autre
mot.

Elle écrivait dans tous les sens, raturait, rajoutait,
faisait des flèches, collait des bouts de papier.

— Mais la journée ne se passe jamais comme prévu,
gémit-elle. Oh, je n'y arriverai jamais. Laissez tomber.

— Pas du tout. Vous allez m'acheter un autre
cahier et tout recopier au propre. Vous m'entendez ?
Elle acquiesça en silence. Elle y passerait ses nuits.

— Bien, montrez-moi vos fiches de préparation de cours, sur les maths, par exemple.

Cécile lui jeta un regard de détresse.

— Vous faites bien des fiches de préparation ? s'énerva-t-il un peu.

— Oui, oui. Mais pas tout le temps. Surtout en maths. Je n'y arrive pas. Pourtant je me couche à minuit, mais...

Elle avait tout de la mauvaise élève qui geint en invoquant les plus mauvaises excuses. Georges finit par lui sourire et lui chuchota :

— Je ne fais plus aucune fiche. Mais je voulais vous montrer ce que l'inspecteur va exiger. Vous devez avoir tout un petit assortiment de fiches cartonnées avec marqué : objectif de la séquence ça et ça, déroulement de la séquence ceci et cela, évaluations prévues truc et machin.

Ils se rendirent ensuite dans sa classe pour la passer en revue.

— Vous direz à vos élèves qu'un monsieur va venir voir s'ils travaillent bien.

— Mais il ne vient pas pour eux ! se récria Cécile.

Georges ferma les yeux de fatigue.

— On dit tous ça aux élèves ! Ça les fait tenir tranquilles pendant l'inspection. Regardez-moi cette case !

Le petit bureau dégorgeait de partout, livres, papiers, trousses, jouets. C'était la place de Baptiste.

— Tout doit être rangé nickel. Privez les gosses de récré s'ils ne mettent pas leurs affaires au cordeau. Où est votre liste d'élèves ?

— Ma... oh, elle a été déchirée dans une bousculade et...

— C'est ce que vous comptez raconter à Marchon ? Cécile ! Vous devez avoir sur vos murs votre liste d'élèves, votre emploi du temps, vos progressions en français et en maths...

Il marchait à grands pas dans la classe, ouvrant les placards, vidant les cases par terre, arrachant un trop-plein de dessins moches punaisés sur les panneaux. Cécile se tordait les mains. À la fin, elle se révolta :

— Si vous croyez que c'est comme ça que vous allez m'aider !

Il s'arrêta, troublé.

— Oui... heu... excusez-moi. Mais c'est que... c'est que vous êtes quand même un peu brouillon.

Il s'était sincèrement mis en colère.

— Je sais que vous aimez les enfants et que vous leur apportez beaucoup. Mais vous manquez de rigueur.

Elle secoua la tête, reprise par le doute.

— Je ne suis pas faite pour ce métier.

— Mais si, mais si. Vous avez voulu trop bien faire, inventer votre méthode, vous passer de manuel ! Résultat : vous êtes débordée. Vous débutez, ma chérie...

Elle le dévisagea, effarée, et il devint plus rouge qu'elle. C'était venu si naturellement. Il toussota.

— Et donc, heu, mercredi, nous allons ranger votre classe à fond.

Il trouverait bien un petit mensonge à raconter à sa femme.

— Ce soir, vous me faites des fiches de maths ! ajouta-t-il en regardant sa montre.

Puis il marmonna pour lui-même : « Là, faut que je file. »

Ils se séparèrent un peu furtivement, derrière le portail de l'école, mais Cécile ne put s'empêcher de glisser à son directeur :

— Pensez au pain.

Il sourit en murmurant :

— Petite souris...

C'était ça, une petite souris. Mais qui pouvait bien vous grignoter le cœur.

Le lendemain, sans qu'on sût d'où venait la fuite, toute l'équipe enseignante était au courant de ce que Cécile allait être inspectée. Mélanie lui dit « bonjour » sur le ton de « sincères condoléances », en lui serrant fort la main.

— Cet homme-là, déclara Chantal dans la salle des profs, je n'ai jamais pu le voir en peinture. D'ailleurs, tout le monde l'appelle le Tueur dans la circonscription.

— J'espère qu'il n'ira pas fureter dans d'autres classes, frissonna Marie-Claude.

— Ça, il en est parfaitement capable, assura Mélanie.

Toutes trois lancèrent un regard de reproche à Cécile. C'était elle qui attirait le Tueur dans l'école. Ce fut alors un déferlement de bons conseils, tous plus inutiles les uns que les autres :

— Surtout, surtout, l'implora Mélanie, vérifiez l'état des cahiers des mauvais élèves. Il va se jeter dessus comme sur du bon pain.

— Fignolez bien votre programme en découverte du monde, ajouta Chantal. Il a fait le coup à une instit de CP. La pauvre, elle n'avait rien fait ni en histoire, ni en géographie, ni en sciences. Elle s'est fait sacquer. Il lui a baissé sa note au-dessous de la moyenne !

Marie-Claude et Mélanie poussèrent un cri d'effroi tandis que Chantal répétait avec délectation :

— Au-dessous de la moyenne. Elle ne s'en est pas remise.

— Moi, on me fait ça, je donne ma démission, fit Marie-Claude, l'air belliqueux.

Toutes trois étaient terrorisées. Quand Georges passa en coup de vent dans la salle des profs récupérer des photocopies, il trouva Cécile, la mine lugubre, en tête à tête avec son bol de thé.

— Vous en tirez, une tête !

— Il s'appelle le Tueur, murmura-t-elle.

— Je vois... Ces dames vous ont remonté le moral.

— Vous n'avez pas peur, vous, quand vous passez une inspection ?

Il fit posément un petit tas avec ses photocopies et choisit de dire la vérité :

— La dernière remonte à trois ans. J'ai très mal dormi pendant quinze jours avant l'inspection. C'est comme ça, on nous infantilise et nous tremblons comme des gosses qui auraient mal appris leur leçon. J'étais furieux après moi ! Mais insomniaque.

Elle lui sourit, soulagée par cet aveu de faiblesse.

— Et ça s'est passé comment ?

— Pas trop mal, fit-il, le ton négligent, j'ai eu 19,5.

La meilleure note qu'on puisse attribuer. Il n'était pas mécontent de le faire savoir à sa jeune collègue.

— À mercredi ? dit-il en clignant de l'œil.

Cécile était une jeune fille secrète. Elle avait beaucoup parlé à sa mère d'Audrey et de Steven, mais ne lui avait pas dit grand-chose de Georges Montoriol qu'elle appelait « le directeur ». Elle inventa donc, pour le seul profit de Mme Barrois, une réunion des enseignants avec « le directeur », à l'école, le mercredi suivant. De son côté, Georges parla à sa femme d'une convocation de tous les directeurs d'école à l'Inspection.

— Rien de grave ? s'inquiéta Élisabeth, toujours à l'affût.

— Penses-tu, ils vont encore nous bassiner avec leurs nouveaux programmes ! fit Georges, l'air agacé. Comme si nous ne connaissions pas notre métier !

Montoriol était un homme droit. Il s'étonna de sa facilité à mentir. Mais c'était pour une juste cause. Il soutenait une jeune collègue persécutée.

Tous deux s'affairèrent dans la classe des CP. Georges chercha tous les moyens de bluffer l'inspecteur départemental. Il fit lui-même de somptueux tableaux de chiffres, de sons et de mots qu'il afficha sur les murs. Il alla chercher des posters et des livres à la BCD pour en égayer la salle tandis que Cécile nettoyait les cases de ses élèves, découvrant au passage les billes en vrac d'Inès, la collec' de mots d'amour de Toussaint et le lot de toupies de Tom.

— Confisqué ? suggéra Georges.

— Je les rendrai après, se promit Cécile.

Ces simples mots lui donnèrent des palpitations. Après. Y avait-il une vie après l'inspection ?

— Préparez-moi vos tableaux pour demain, lui ordonna Georges, imitant assez bien le ton pète-sec de M. Marchon.

Cécile écrivit la date du lendemain au tableau. Puis elle moula en belles lettres de maîtresse d'école le texte de lecture. C'était une courte aventure de Lapinou. Sur le panneau droit du tableau, elle prépara la

leçon d'écriture : « Bonbon, le cochon, est un ron-
chon. » On allait étudier le son « on ». Sur le panneau
de gauche, elle écrivit toute une série de mots comprenant le son du jour et, malgré des vertiges de fatigue,
elle termina par un joli dessin de cochon.

— Voilà, soupira-t-elle en frottant l'une contre
l'autre ses mains pleines de craie.

— Pas mal, fit Georges.

Il ne lui avoua pas quelle était sa crainte. Mais il
imaginait déjà les réflexions de Marchon : « Alors,
comme ça, vous inventez votre méthode, mademoiselle ? Vous pensez pouvoir vous passer des recherches
des spécialistes et des conseils de l'IUFM ? »

— Pas mal, répéta-t-il.

Cécile ne fut pas dupe :

— Il va me massacrer, c'est ça ?

— Mais non ! Quelle idée !

Il regarda sa montre :

— Moi, par contre, je vais me faire massacrer si je
ne rentre pas tout de suite.

Il eut un rire gamin. Il découvrait le plaisir d'être
dans son tort. Tandis que Cécile éteignait les néons,
il prit une craie et écrivit sous le dessin : « Marchon,
le cochon de l'inspection. »

— Georges, effacez ça ! le gronda Cécile.

Tous deux eurent une surprise en sortant de l'école.

— Ah, quand même ! s'exclama un jeune homme
en treillis.

Georges examina Éloi, l'air incertain, puis interrogea Cécile du regard.

— Ce... c'est M. de Saint-André, le présenta Cécile.

Vous savez, il nous a donné des vêtements pour les Baoulé.

— Ah oui, tout à fait ! Enchanté de vous connaître, s'inclina Montoriol, redevenant mondain au quart de tour. Georges Montoriol, directeur de Louis-Guilloux.

— Salut, fit Éloi.

Puis il l'ignora pour ne s'adresser qu'à Cécile :

— Mme Baoulé a eu une lettre de la préfecture. Elle doit quitter la France avant le 15 janvier.

Cécile laissa échapper un « oh ! » d'incrédulité.

— Mais, dit-elle, vous deviez déposer un recours.

— On l'a fait. Ils s'en branlent.

M. le directeur eut un petit mouvement de sourcil désapprobateur. On ne parlait pas comme ça devant une jeune fille.

— Et je suis sûr qu'ils savent où cueillir Mme Baoulé et ses enfants, ajouta Éloi. Le squat est repéré.

— Ils vont les arrêter ? intervint M. Montoriol.

Éloi acquiesça mais continua de ne s'adresser qu'à Cécile :

— Les mineurs ne sont pas expulsables. Mais je ne vois pas Mme Baoulé abandonnant ses quatre enfants à la DDASS pour rentrer toute seule en Côte-d'Ivoire.

L'attitude du jeune homme qui lui tournait le dos finit par agacer Georges.

— Je dois y aller, Cécile. Tenez-moi au courant pour les Baoulé.

« Voilà », fit Éloi entre ses dents. Il s'était débarrassé du vieux.

— Vous allez chez vous ? demanda-t-il à Cécile, tout en lui emboîtant le pas.

Préoccupée par le sort des Baoulé, elle n'entendit pas la question.

— Qu'est-ce qu'on peut faire ? murmura-t-elle. Le petit Léon... Elle se tut, revoyant le petit garçon qui lui faisait sa demande en mariage au pied du talus.

— Il faut... il faut les cacher, non ?

Elle s'arrêta et fit face à Éloi :

— À l'association, vous hébergez bien des sans-papiers ?

— Oui, mais nous sommes surveillés. Les flics viendront les chercher chez nous. Nat' prétend que la préfecture veut à tout prix se payer les Baoulé.

— Alors, s'écria Cécile, vous les abandonnez ?

— Et vous, vous allez les cacher ?

— Pourquoi pas ? Je peux coucher le petit Léon sur le canapé du salon et je... je vais demander à Georges s'il a de la place chez lui.

— « Georges », tiqua Éloi, c'est le vieux beau, ça ? Votre mère m'a dit que vous étiez à une réunion d'enseignants, ce matin. Mais j'ai l'impression que vous vous êtes réunis à deux, hein ? Qu'est-ce que vous fricotez avec votre directeur ?

— En quoi ça vous regarde ? s'indigna Cécile.

— Mais je suis jaloux, c'est vous qui me l'avez appris.

Son visage maussade s'éclaira d'un sourire espiègle. Cécile haussa une épaule et reprit sa marche.

— Tu m'aimes ? lui demanda-t-il tout bas.

Elle serra les dents.

— Tu m'aimes ?

Elle l'aurait écrabouillé.

— Tu m'aimes ?

C'était la scie d'un gosse qui veut qu'on lui cède.
— Tu m'aimes ? Tu m'aimes ? Tu m'aimes ?
— Oui, oui, oui ! s'écria-t-elle, horripilée.
Il lui tourna les talons comme s'il allait la quitter.
Mais il se ravisa, fit un demi-tour et dit d'un ton de
réflexion :
— Au fait, moi aussi.
Et là, il s'éloigna pour de bon.

Ce mercredi après-midi, Cécile voulait profiter de
l'absence de sa mère à la maison pour s'avancer dans
son travail. Mme Barrois avait trouvé un emploi à
mi-temps dans une boutique de retouches. Elle cou-
sait des fermetures à glissière et des ourlets de pantalon. Cette activité l'avait tirée de la dépression. La
réussite professionnelle de sa fille, professeur des
écoles, et la croissance prodigieuse de Gil suffisaient
à maintenir en elle une sorte de contentement que
Cécile ne voulait surtout pas troubler. Elle ne lui avait
donc pas parlé de l'inspection.
Elle ouvrit devant elle son grand cahier tout grif-
fonné et le cahier vierge qu'elle venait d'acheter pour
tout remettre au propre. Allons, au travail ! Elle écrivit la première date : 2 septembre 2004, puis tomba
brusquement dans un trou de rêveries, le menton
appuyé sur le poing. Elle revit... Robin qui ne voulait
pas aller à la grande école, M. Montoriol se chauffant
au soleil dans la cour de récré, Églantine et Toussaint
se tenant par la main, Léon lui tendant son morceau
de pain, Démor déguisé en Lapinou, Éloi allongé à
plat ventre sur le lit, Georges riant comme un gamin,
Éloi pirouettant au bord de l'eau. Attention ! Elle fit

le geste de le rattraper comme s'il allait tomber. Puis elle sortit de son rêve et secoua la tête, désolée. Elle n'arrivait pas à travailler. Où était passée l'élève sérieuse et appliquée ? L'école, la grande école de la vie, ne ressemblait en rien à ce que papa avait promis.

19

Où Lapinou n'a plus de terrier

Léon eut un cri de joie en jaillissant de l'école :

— Mimami !

Sa mère était là, frissonnante dans son boubou, pieds nus dans des tongs, la petite Éden dormant, tout aplatie contre son dos. Les deux grandes sœurs d'Éden, Clotilde et Donatienne, vinrent caresser la petite tête crépue. Mme veuve Baoulé restait plantée sur le trottoir, l'air hébétée, sans accueillir ses enfants. Elle cherchait son neveu Alphonse des yeux. M. Montoriol lâchait souvent ses élèves en dernier. Enfin, elle l'aperçut :

— Alphonse !

Le garçon s'approcha, d'abord souriant, puis le regard inquiet.

— Qu'est-ce qu'il y a ?

— On n'a plus de maison, lui chuchota sa tante. Les gendarmes...

Elle tourna vivement la tête, à l'approche de M. Montoriol. Elle avait peur des hommes.

— Bonjour, madame Baoulé, la salua M. le directeur avec sa courtoisie des grands jours. J'espère que vous vous portez bien ? Et bébé ?

Il n'obtint rien qu'un silence effaré.

— On n'a plus de maison, dit Alphonse à mi-voix.

— Chétché, chétché, bla ! fit sa tante.

Elle attrapa Léon par le col et poussa Donatienne devant elle. Mais Alphonse refusa de la suivre et M. Montoriol eut la surprise d'entendre son jeune élève parler avec emportement dans une langue inconnue. Il se querellait avec sa tante. Puis il s'adressa à Léon d'un ton de commandement et le petit garçon s'arracha à sa mère. Enfin, Alphonse leva vers son maître un regard d'une extraordinaire intensité :

— C'est vrai qu'on a des droits quand on est des enfants ?

— Oui, répondit Georges en cillant.

— Le droit d'avoir une maison, on l'a aussi ?

— Oui.

Alphonse lança un bref sourire de triomphe à sa tante. Puis il s'expliqua :

— Les gendarmes, ils sont venus à la gare et ils ont mis nos affaires dehors et ils ont cloué la porte. Et on n'a plus de maison.

— C'est un squat ! s'écria Léon, assez satisfait de pouvoir fournir cette précision.

Cécile, qui venait de complimenter Mme Cambon pour les progrès d'Audrey, rejoignit l'attroupement.

— Que se passe-t-il ?

Montoriol désigna les douze enfants, la femme et son bébé :

— Ils sont à la rue. Les gendarmes viennent de les expulser.

Quelques parents commençaient à lorgner du côté des Baoulé. Georges sentit qu'il fallait prendre une décision.

— On rentre dans l'école, leur dit-il. On ne peut pas réfléchir sur un trottoir.

Le portail se referma derrière eux. Là, ils étaient en sécurité.

C'était la récréation de l'étude et des enfants faisaient un loup dans la cour. Georges s'isola avec Alphonse :

— Où sont tes parents ?

— Ils travaillent.

— Tu ne sais pas comment les joindre ?

Alphonse fit « non » de la tête. Il ne semblait ni inquiet ni abattu. Il avait confiance dans son maître. Georges sortit son téléphone portable, gadget qu'il avait longtemps dédaigné, et appela sa femme pour lui signaler « un léger contretemps ». Puis il fit signe à Cécile qui réconfortait les plus petits :

— Vous connaissez le numéro de l'association d'aide aux étrangers ?

Elle acquiesça et prit le téléphone qu'il lui tendait.

— Qu'est-ce que je leur dis ?

— Que nous tenons quatorze personnes à leur disposition.

Cécile tomba sur Nathalie à la permanence et se fit ramasser.

— Quatorze, rien que ça ! Où voulez-vous que je les mette ? Il n'y a pas la place chez nous. De toute façon, c'était une connerie, ce squat, je l'ai toujours dit. Il faut les disperser, vos Baoulé.

— Mais qui peut les accueillir ? lui demanda Cécile.

— Vous croyez que j'ai un listing ? Remuez-vous un peu ! Passez des coups de fil, tirez des sonnettes. C'est jamais que quatorze personnes. Y en a des centaines d'autres à la rue.

Elle raccrocha au nez de Cécile et celle-ci dit à Georges :

— Elle m'a envoyé balader. C'est... c'est une espèce de folle.

— Ah bon ? fit Georges, décontenancé.

Il avait espéré un peu vite refiler le problème à des spécialistes.

— On n'aura pas de maison, ce soir ? dit une voix à son côté.

Il tressaillit. Alphonse, sans perdre sa confiance, l'interrogeait du regard. Montoriol se sentit pris à la gorge :

— Je ne suis pas Aladin, je ne vais pas te faire sortir un château de terre !

Le jeune garçon baissa le nez, mécontent de se faire rabrouer, mais encore confiant. La nuit tombait déjà dans la cour de récré.

— Il faudrait les mettre au chaud, suggéra la petite voix de Cécile.

Des pleurs d'enfant s'élevèrent alors. Éden venait de s'éveiller et sa mère n'essayait même pas de la rassurer.

— Et le bébé, maintenant, marmonna Georges, pas loin de perdre patience. Bon, Alphonse, emmène-moi tout ça à la BCD !

— Oui, m'sieur.

Il chercha une dernière fois le regard de son maître et M. le directeur comprit qu'il était au pied du mur.

Ou les enfants avaient des droits, comme il le préten-
dait, ou ses belles chansons, c'était du foutage de
gueule.

— Dis à Mémère que vous avez l'autorisation de
vous installer là.

— Oui, m'sieur.

La cour se vida en quelques secondes. Georges resta
un moment à la regarder. Le doute s'insinuait en lui.
Il n'était pas à la hauteur de la situation.

— Je peux prendre un ou deux petits à la maison,
avança timidement Cécile.

— Pardon ?

Cécile répéta sa phrase.

— Ça ne règle pas le problème, grommela Georges.

Il entendit alors une voix qui traversait la cour :

— Monsieur Montoriol !

C'était Mémère qui accourait :

— C'est-ti vrai ce qu'ils disent, les Bamboula ? Les
gendarmes, ils leur ont pris leur maison ?

— C'était un squat, rectifia M. le directeur. Ils ont
été expulsés.

— Mais où c'est qui vont dormir ?

— C'est la question, en effet, articula Georges,
agacé.

— Moi, si ça peut aider, j'ai une chambre qu'était
à mon grand. Il est plus là. Ça en tient au moins deux.
Le petit, là, qu'est tout brûlé de la figure, et pis son
jumeau.

— Vous prendriez Démor et Toussaint ? releva
Georges, une étincelle au fond des yeux.

— Et je leur fais la soupe et tout.

Georges se tourna vers Cécile :

— Vous me disiez que vous pouviez loger...

— Je... j'ai un canapé au salon, bafouilla Cécile.
Le... le petit Léon, par exemple, il pourrait...

— Bien. Je prends Alphonse, décida Georges.

Quelque chose lui disait : « C'est maintenant ou jamais. C'est maintenant que tu vas savoir ce que tu vaux, ce que valent les autres. »

— J'appelle Chantal. Elle habite à côté.

— Mme Pommier ? s'étonna Cécile.

— Mme Pommier, confirma Montoriol, le ton presque féroce. Elle va bien nous loger un petit pauvre, non ? Allô, Chantal ? Montoriol à l'appareil.

Cécile s'écarta, doutant beaucoup du résultat. Elle aperçut alors Léon qui errait du côté de la cantine.

— Qu'est-ce que tu fais là ?

— J'ai trop trop faim.

Mémère ne fut pas longue à trouver du pain et des pommes à la cuisine. Dix minutes plus tard, toute la petite troupe Baoulé prenait son goûter sur les coussins de la BCD. M. Montoriol les rejoignit.

— Bon, j'ai casé Prudence et Pélagie chez les Pommier.

— Non ?

Cécile était abasourdie.

— Ils ont 200 m², lui précisa Georges.

Puis il fit des moulinets de poignet et minauda :

— Vous comprenez, mon mari gagne très, très bien sa vie...

Puis il ajouta :

— Et j'ai casé Clotilde chez Mélanie Meunier.

— Oh, la pauvre ! la plaignit Cécile. Elle a déjà tellement de mal avec ses deux enfants.

— Justement. Je lui ai vendu l'affaire en lui disant

que Clotilde s'occupait à merveille de sa petite sœur. C'est quasiment une baby-sitter que je lui ai trouvée. Il était déchaîné.

— Bon. À qui le tour ? Ah, oui, Donatienne !

La petite fille leva le nez de son album en entendant son prénom :

— Moi, je veux aller chez mon dentiste.

— Comment il s'appelle ?

— C'est Bruno, dit la petite avec un sourire extasié. En plus, il a une fille qu'a mon âge et elle a la Barbie dentiste et...

— Ça nous aiderait si tu avais son nom de famille, l'interrompit Georges.

La petite fit la grimace. Elle ne savait plus.

— C'est le docteu' Mouliè'e, répondit Mme veuve Baoulé, sortant enfin de son hébétude.

Georges alla consulter l'annuaire dans son bureau et trouva en effet un Bruno Moulière. Malheureusement, il tomba sur un répondeur téléphonique, ce qui lui occasionna une petite baisse de tonus. Il n'arriverait jamais à tous les caser ! On toqua alors à sa porte.

— Oui ?

C'était Éloi en tenue de combat. Les deux hommes se mesurèrent du regard.

— Bonsoir, monsieur de Saint-André.

— Salut. Nat' m'a dit que vous étiez dans la merde...

— On pourrait présenter les choses autrement, lui fit remarquer le directeur en fronçant les sourcils.

— Te fatigue pas, man, répliqua Éloi avec son sourire de charme. J'étais mauvais élève.

Il s'assit à califourchon sur une chaise en face de Montoriol.

— Nathalie est partie au squat avec une camionnette. Elle va retrouver les parents Baoulé et récupérer sur place tout ce qui est encore récupérable.

Georges soupira, délivré d'un certain poids. Il mit au courant Éloi de ce qu'il avait déjà entrepris pour ses élèves.

— J'allais appeler Mme Gervais, c'est une femme qui a milité au MRAP. Je comptais lui proposer...

Il consulta sa liste d'élèves :

— Honorine et Victorine. Sept ans. Des pipelettes, mais mignonnes.

— Qu'est-ce qu'il reste en stock ? s'informa Éloi.

— Une paire de jumeaux. Félix et Tiburce. Tiburce, un peu mollasson. Félix, plutôt trop dégourdi. Mais on s'en sort avec un coup de gueule de temps en temps. Après, j'ai encore Mme Baoulé et son bébé.

— Ça, je prends, dit Éloi. Les Guéraud l'ont déjà logée à son arrivée en France. Ils sont d'accord pour lui redonner la chambre.

Pour finir, Mme Gervais accepta les petites jumelles, Marie-Claude Acremant se dévoua pour Tiburce et Félix, le docteur Moulière, joint au dispensaire, accueillit en riant la demande d'hébergement pour Donatienne. Les parents seraient, eux, logés provisoirement au local de l'association.

Les deux hommes quittèrent le bureau pour rejoindre les Baoulé à la bibliothèque. Ils restèrent un instant sur le seuil, émerveillés. Cécile était en train de raconter comment les chasseurs avaient bouché le terrier des lapins, sans se soucier de Lapinou, ni de tous ses frères et sœurs. Ils erraient à présent dans la forêt, la nuit tombait, et ils ne savaient même pas où étaient leurs parents. Les enfants Baoulé faisaient cercle autour de Cécile, la bouche ouverte ou suçant leur pouce. « Blanche-Neige, songea Montoriol, et les... hum... douze nains. » Mme Baoulé berçait Éden, le regard lointain, isolée par trop de souffrances.

Sans faire de bruit, Éloi s'accroupit, Georges s'appuya au mur, et tous deux attendirent le triomphe de Lapinou. Alors, les enfants rendus à eux-mêmes tournèrent les yeux vers M. le directeur et Cécile rougit en apercevant Éloi.

— Écoutez-moi, les enfants, dit M. Montoriol. Je n'ai pas trouvé de terrier assez grand pour vous tous. Nous allons devoir vous séparer.

Ses yeux entrèrent profondément dans ceux d'Alphonse :

— Nous faisons de notre mieux et vous allez en faire autant.

Puis il lut sa petite liste :

— Démor et Toussaint chez Mémère. Léon chez Cécile.

— Ouais, chuchota le petit garçon.

— Prudence et Pélagie chez le docteur Pommier. Vous allez voir, il a une très belle maison. Honorine et Victorine chez Mme Gervais. Elle a deux chiens et trois chats.

— Trop de chance, les envia Tiburce.

— Toi, tu vas chez Marie-Claude Acremant avec Félix, lui dit Georges.

Et comme les jumeaux tordaient le nez, il ajouta :

— Elle a un fils de votre âge qui a oublié d'être sage. Donatienne... chez ton dentiste !

La fillette fit le V de la victoire.

— Mme Baoulé, les Guéraud vous attendent.

Elle inclina la tête en silence.

— M. et Mme Baoulé seront, cette nuit, au local de l'association. Et... je crois qu'il ne manque personne.

M. Montoriol fit mine de chercher sur sa liste :

— Ah oui... Alphonse.

Il avait voulu blaguer et ne s'était pas rendu compte que depuis le début de la répartition, Alphonse était pétrifié.

— Tu viens chez moi ? lui proposa Georges.

Alphonse bondit sur son maître et l'étreignit.

Trop d'enfant sont encore condamnés
À vivre leur enfance en souffrant.
Dis-moi, comment pourrais-je les aider ?
Écoute ton cœur tout simplement !

Et c'était vrai, et c'était vrai.

— En voiture ! claironna Éloi.

La camionnette de l'association était devant la porte de l'école, et Nathalie au volant. Elle dut faire plusieurs voyages pour déposer les enfants en différents endroits de la ville, avec leurs petits ballots de vêtements et leurs cartables. Georges s'éloigna, Alphonse réglant son pas sur le sien, et Cécile partit à l'opposé, main dans la main, avec le petit Léon.

— Mais j'ai cru que tu avais eu un accident ! s'écria sa mère en lui ouvrant. Tu sais l'heure qu'il est ?

— Excuse-moi, maman, je n'ai pas eu le temps de te prévenir...

Cécile poussa Léon dans l'appartement.

— Mais qu'est-ce que c'est, ce petit...

Mme Barrois ne sut s'il fallait dire « noir » ou « black » pour ne pas paraître raciste, et elle s'en tint aux points de suspension.

— C'est Léon. Il vient dormir à la maison. Je vais t'expliquer.

— C'est un de tes Baloula... lé... machin ?

— Baoulé. Oui. C'est Léon.

Mme Barrois lui parla très fort et en articulant comme s'il était sourd ou légèrement débile :

— Enlève tes chaussures, mon petit garçon, et va vite te laver les mains. Tu n'as pas de poux, au moins ?

Saisie par une subite inquiétude, elle interrogea Cécile :

— Et la gale, tu y as pensé ? Et la tuberculose ? Tu sais, ils l'ont souvent, dans les squats, j'ai lu ça dans le journal. Le sida aussi.

Cécile leva les bras au plafond.

— Maman !

— Mais tu es comme ton père, il aurait donné sa chemise. Il disait : « Il faut être trop bon pour l'être assez. »

Elle s'aperçut alors que Léon lui tendait ses chaussures.

— Pose ça, pose ça. Je vais les laver.

— Elles sont propres, dit le petit garçon, et j'ai pas de poux et j'ai pas le sida.

Mme Barrois le regarda, les yeux ronds :

— Il parle bien, pour un nègre.

20

Où Éloi ne reçoit pas le diplôme
de meilleur employé du mois

Gil mangeait tous les midis au Tchip Burger. C'était devenu sa cantine. Il se contentait de commander un big Tchip-Coca. Éloi, profitant du coup de feu du déjeuner, ajoutait gracieusement à son plateau Tchi-pets, salade du chef, frites, Moondae ou brownies. Puis le garçon gagnait une place contre le mur, celle que Cécile choisissait quand elle l'accompagnait le mardi.

On était un lundi, Gil était seul, marchant au radar par manque de sommeil. Éloi le servit généreusement tout en gardant un air professionnel :

— Sur place ou à emporter ?... Bon appétit, monsieur.

Toutefois, il lui glissa en même temps que le plateau :

— OK pour jeudi ?

— No problem.

Gil alla s'effondrer contre le mur avec un gros soupir de lassitude. Il jeta un regard vide de toute expression sur la salle à demi pleine. Pas de pote en vue. Il mordit dans son hamburger.

À la table voisine, il y avait M. Louvier et la dame de la préfecture. La Firme ne pouvait pas se résoudre à inviter quelqu'un ailleurs que dans son restaurant.

— Enfin, ils ne se sont pas volatilisés ! chuchotat-t-il, furieux.

— Non, mais tu sais, il y a des associations, des gens bénévoles...

— Pourquoi on ne les a pas arrêtés ?

— Pour le moment, on ne peut pas, lui rappela sa bonne amie. On est le 10. La femme a jusqu'au 15 pour quitter le territoire.

— Mais pour le squat, on n'arrête pas les gens qui squattent ? s'indigna Louvier. C'est du vol, le squat, non ?

La dame de la préfecture baissa la voix :

— Écoute, le propriétaire d'une gare, c'est la SNCF, et la SNCF n'a pas porté plainte. J'ai obtenu une ordonnance d'expulsion en prétextant l'insalubrité du squat, les risques d'accident, le branchement illégal d'électricité... On a bouché les portes et les fenêtres, on ne peut pas faire plus. S'ils avaient opposé une résistance, les gendarmes les auraient embarqués. Mais il n'y avait que la femme et son bébé...

Gil mangeait à côté d'eux, les yeux fermés. Certains mots lui parvenaient au cerveau : arrêtés... squat... gare... mais sans provoquer la moindre association d'idées.

— C'est quand même pas croyable, ces gens ont tous les droits ! enragea Louvier. Ils s'installent où ils veulent, ils profitent de nos allocations, de nos écoles, de notre système de santé, sans débourser un centime.

Tout leur est dû ! Je te jure que si j'étais président, ça irait, les charters. Direct le Sahel ! Les mots commençaient à cogner et à rebondir entre les tempes de Gil comme la balle d'un flipper. « Gros con de raciste », songea-t-il.

— Nous, on trime, on s'échine pour leur payer le RMI et tout le reste, poursuivait Louvier qui ne savait plus comment décharger sa hargne. C'est tous des profiteurs, des... des esclavagistes ! En fin de compte, c'est ça. C'est nous, les esclaves de ces gens-là !

Il se tut, à peine soulagé. Cette affaire si bien montée allait finir par lui passer sous le nez ! Quand il pensait à tous les pots-de-vin qu'il avait déjà payés, il lui venait des envies de meurtre.

— Et la bonne femme là, Baloula... lé... machin, tu ne sais pas où elle est maintenant ?

— On va la retrouver.

— C'est ce que je dis. Tu ne sais pas où elle est.

Gil rouvrit les yeux et regarda droit devant lui. Que venait-il d'entendre ? À force d'amortir ses émotions, il était devenu lent à la détente.

— Mais les mômes, reprit Louvier, ils vont toujours à l'école Guilloux, non ?

— Je... je suppose.

— Et où ils dorment ? Dans la rue ?

— Je t'ai expliqué. Il y a une association d'aide aux sans-papiers.

— Et on tolère ça ! explosa Louvier. Des gens qui aident des sans-papiers !

La dame de la préfecture en avait assez de se faire engueuler :

— Figure-toi que tu en as même un dans tes employés, répliqua-t-elle.

— Quoi ? Tu débloques ?

— Pas du tout. Je l'ai vu l'autre jour à la préfecture avec cette fille à moitié folle, Nathalie je ne sais quoi.

— Lequel est-ce ?

— Un blond. Il est à la caisse, tout de suite.

La haine souleva Louvier de sa chaise. Il regarda vers le comptoir.

— Éloi ?

— C'est ça, Éloi, confirma la dame.

Louvier se rassit en ricanant :

— Il va pas faire de vieux os ici...

Gil sentit la nécessité de demander du Ketchup au comptoir. Il se dirigea droit vers Éloi, dépassant toute la file. Éloi lui jeta un regard réprobateur.

— Faut que je te parle, lui souffla Gil.

— Jeudi.

— Non, avant.

D'un mouvement de tête, Éloi lui indiqua le chef d'équipe qui était juste dans son dos :

— Dégage.

Gil resta muet et les bras ballants une bonne minute, sans savoir quoi faire. Puis il retourna à sa place, le pas traînant. Avant de se rasseoir, il examina le couple à la table voisine. Il était si grand et si voyant que Louvier, pourtant aux prises avec un big Tchip dégoulinant de sauce, leva les yeux vers lui.

— Vous êtes M. Dubreuil ? improvisa Gil.

— Non.

— Ah, je croyais.

Il s'assit et parut se désintéresser de Louvier. Mais il écouta. La conversation avait changé de sujet. Gil comprit que le monsieur essayait de se réconcilier

avec la dame en lui proposant un week-end de rêve à Londres.
— Tu verras, s'enthousiasma-t-il, ils ont un Tchip Burger de deux étages, à Picadilly !
Gil avait liquidé son plateau. Avec des gestes au ralenti, il se rhabilla, attrapa son sac et, passant devant la table voisine, il interpella encore l'homme :
— Vous êtes vraiment pas monsieur Dubreuil ?
Il paraissait ahuri par l'incroyable ressemblance.
— Vous voulez voir ma carte d'identité ? s'énerva l'autre. Je m'appelle Louvier !
— C'est votre sosie, alors.
Gil quitta le burger et alla s'asseoir sur un banc public, non loin de là, son sac entre les jambes. Il avait besoin d'être bien au calme pour mettre ses idées en ordre de marche. Donc, le type – qui s'appelait Louvier – était le patron d'Éloi et le propriétaire du Tchip Burger. Il était l'espèce de bon ami d'une femme qui semblait avoir tout pouvoir sur les Baoulé. Gil écarquilla les yeux en regardant le platane devant lui comme s'il l'interrogeait : Pourquoi ce type et cette femme voulaient-ils tant de mal aux Baoulé ? Par racisme ? Parce que les sans-papiers percevaient des allocations ? Le platane ne parut pas avoir les idées beaucoup plus claires que Gil. La seule chose qui fût certaine, c'était qu'Éloi allait perdre son emploi.

En effet, dès que la dame de la Préfecture l'eut quitté, Louvier se dirigea vers les caisses. Il appela Xavier :
— Libère Éloi. J'ai à lui parler.
Ce n'était pas bon signe. Louvier ne convoquait pas un équipier aussi subitement pour lui remettre le diplôme du meilleur employé du mois. Xavier alla tapoter l'épaule d'Éloi.

— Y a la Firme qui veut te parler. Il est dans le bureau.

Éloi songea : « Ça sent le chaud. » Mais que pouvait-on lui reprocher ? Il satisfaisait entièrement au QRP, qualité, rapidité, propreté. Mais peut-être un de ses bons collègues l'avait-il entendu plaisanter avec la clientèle ou vu en train d'offrir un petit supplément à des ados affamés ? Il allait nier, bien sûr. Il entra dans le bureau des équipiers, l'œil clair et le sourire aux lèvres.

— Vous voulez me parler, m'sieur Louvier ?

Le patron offrait un contraste, peu flatteur pour lui, avec son employé. Il avait trop mangé et trop vite. Il avait le teint congestionné, l'œil trouble, et sa bouche tremblait d'une colère mal maîtrisée. Il passa tout de suite à l'attaque :

— Alors, comme ça, tu aides les sans-papiers ?

— Pardon ?

Éloi avait pris un air tout à la fois souriant et abruti pour gagner du temps.

— Ça fait un moment que je t'observe ! explosa Louvier. Je sais que tu te fous de ma gueule ! Mais ça, ça passe les bornes.

— Mais de... de quoi vous parlez, monsieur Louvier ? balbutia Éloi comme s'il était vraiment dérouté.

— Ça va bien, tes simagrées, hein ? Je sais, de source sûre, je sais que...

Malgré tout, sa voix fléchissait. Il était mal à l'aise. En face de lui, Éloi avait le visage tendu de quelqu'un qui s'efforce de comprendre ce qu'on lui veut.

— Tu fais partie d'une association qui aide les sans-papiers.

Éloi sentit qu'il perdrait son temps à nier. Il savait d'où venait le coup : l'emperlouzée de la préfecture. Il eut un sourire d'illumination soudaine :

— Ah, ça ! Oui, c'est une association d'aide à l'intégration des étrangers. Subventionnée par la mairie.

— Tu aides des sans-papiers, s'obstina Louvier.

— Ce sont des demandeurs d'asile, rectifia Éloi. Nous les aidons dans leurs démarches. Souvent, ils ne parlent pas français...

Louvier eut envie de hurler : « Tu caches les Baoulé ! » Mais il ne devait pas abattre son jeu.

— Je ne veux pas dans mon personnel de gens qui ont des activités politiques, reprit-il, la voix hachée par la colère.

— Je n'en parle jamais sur mon lieu de travail, objecta Éloi que la colère envahissait à son tour.

— Ce sont des activités illégales ! hurla Louvier.

— Subventionnées par la mairie ! hurla Éloi.

À présent, les masques étaient jetés et c'étaient, l'un en face de l'autre, deux hommes prêts à se battre.

— Tu prends tes cliques et tes claques, et tu me fous le camp, dit Louvier, les poings serrés.

— Tu me renvoies comme ça, sans faute, sans motif ? rétorqua Éloi. Tu sais de qui je suis le fils ?

C'était une chose dont il ne se vantait jamais et il rougit en proclamant son nom :

— Saint-André.

— Mais tu peux appeler tous les saints à la rescousse, ricana Louvier. Je te vire, c'est tout.

— Martial de Saint-André, compléta Éloi. Renseigne-toi, il est avocat, et connu dans le monde des affaires. Je vais te traîner devant les tribunaux.

Tout en parlant, Éloi déboutonnait sa chemisette rouge réglementaire. Il la jeta à la figure de Louvier puis, toujours devant son patron, ouvrit la braguette de son pantalon d'uniforme. Louvier prit la fuite. C'était une maigre satisfaction pour Éloi. Il savait déjà qu'il ne ferait pas appel à son père, qu'il n'irait pas devant les tribunaux et qu'il avait perdu sa seule source de revenus.

Dès qu'il fut dans la rue, une étrange fatigue l'envahit, celle d'un enfant qui a beaucoup pleuré et qui voudrait dormir, la tête sur une épaule aimée. Ses pas le conduisirent à l'école Louis-Guilloux. Il s'assit sur une borne en pierre qui interdisait aux voitures de se garer à proximité de l'école. Il était quatre heures et demie. Il attendit.

La porte s'ouvrit et la classe de Marie-Claude Acremant en jaillit. Puis ce furent les CP. Cécile se retrouva entourée d'une nuée d'enfants qui voulaient l'embrasser.

— À demain, maîtresse que j'aime.

— À demain, Audrey.

— Moi, un bisou !

— Oui, mon Tom.

La jeune fille quelconque du 2 septembre 2004 avait, sur ce bout de trottoir, l'air d'une fée au milieu de son petit peuple. Léon, libéré par Mélanie Meunier, se jeta sur elle, lui prit la main, et dans un noble mouvement, la porta à ses lèvres. Éloi regardait, pétrifié sur sa borne. Cécile ne le voyait pas et il ne faisait rien pour être vu. Alors qu'il était venu pour la tourmenter, il la laissa s'éloigner, ce petit garçon pendu à son bras. Jaloux. Jaloux de Léon.

Le lendemain, il n'alla pas au Tchip Burger. Quelque chose en lui abandonnait la partie. L'oiseau tout au bout d'une branche avait pris du plomb dans l'aile. Il passa deux jours à faire rouler son dé en posant des questions. Vais-je manger ? Un, c'est oui, six, c'est non. Vais-je me laver ? Vais-je sortir ? Et comble de l'absurde : vais-je pisser ? Le dé tomba fort opportunément sur le un. Il pensait à Cécile sur le trottoir, à Cécile quand il l'avait prise dans ses bras. Est-ce que je l'aime ? Un, répondit enfin le dé, tirant un sourire à Éloi de Saint-André. Car c'était tout de même son nom, son nom au complet.

Il lui revint des images de son jeune passé. Il avait eu un petit chat. Oui, on lui avait donné un chaton aux pattes noires et au plastron blanc. Il devait avoir trois ans à l'époque. Sa mère n'avait cessé de lui recommander d'y prendre bien garde, d'être très doux avec le minou. Elle l'avait même grondé parce qu'il était brutal avec le petit animal.

— Je vais le tuer peut-être ?

La phrase était restée célèbre chez les Saint-André, de même que le geste d'Éloi brandissant sa petite fourchette. Jaloux. Jaloux du chat.

À mesure qu'il s'approchait de la vérité, Éloi se sentait de plus en plus fatigué. Irait-il jeudi mener une fois de plus le GAP au combat ? Les militants anti-pub avaient rendez-vous comme d'habitude au bas de la rue Paul-Bert et le jeune Gil avait promis de les rejoindre. Mais était-ce un combat utile ? Était-il, lui-même, quelqu'un d'utile ? Il prit son dé. Irai-je avec le GAP jeudi soir ? Le dé tomba sur le un du premier coup. Un coup du sort. Éloi avait un très, très mauvais pressentiment. Il n'aurait su dire ce qu'il redoutait, ni pourquoi.

Le mardi midi, Cécile rejoignit son frère au fast-food. C'était sa seule récréation dans une semaine trop chargée. Comme toujours, elle avait envie et peur de voir Éloi. Quand elle arriva au Tchip Burger, elle n'avait pas encore décidé si, oui ou non, elle passerait sa commande à la caisse du jeune homme.

— Il est pas là, l'accueillit Gil.

— Qui ça ?

— Éloi. Il a été viré.

— Viré ?

Cécile tourna la tête vers l'alignement des caisses. Éloi n'était pas à la sienne et le service en était visiblement désorganisé.

— Il est peut-être malade ? s'interrogea Cécile.

— Non, son patron l'a viré. C'est parce que Éloi aide les sans-papiers. C'est un gros con de raciste, ce Louvier. Il déteste les Baoulé.

Cécile dévisagea son frère. Elle ne comprenait pas. Gil n'avait jamais été doué pour raconter et encore moins pour expliquer. Il avait d'ailleurs cette idée enfantine que sa sœur aînée voyait dans sa tête et en savait donc autant que lui. Après une bonne dizaine de questions qui exaspérèrent Gil, Cécile en vint à penser que le patron du Tchip Burger avait une dent contre les travailleurs clandestins et ceux qui les aidaient.

— Mais qu'est-ce que va faire Éloi ? s'inquiéta Cécile.

— Sais pas. Je vais lui demander. Je le vois jeudi soir.

Il ajouta, en détournant le regard pour mentir à son aise :

— On va au ciné. Voir une grosse daube pour débiles dans mon genre.

Cécile ne lui fit aucune observation sur le fait qu'il aurait classe le lendemain. Elle désirait avoir des nouvelles d'Éloi.

Le jeudi soir, Gil mit dans son sac une bombe de peinture et des marqueurs.

— Tchô, Sissi !

Après avoir souhaité bonne nuit à sa mère et bordé le petit Léon dans le canapé-lit du salon, Cécile alluma sa lampe de bureau et se mit au travail. On était le 13 janvier. Plus que deux jours et on entrerait dans la période du Tueur. Cécile se fabriquait à la chaîne des fiches de préparation pour chaque cours. La gymnastique l'inspirait follement : « Échauffement dans la cour. Saut du lapin, de la grenouille, du kangourou. Petit train et retour au calme. Objectif : savoir suivre la consigne. » Une fois un bristol empli de la plus grosse écriture possible, elle en prenait un autre. Et c'était reparti : « Petites foulées, grandes foulées dans la cour... » Elle mordilla son crayon. Oh et puis merde : « Lapin, grenouille, kangourou. »

En se couchant à plus de minuit tous les soirs, elle avait réussi à recopier tout son cahier de classe. Elle avait aussi expliqué longuement par écrit sa démarche pédagogique en lecture et développé, avec beaucoup de points d'exclamation, la théorie selon laquelle l'imagination était le support de tous les apprentissages !!! Elle avait acquis peu à peu le sentiment qu'elle était inattaquable et que tout ce qu'elle faisait en classe était en fin de compte très, très bien !!!

Ce jeudi-là, elle avait l'intention de travailler jusqu'au retour de Gil. Mais minuit passa et la fatigue lui picota les yeux, s'appesantit sur ses épaules. Elle mit les bras sur son bureau et y posa la tête, oh, juste deux minutes. Quand elle s'éveilla dans un sursaut de surprise, il était deux heures et quart. Elle n'avait pas entendu Gil rentrer et elle n'aurait donc pas de nouvelles d'Éloi avant le petit déjeuner.

Au moment où elle allait se glisser dans son lit, un soupçon envahit Cécile. Gil était-il bien rentré ? Elle avait le sommeil léger et elle n'avait rien entendu. Elle sentit qu'elle ne dormirait pas sans s'être auparavant rassurée. Elle alla jusqu'à la porte de Gil qui était fermée et l'entrebâilla. Elle tendit l'oreille dans l'espoir d'entendre le souffle long du dormeur. Rien. La chambre était plongée dans la nuit totale. Cécile y entra sur la pointe des pieds, cherchant à deviner une forme dans le lit. L'angoisse lui serrait le cœur. Elle était presque sûre que les draps n'étaient pas défaits. Ses jambes se dérobant sous elle, elle s'assit au bord du lit.

— Gil ?

Elle passa la main sur l'oreiller. Il n'était pas là. À deux heures et demie. Il n'était pas rentré. Il lui était arrivé quelque chose. Où le chercher ? Comment le faire revenir ? Tout au fond de son cœur, Cécile retrouva les premiers mots d'une prière : « Notre père qui es aux cieux... Oh, papa, papa. » Trop de fatigue, trop de solitude, elle n'en pouvait plus. Elle eut envie d'aller réveiller Léon et de partager l'attente avec lui. Gil était son grand copain. Ils jouaient ensemble aux jeux vidéo. Des larmes brouillèrent les yeux de Cécile. *Oh, mon Dieu, faites que Gil revienne, Gil, ses trop grands pieds, ses trop longues jambes, sa feinte indifférence, son sourire d'enfant, qu'on me rende Gil.* Son cœur allait éclater. Elle en comprima les battements à deux mains. « Si dans une heure, Gil n'est pas là, j'appelle le commissariat. Dans deux heures, je réveille maman. » Et soudain, ce qu'elle n'espérait plus se produisit. Le tout petit clic de la porte d'entrée. Cécile bondit sur ses pieds.

— Gil !

Il était dans l'entrée. Vivant. Elle le prit par les épaules et se retint de le palper. Vivant. Entier.

— Ouais, moi, ça va, dit-il seulement.

— D'où tu viens ? Qu'est-ce que tu faisais ? Pourquoi...

— Attends, attends, je veux m'asseoir...

Ils allèrent dans la chambre de Cécile et Gil s'effondra sur le lit. Il resta un moment le visage plongé dans les mains.

— Sissi, dit-il enfin, en lui offrant son regard plein de chagrin.

— Qu'est-ce qu'il y a ? Qu'est-ce que tu as fait ?

— Éloi.

De nouveau, l'angoisse s'empara de Cécile.

— Éloi ?

— Je sais pas où il est. On était ensemble. Mais les flics sont arrivés. Éloi m'a dit de me tirer.

— Mais Gil, qu'est-ce que tu racontes ? Quels flics ?

Gil regarda sa sœur, étonné.

— Ah oui, c'est vrai, murmura-t-il. Tu sais pas...

Non, elle ne savait pas que son frère allait parfois vandaliser les affiches et qu'il était parti cette nuit à Paris sur la moto d'Éloi. Elle l'écouta, terrorisée.

— Mais pourquoi tu fais ça ?

— C'est... c'est fun, balbutia Gil. Pas pour Éloi. Lui, c'est sa conscience politique, tu vois. Parce que les multinationales, sur les 100 premières économies mondiales, eh bien, 51, c'est des multinationales et 49, c'est des pays. Alors, t'imagines le super pouvoir qu'elles ont !

— Mais Éloi ? supplia Cécile. Où il est ?

— Ça, je sais pas. C'est-à-dire, on était dans le métro...

— Qui ça « on » ?

— Mais me coupe pas tout le temps...

Il resta un moment sans parler, bloqué. Il reprit :

— On était dans le métro et j'avais même trouvé un truc sympa à faire sur les affiches. Je mettais « prout, prout » dans une bulle à la hauteur des fesses des filles...

Cécile joignit les mains :

— Gil, je t'en prie. Tu étais dans le métro avec Éloi et la police est arrivée, c'est ça ?

— Ouais, je... ouais.

Il regarda dans le vague. Il revivait la scène. Il était sonné. Il parut émerger un instant :

— Parce que c'est interdit, ce qu'on fait. On peut aller en prison et tout.

Il réalisait.

— On a été pris dans un piège. Les flics, ils savaient qu'on devait venir, ils nous attendaient. Qui c'est qui les a prévenus ?

— Les RG, murmura Cécile.

Depuis plusieurs semaines, le GAP et l'association « Mes amis, au secours ! » étaient surveillés. Gil acquiesça en silence. Pour lui, et jusqu'à cette nuit, les activités d'Éloi étaient un formidable terrain d'aventure. Et Éloi était ce modèle, ce frère aîné dont sa haute taille d'enfant trop vite poussé avait besoin pour s'étayer.

— Je pensais pas, je pensais pas..., fit-il, et des larmes roulaient sur ses joues. Éloi m'a dit de me tirer. Moi, je voulais rester avec eux.

Il renifla.

— Je suis pas un lâche, Sissi, je voulais pas les abandonner. Les flics allaient les embarquer. Je voulais aller avec eux. Mais Éloi, il m'a dit que tu te ferais du souci, il m'a dit de me tirer.

Un sanglot le secoua.

— Y a un flic qui a voulu m'arrêter et Éloi s'est jeté dessus. Il s'est battu... enfin, je crois... je suis pas sûr...

Il enfouit son visage dans ses mains et Cécile entendit cet aveu étouffé :

— Parce que je me suis tiré.

Il était revenu par un train de nuit, tremblant de croiser un contrôleur. Cécile posa la main sur l'épaule de son frère.

— Tu es là, c'est le plus important pour moi.

Mais tout son corps criait : « Et Éloi ? »

21

Où l'on téléphone beaucoup

M. Montoriol ne prenait son petit déjeuner – café noir et deux tartines beurrées – qu'une fois douché, rasé, cravaté. Sa femme était en face de lui, en peignoir, et pas tout à fait dégagée de sa nuit.

— Quand même, disait-elle d'une voix prise dans les brumes matinales, tu as vu dans le journal qu'ils ont condamné les gens qui hébergeaient des sans-papiers à Boulogne-sur-Mer ? Tu imagines que des policiers viennent ici ou à l'école ?

— Nous hébergeons des mineurs, Élisabeth. Passe-moi le beurre. Les mineurs ne sont pas expulsables. M. de Saint-André me l'a encore dit récemment au téléphone.

Georges utilisait sciemment le nom de famille d'Éloi, connaissant le penchant « people » de sa femme.

— Et est-ce que tu souhaites que ces enfants – dont le plus petit n'a pas deux ans – dorment sur des cartons dans la rue et se nourrissent dans les poubelles ?

Mme Montoriol prit un air indigné. Comment son mari pouvait-il la soupçonner d'une cruauté pareille ? Mais quand même...

— Est-ce que ces enfants ne seraient pas mieux dans leur pays ? hasarda-t-elle.

— En Côte-d'Ivoire ? En Côte-d'Ivoire où on a tué leurs proches, volé leurs biens, brûlé leur maison...

Il baissa la voix, mais il tenait à ce que ce fût dit aussi :

— ... violé leur mère. C'est là que tu veux qu'on les renvoie ?

Elle baissa la tête, mais sans s'avouer tout à fait vaincue. Ces gens-là exagéraient probablement.

— J'ai peur pour toi, Georges. Tu n'as jamais fait de choses comme ça. Sois prudent.

— Je suis prudent.

Il savait qu'il s'était engagé sur une pente dangereuse. Mais il vivait moralement sous le regard d'Alphonse. Il toqua à la porte de son élève.

— Prêt, jeune homme ?

— Oui, m'sieur.

Alphonse avait son sac sur le dos. Il jeta un dernier coup d'œil sur la petite chambre qui l'hébergeait.

— Elle est trop belle. C'est bien d'avoir chaud.

C'étaient de telles phrases qui confortaient Georges dans sa résolution.

Quand il arriva à l'école, Mélanie Meunier se jeta sur lui avec l'air affolé d'une poule qui traverse devant une voiture.

— Ah, Georges ! Cécile ! Elle a appelé... Elle ne peut pas venir...

— Qu'est-ce qu'elle a ?

— Je ne sais pas. Mais qu'est-ce qu'on va faire des CP ?

— On les disperse dans les autres classes. Où est le problème ?

Il était très contrarié. Est-ce que Cécile prenait peur en voyant s'approcher la date du 15 janvier ? Elle n'allait tout de même pas se mettre en congé de maladie !

À la récréation de dix heures, il téléphona chez les Barrois, mais en vain. À midi, alors qu'il s'apprêtait à gagner la cantine, il vit Cécile qui traversait la cour. Les CP rompirent les rangs pour se précipiter vers elle.

— Maîtresse, t'étais où ?

— T'es malade ?

Georges les écarta en secouant quelques épaules :

— Allons, allons, retournez vous mettre en rang.

Il fit signe à Cécile de le suivre dans son bureau. Il avait tout de suite remarqué son teint livide et ses yeux battus.

— Ce n'était pas la peine de vous déranger, dit-il en lui désignant une chaise. Il suffisait de m'envoyer un certificat médical.

— Je ne suis pas malade, j'aurais dû venir. Mais...

Elle se tordit les mains :

— Je n'ai pas eu le courage. Éloi a été arrêté.

Georges tressaillit en songeant à sa conversation matinale.

— Il hébergeait M. et Mme Baoulé chez lui ?

Cécile lui jeta un regard d'incompréhension.

— Non, non, il... Je sais qu'il n'aurait pas dû. Et Gil non plus.

Puis elle raconta ce qui s'était passé la nuit précédente. Et la terrible conclusion : Éloi n'était nulle part, ni chez lui ni à l'association. Nathalie était, elle aussi, introuvable. Georges voulut se montrer rassurant :

— Ils ont été gardés à vue dans un commissariat parisien. Ils vont les relâcher. Mais ils auront à répondre de leurs actes devant la justice.

— Gil dit qu'Éloi s'est battu avec un policier.

Georges soupira.

— C'est une tête brûlée, votre Éloi.

Il avait deviné les sentiments de la jeune fille.

— Je me demande si ses parents sont prévenus, s'interrogea-t-il à mi-voix.

— Je crois qu'ils sont fâchés...

— La totale, marmonna Georges en se levant. Je dois avoir leurs coordonnées.

Il fouilla dans ses papiers et en sortit le dossier d'Églantine.

— Le père est avocat. Ça peut aider.

Il écrivit un numéro de téléphone sur un Post-it et le tendit à Cécile.

— Ça m'est difficile de m'en mêler. Mais peut-être vous...

Il franchissait décidément toutes les lignes jaunes.

— Faites-vous faire un certificat médical. Et soyez à votre poste lundi.

Cécile se retrouva donc dans la rue, munie du précieux petit bout de papier. Elle se souvenait de Mme de Saint-André et de son air de belle dame lointaine. Comment oser lui téléphoner, sous quel prétexte, de quel droit ?

— Allô, je... je voudrais parler à Mme de Saint-André.

— C'est moi.

— Ah oui, je... Je suis Mlle Barrois, l'institutrice d'Églantine.

Un silence de l'autre côté. Silence d'effroi.

— Allô ? Vous m'entendez ?

— Il est arrivé quelque chose à...

— À Éloi, coupa court Cécile. Il ne vous a pas téléphoné ?

Nouveau silence. Interloqué, cette fois.

— Éloi ne nous appelle jamais, mademoiselle.

La voix était glaciale. Cécile regretta d'avoir téléphoné. Mais il était trop tard pour raccrocher.

— Votre fils a été arrêté par la police.

Cécile dut à nouveau faire le récit de l'équipée nocturne. De l'autre côté, Mme de Saint-André l'écouta sans l'interrompre, comme si cette histoire ne la concernait pas.

— Bien, dit-elle enfin. Je vais... je vais essayer d'en toucher un mot à mon mari. Vous savez sans doute qu'Éloi s'est fâché avec... son père ?

Elle se dissociait soudain de son mari.

— Laissez-moi un numéro où je pourrai vous joindre, mademoiselle.

À peine Cécile avait-elle raccroché que le téléphone sonnait.

— Montoriol. Je viens d'avoir Nathalie en ligne. Elle est à la permanence de l'association. Elle a été libérée ce matin. Mais elle n'a pas revu Éloi et...

Georges hésita :

— ... elle est inquiète. Elle l'a vu à terre, sur le quai du métro. Mais je pense que s'il avait eu...

Il se racla la gorge :

— ... un problème, la police aurait prévenu la famille.

— Gil m'a dit qu'Éloi ne porte aucun papier d'identité sur lui, répondit Cécile.

À travers le téléphone, elle entendit la sonnerie de l'école.

— Désolé, Cécile, je dois y aller.

Cécile eut une après-midi fiévreuse. Elle alla questionner Nathalie à la permanence, puis d'autres jeunes du GAP qui avaient été arrêtés et relâchés. Les témoignages concordaient. Éloi n'avait pas agressé le policier mais il s'était placé devant lui, les bras étendus, pour donner à Gil le temps de s'enfuir. L'homme s'était cru attaqué et avait frappé. Certains prétendaient avoir vu une matraque. D'autres ne se prononçaient pas. Mais tous étaient d'accord pour dire qu'Éloi était tombé à terre comme une masse. Nathalie l'avait appelé tandis qu'elle était embarquée et il n'avait pas réagi. Cécile joignit le commissariat où les jeunes vandales avaient passé la nuit. Personne n'y avait entendu parler d'Éloi.

À quatre heures et demie, Cécile passa à l'école rechercher Léon et fila très vite avec lui pour éviter toute question. Quand elle arriva au bas de chez elle, elle eut la surprise d'y trouver madame de Saint-André. Toujours aussi lointaine, presque guindée.

— Je peux vous parler un instant ?

— Vous voulez monter chez moi ? lui proposa Cécile, intimidée.

Mme de Saint-André prit place dans le salon et jeta autour d'elle un regard avide. Puis elle dévisagea Cécile. Une question lui brûlait les lèvres qu'elle n'osa pas poser. Mais elle dit :

— Mon mari est parti à Paris. Nous n'avons pas de

nouvelles pour le moment. Mais nous avons des relations, nous allons tout mettre en œuvre pour savoir... Sa voix hautaine se brisa. Et la maman reparut :

— Je ne comprends pas. Je n'ai jamais compris ce qui lui est arrivé. Il nous a rejetés. C'était un si gentil petit garçon. Toujours dans mes jupes. Même trop ! Et un jour... Il nous a dit que nous ne vivions que pour gagner de l'argent et en dépenser. C'étaient d'autres jeunes qui lui avaient mis ces idées en tête... Il a dit à son père qu'il ne voulait plus dépendre de notre argent. C'était il y a cinq ans...

Depuis cinq ans, elle attendait, son regard au loin cherchant quelqu'un. Parfois, elle allait jusqu'au Tchip Burger, mais elle n'osait pas entrer. Peur d'être encore rejetée.

— Vous... vous le connaissez bien ?

Les rôles étaient inversés. C'était Mme de Saint-André qui semblait intimidée.

— Un peu.

— Vous... Je suis indiscrète, mademoiselle, mais vous...

Elle n'y tint plus :

— Vous l'aimez ?

— Oui, répondit Cécile.

Parce que c'était oui et de tout son cœur. Mme de Saint-André lui prit la main et la serra. Ce fut tout. Elle se leva.

— Si j'ai des nouvelles... dès que j'ai des nouvelles, je vous appelle.

Elles se sourirent comme rarement deux femmes aimant le même homme.

Martial de Saint-André, l'avocat bien connu des milieux d'affaires, avait donc accepté de prendre des nouvelles de son crétin de fils. Comme il l'avait dit à sa femme, il devait de toute façon voir des clients à Paris. Il fit d'abord la tournée des commissariats au téléphone. Son ton ironique et détaché, *oui, allô, mon fils n'aurait pas eu la bonne idée de passer la nuit dans vos locaux ?*, devint peu à peu agacé. Puis l'inquiétude le gagna. Un gamin ne disparaît pas comme ça. L'après-midi s'acheva. Il dut prévenir sa femme qu'il était pour le moment bredouille et qu'il allait coucher dans sa garçonnière parisienne.

Au dîner, il se contenta d'un sandwich puis décida d'appeler tous les hôpitaux parisiens. Au fur et à mesure qu'il décrivait son fils dans les différents services d'admission : « Un jeune homme blond, taille moyenne, vingt-trois ans, des yeux gris... », la tristesse l'envahissait. Cette tristesse qu'il refusait de voir en lui depuis cinq ans. Pendant des mois, il avait pensé qu'Éloi reviendrait à la maison, affamé, exténué, vaincu par la réalité. Mais ce sale gosse avait tenu bon, de petit boulot en job de merde. « Vingt-trois ans, oui, un beau garçon, des yeux gris... » Et plus il décrivait son fils, plus l'admiration perçait dans sa voix.

— Oui, nous avons eu un jeune homme aux urgences, fit enfin une femme au téléphone. Sans papiers d'identité. C'est le SAMU qui nous l'a amené.

Martial prit une lente inspiration :

— Il est toujours dans vos services ?

— Je vais m'informer, monsieur, ne quittez pas.

Il s'écoula cinq minutes. Cinq siècles.

— Oui, allô ?

— Je suis là.

— Il est en réa. Un jeune homme blond. Il portait une espèce de tenue militaire...

Martial ne voulut pas en entendre davantage.

— J'arrive. C'est mon fils.

En prononçant ces mots, il sentit qu'il reprenait possession d'Éloi. Que le gosse le veuille ou non, il était son fils.

Hôpital Bichat. L'ambulance du SAMU y avait conduit un jeune homme dans la nuit du jeudi au vendredi.

— On m'a parlé d'une bagarre entre jeunes sur le quai du métro, dit le médecin urgentiste. Il n'est pas sorti du coma.

— Je peux le voir ? demanda Martial.

Le médecin lui jeta un coup d'œil hésitant.

— Il faut que je l'identifie, ajouta Martial.

Le médecin en convint. Il accompagna Martial jusqu'à la salle de réanimation où plusieurs personnes gisaient dans des box séparés. Un jeune homme inerte et les yeux clos, intubé et placé sous assistance respiratoire, était recouvert d'un simple drap. La machine semblait vivre à sa place.

— Il s'appelle Éloi de Saint-André, dit doucement son père.

Et plus bas encore, comme s'il craignait de l'éveiller :

— C'est mon fils.

Mme de Saint-André tint parole. Dès qu'elle eut des nouvelles d'Éloi, elle appela Cécile. Il était une heure du matin. Cécile s'était endormie, le combiné téléphonique dans la main.

— Mlle Barrois ? On l'a retrouvé. Il est à Bichat. Dans le coma comme...

Comme la fois où des jeunes l'avaient dépouillé de son blouson. Mais Mme de Saint-André ne voulut pas s'appesantir et conclut d'une voix ferme :

— Je pars relayer mon mari à l'hôpital. Dès qu'Éloi revient à la conscience, je vous préviens.

Quand elle arriva dans le box vitré où Éloi luttait pour sauver sa vie, elle vit son mari qui dormait sur une chaise, la tête appuyée au mur. Elle s'approcha de son fils, ce beau jeune homme qu'elle avait aperçu de loin en loin, ces dernières années, derrière les vitres du Tchip Burger. Il était méconnaissable, le crâne bandé, les paupières gonflées et noircies, une sonde lui passant par le nez et l'autre dans la trachée.

— Mon Dieu, murmura sa mère.

Elle se recueillit un instant, le visage au creux des mains. Elle sentit une présence dans son dos et tressaillit. C'était son mari. M. de Saint-André était l'ombre de lui-même, mal rasé, blafard, le col froissé, sans cette petite crispation ironique au coin des lèvres qui lui servait à masquer son chagrin.

— Il va s'en sortir, fit-il. Il a la tête dure, on est payés pour le savoir.

Il était fier de ce fils plus entêté que lui.

— Va te reposer, lui répondit sa femme. Je t'appelle s'il y a quoi que ce soit.

Elle s'assit à son tour sur la petite chaise d'hôpital, prête à attendre des jours, des nuits, des mois. Une infirmière entra vers onze heures. Elle sourit à

Mme de Saint-André, se pencha vers le jeune homme et l'appela :

— Éloi ! Éloi !

Mme de Saint-André fut bouleversée d'entendre cette jeune femme inconnue appeler son fils par son prénom.

— Vous m'entendez ? poursuivit l'infirmière. Éloi ! Essayez d'ouvrir les yeux ! Allons !

Elle lui caressa la joue, lui souleva la paupière, vérifia l'écoulement des perfusions. Elle se tourna vers la mère :

— Je vais vous demander de sortir.

C'était l'heure de la toilette. Mme de Saint-André alla arpenter le couloir. Dix minutes plus tard, l'infirmière passa devant elle et lui sourit de nouveau, mais sans un mot. Pour le moment, personne ne pouvait se prononcer. Et Mme de Saint-André retourna attendre sur la petite chaise d'hôpital.

M. de Saint-André vint en soirée et fut autorisé à passer la nuit à côté de son fils. On lui octroya même le confort d'un fauteuil et d'une couverture. Quand sa femme le rejoignit le dimanche matin, la fatigue lui faisait les yeux troubles.

— Il a l'air de réagir aux stimuli, dit-il, la voix fébrile. Quand le médecin l'a pincé, il a tressailli. Et tout à l'heure, quand je l'ai appelé, j'ai eu l'impression qu'il m'entendait.

Tous deux se penchèrent au-dessus du lit comme autrefois au-dessus du berceau. Martial l'appela :

— Éloi ! Éloi ! Tout à l'heure, il m'a semblé... Éloi !

— Va te reposer, lui conseilla sa femme. Tu n'en peux plus.

Le dimanche se passa avec des hauts et des bas, l'infirmière donnant bon espoir, mais le médecin hésitant à confirmer. Éloi ouvrit les yeux un moment autant que l'œdème le lui permettait.

— Éloi, Éloi ! l'appela sa mère dans un saisissement de joie.

Mais il ne dirigea pas son regard vers elle. Ce pouvait n'être qu'un mouvement réflexe, sans signification. La nuit revint sans autre incident. Le père relaya la mère. Mme de Saint-André supportait mal de s'éloigner de la petite pièce, mais il lui fallait reprendre des forces. Dès huit heures, le lundi matin, elle était là. L'infirmière l'accueillit avec un vrai sourire :

— Ça vient, lui dit-elle. Il a reconnu son père.

Martial étreignit follement sa femme quand elle entra. Toute cette nuit avait été comme une longue naissance.

— Il a ouvert les yeux, il m'a regardé. Il souffrait. À cause de l'intubation.

À minuit passé, le médecin était venu. Il avait extubé Éloi. Le garçon avait essayé de parler mais n'avait rien pu dire. Il avait répondu aux questions en cillant. Puis il avait alterné des phases de sommeil et de veille, comprenant de mieux en mieux où il était et ce qui se passait.

— Il m'a dit « papa » tout à l'heure, fit M. de Saint-André, heureux comme un jeune père qui entend son bébé l'appeler pour la première fois.

À présent, Éloi dormait tranquillement. Mme de Saint-André dut pousser son mari vers la sortie. Elle était presque jalouse de n'avoir pas eu droit au premier mot. Maintenant, elle voulait Éloi tout à elle.

Le jeune homme sortit du sommeil vers dix heures. Et c'était un vrai réveil. Il vit sa mère, fronça les sourcils et dit :

— Pourquoi ?

— Pourquoi ? répéta-t-elle.

Dans les yeux d'Éloi, il y avait une souffrance terrible, une souffrance qui interrogeait. Et Mme de Saint-André comprit :

— Pourquoi c'est arrivé, c'est ça ? Une deuxième fois...

— Pourquoi...

Il butait là-dessus. Il avait été frappé, cinq ans auparavant, et laissé pour mort sur un trottoir par de stupides petits voyous qui en voulaient à son blouson. À cause d'eux, il avait renoncé à tout ce qui peut susciter l'envie, à tout signe extérieur de richesse. Il avait rejoint l'immense peuple de ceux qui ne possèdent rien. Mais il était frappé tout pareillement.

— Qu'est-ce que... j'ai fait... de mal ? parvint-il à dire.

— Rien, Éloi.

Elle n'ajouta rien, mais ses yeux disaient pour elle : « Et moi, Éloi, qu'est-ce que j'ai fait de mal ? » Alors, le jeune homme comprit que dans ce monde injuste, il y avait au moins une injustice qu'il était en son pouvoir de réparer. Il chercha sur le drap la main de sa mère, la prit dans la sienne et, tandis qu'il refermait les yeux, ses lèvres murmurèrent :

— Pardonne-moi.

22

Ce que « casse-cou » veut dire

Ce lundi matin, Cécile reprit vaille que vaille le chemin de l'école. Était-ce elle qui conduisait Léon ou l'inverse ? Ils se tenaient fort par la main et Léon parlait pour la distraire de son chagrin.

— Oh, t'as vu le gros monsieur en rouge devant l'école ? s'exclama-t-il gaiement.

En effet, il y avait un type baraqué et ventripotent qui battait la semelle sur le trottoir. Il portait un baggy argenté et un sweat à capuche d'un rouge clashant, bien qu'il eût largement passé l'âge de ce genre de tenue.

— Bonjour, fit-il en se dandinant devant Cécile.

Elle reconnut le papa de Steven.

— Oh, bonjour, monsieur. Vous allez bien, oui ? dit-elle machinalement.

— Ça va. Mais c'est pour Steven. J'ai été à la psychologue comme il m'a dit que je devais, Montoriol, votre directeur...

Georges avait demandé que la psychologue scolaire fasse passer des tests au petit Steven. M. Mussidan avait donc été convoqué pour le bilan.

— Steven, il est pas normal, dit-il tout à trac.

La psychologue avait très exactement dit : «Votre fils possède un quotient intellectuel un peu au-dessous de la norme.» Cécile regarda M. Mussidan, effarée.

— Comment ça, «pas normal»? Sa psychothérapeute trouve qu'il fait beaucoup de progrès. Et ses dessins...

— Ouais, les dessins, l'interrompit le gros papa en se dandinant. Mais c'est pour la lecture que je vous parle. L'autre psy, celle-là qu'est scolaire, elle dit que Steven va pas apprendre avec les enfants normaux. Faut le mettre dans le truc, vous savez, pour les fous ?

Cécile était de plus en plus consternée.

— Vous voulez parler de la CLIS ?

— C'est ça, confirma M. Mussidan. C'est l'école pour les gogols. J'y ai dit à Steven.

— Vous avez dit quoi à Steven ? s'affola Cécile.

— Ben, qu'il irait dans l'école des fous. Faut bien que quelqu'un lui explique.

Cécile se tordit les mains, peut-être pour se retenir de gifler le gros balourd en face d'elle.

— Monsieur, dit-elle, la CLIS est une classe d'intégration pour les enfants qui ont des difficultés d'apprentissage...

Le papa de Steven approuva de la tête. C'était bien ça, une classe pour les cons.

— Et de toute façon, Steven apprendra à lire avec moi, décida brusquement Cécile. Même si je dois le faire redoubler. Il n'est pas anormal, il n'est pas idiot. Il a juste besoin d'un peu plus de temps qu'un autre. Et qu'on lui fasse confiance.

Le papa cessa de se dandiner et baissa le nez, penaud comme un enfant grondé. Dans un élan de tendresse, Cécile lui posa la main sur le bras :

— On va y arriver, monsieur Mussidan. La place de votre fils est ici.

Elle s'éloigna, le petit Léon sur les talons. Une fois dans la cour, il lui chuchota :

— Il était bête, hein, le gros bonhomme ?

Elle donna une tape sur les fesses de Léon :

— Toi, file.

Tous les jours, dans la cour, c'étaient les grandes retrouvailles de la tribu Baoulé. Ils avaient tant de merveilles à se raconter. La maison du docteur Pommier avait déjà fait l'objet de plusieurs descriptions de la part de Prudence et Pélagie. La baignoire à remous avait été plébiscitée et le home cinéma avait obtenu un triomphe. Mais la ménagerie de Mme Gervais, très exactement quatre chiens, trois chats, deux souris blanches et six perruches, avait aussi remporté un vif succès.

— Ça pue, chez elle, déclara Honorine, très fière, c'est pas croyable !

— Ça pue pire chez Mme Acremant, dit Félix en tirant de son sac un paquet de cigarettes.

— T'es fou ! Tu l'as volé ? s'indignèrent Démor et Toussaint.

Félix ricana en renfonçant le paquet. Il en avait fumé avec le fils de Marie-Claude, qui faisait bêtise sur bêtise.

— Et comment c'est, chez Mme Meunier ? voulurent savoir les enfants.

Clotilde leva des yeux d'extase. Ce petit Martin, qu'il était mignon ! Mais on se faisait bien du souci pour la prémolaire qui lui gonflait la gencive sans vouloir sortir. Il allait nous faire une otite. Et Lola était trop jolie. Clotilde lui donnait son bain.

— Mélanie trouve que je suis une vraie petite maman, se rengorgea la fillette.

Donatienne ne disait rien, tout à son bonheur muet de voir son dentiste à chaque dîner. Démor et Toussaint parlaient uniquement de boustifaille, car Mémère les engraissait comme deux petits cochons de lait.

— Alphonse ! Alphonse ! scandèrent les enfants Baoulé en apercevant l'aîné.

M. Montoriol arrivait souvent quand la sonnerie retentissait. Alphonse avait juste le temps de saluer Félix et Léon en faisant ce qu'ils appelaient le « check lapin ». Ils se tapaient dans la main puis cognaient leur poing et faisaient avec l'index et le majeur le V des oreilles du lapin. Pour que le check soit complet, il fallait les agiter en disant « coin coin ». L'autre blague d'Alphonse, c'était de demander à la cantonade :

— Comment ça va bien ?

Tout le monde devait répondre : « Bien. » Alphonse, c'était vraiment un chef.

Cécile se sentait vidée, en ce lundi matin. Démotivée. Aucune envie de travailler. Elle allait commencer doucement la semaine par le « quoi de neuf ? » habituel. Elle posait une fesse sur son bureau et demandait aux enfants :

— Alors, quoi de neuf ?

Chacun y allait de son petit bavardage ; Églantine a eu un nouveau hamster, Tom a vu son parrain,

Audrey, qui s'est pesée, a perdu cinq cents grammes. Puis on enchaînerait sur quelques chansons citoyennes à la Montoriol. Ça ne pouvait pas faire de mal. Après, Cécile raconterait une nouvelle aventure de Lapinou. On arriverait gentiment à l'heure de la récré en dessinant.

— Cécile ! Cécile !

Le cri de Mélanie déchira la ouate dans laquelle Cécile s'enfonçait.

— Il est là.

Cécile pensa à Éloi. Il est là, il est vivant, il est sorti du coma.

— Georges le baratine dans son bureau. Dépêche-toi, va préparer tes tableaux.

Cécile se retrouva glacée de la tête aux pieds comme si Mélanie lui avait jeté un seau d'eau. Elle venait de comprendre. Il était là. Lui. Le Tueur. Elle porta la main à son front. Elle allait s'évanouir.

— Non, non, la secoua Mélanie. Il faut tenir bon. On est avec toi. Je vais mettre tes élèves en rang. Va vite dans ta classe.

Cécile partit en courant vers sa salle. Ne pas réfléchir. Agir. C'était le son « OU ». Lapinou allait jouer avec le hibou. Dessiner un hibou. C'est comment, un hibou ? « Hou, hou, dit le hibou. Tu joues avec nous, Lapinou ? » Ça, c'était la leçon d'écriture.

Dans son dos, discrètement, l'école se solidarisait. Mélanie rassembla les CP en rang par deux et Marie-Claude se chargea de la harangue d'une voix de sergent chef :

— Vous vous tenez bien ou ça va barder, t'as compris, Baptiste ?

Georges retenait toujours M. l'inspecteur en lui parlant du risque de fermeture de Louis-Guilloux, de l'ombre que lui faisait l'école Saint-Charles et du cas des enfants Baoulé.

— Je prends bonne note de tout ça, dit M. Marchon en regardant ostensiblement sa montre. Mais vous voudrez bien m'excuser...

C'était l'heure. M. Marchon traversa la cour en se sachant le point de mire de tous les regards. C'était un homme grassouillet, les joues bien pleines, avec un ridicule petit nez rond et des lèvres aussi serrées qu'une tapette à souris. Il pensait correspondre à l'image de l'Inspecteur sévère-mais-juste. Il avait surtout l'air d'un bébé qui refuse d'avaler sa bouillie. Il entra dans la classe de Cécile sans frapper, avec l'aplomb d'un huissier de justice.

— Levez-vous, murmura Cécile.

— Restez assis, la contredit M. Marchon. Faites la classe comme d'habitude, mademoiselle.

— C'est qui ? demanda étourdiment Baptiste.

— Chut, lui firent les autres.

L'inspecteur alla dans le fond de la classe et buta, peut-être volontairement, dans un cartable qui traînait au milieu d'une allée.

— Démor, range tes affaires !

Cécile foudroya ses élèves du regard. Les sacs furent glissés sous les chaises, les dos se redressèrent. Cécile s'affaissa plus qu'elle ne s'assit sur le bord de son bureau. La phrase de sa mère la traversa : « Imagine-le quand il se met en pyjama. » L'homme lui tournait le dos, les mains croisées sur ses grosses fesses. Cécile l'imagina en train d'enfiler le bas de son pyjama à carreaux. Elle chassa cette vision d'horreur et demanda d'une voix tremblante qui se voulait enjouée :

— Alors, quoi de neuf, ce matin, les enfants ?

D'habitude, les réponses fusaient, chacun voulant se faire entendre. Mais les enfants semblaient avoir perdu leur voix. Le petit Chinois se dévoua en levant le doigt :

— Oui, Vincent ?

— J'ai fait une promenade au bois, hier.

Silence. Audrey leva le doigt à son tour :

— J'ai regardé la télé. Y avait les Street Generation. Elles ont fait un nouveau single.

— Ah oui ? dit Cécile, d'une voix faible, pas vraiment certaine que M. Marchon suivait de près la carrière des Street Generation.

Baptiste ne cessait de se retourner sur sa chaise pour regarder l'inspecteur. C'était la seule animation qu'il y eût dans la classe. M. Marchon semblait perdu dans la contemplation des affiches. Cécile prit une grande inspiration et plongea :

— Au fait, vous savez que Lapinou est passé, lui aussi, à la télévision ?

Cinq minutes plus tard, les enfants avaient presque oublié la présence de l'inspecteur et suivaient les aventures de leur héros préféré. Puis Cécile enchaîna sur la leçon de lecture écrite au tableau où LapinOU allait jOUer avec un hibOU casse-cOU.

— Qui connaît le sens de casse-cou ? demanda soudain l'inspecteur.

Les petites filles sursautèrent en entendant cette grosse voix, Baptiste se retourna d'un bond vers M. Marchon en s'écriant :

— C'est quelqu'un d'embêtant !

— Non, mon petit, tu confonds avec...

L'inspecteur toussota. Baptiste confondait avec « casse-couille », qualité que son père lui reconnaissait volontiers.

— Il faut vous assurer que les élèves comprennent le sens des expressions que vous employez, mademoiselle, dit-il à Cécile, le ton sévère-mais-juste.

— Oui, je, oui...

Elle avait bien eu l'intention de le leur expliquer, mais l'inspecteur ne lui en avait pas laissé le temps. Elle distribua les fiches de lecture qu'elle fabriquait elle-même et qui lui tenaient lieu de manuel. En l'absence de sa meilleure élève, c'est-à-dire d'Églantine de Saint-André, Cécile fit lire Philippine. Pendant ce temps, l'inspecteur feuilletait les cahiers des élèves puis il ouvrit le placard du fond.

— Maîtresse, chuchota Louis, il regarde dans tes affaires...

Les enfants étaient indignés. Mais Cécile, au lieu de gronder le monsieur, fit les gros yeux à Louis.

— À ton tour, Inès, tu lis les deux lignes du bas.

M. Marchon s'interposa et désigna Steven :

— J'aimerais entendre un garçon.

Cécile faillit s'écrier : « Non, pas lui ! » Elle savait qu'il ne fallait pas le mettre en face de trop grandes difficultés. Il perdait vite tous ses moyens.

— Tu me lis les deux lignes du bas, lui demanda l'inspecteur en prenant un ton bonhomme.

Steven resta les yeux fixés sur sa fiche puis murmura :

— Je sais pas.

— Comment ça, tu ne sais pas ? Montre-moi la ligne où nous sommes.

— Je sais pas, répéta Steven, muré.

L'inspecteur leva un regard étonné vers Cécile. Elle joignit les mains dans une muette supplique. Il lui fit signe de continuer la leçon, mais il prit les cahiers de Steven pour les feuilleter. Depuis quelque temps, leur tenue s'améliorait, mais le petit garçon avait encore beaucoup de mal à écrire sur la ligne, il inversait les chiffres et multipliait les erreurs de copie. M. Marchon rejeta les cahiers sur le bureau de l'enfant puis s'éloigna vers le fond de la classe, les mains dans le dos, en marmonnant :

— Gros, gros problème.

Après quoi, il glissa sa bedaine derrière un petit bureau inoccupé et passa une bonne heure à éplucher le cahier de classe de Cécile tout en prenant des notes dans un carnet. La jeune fille reprenait confiance. Elle avait beaucoup travaillé et son cahier lui paraissait irréprochable. Elle enchaîna donc avec la leçon d'écriture tout en prenant à part Steven, Audrey et Marianne pour une séance de soutien en lecture. On arriva ainsi à la récréation. Les enfants eurent la gentillesse de se mettre en rang calmement et Cécile poussa un soupir de soulagement en les lâchant dans la cour. Elle fit un signe de connivence à Mélanie puis revint dans sa classe. Somme toute, l'inspection se passait plutôt bien. L'inspecteur l'attendait, les mains dans le dos :

— Je voudrais voir vos fiches de préparation en gymnastique, votre manuel de lecture, énuméra-t-il sèchement, ainsi que les livrets d'évaluation de Toussaint et de Noël.

— Il n'y a pas de Noël dans ma classe, lui signala Cécile.

— Écoutez, mademoiselle, je défends au moins autant que vous le principe de la laïcité, mais pour le moment, Noël s'appelle toujours Noël.

Cécile resta un moment sans voix puis elle partit d'un rire nerveux.

— Oh, c'est un malentendu ! J'ai un élève qui s'appelle Toussaint, mais comme son frère s'appelle Fête des Morts, je ne voyais pas de quel Noël vous me parliez...

Elle cessa de rire. M. Marchon restait de marbre. Il n'entrait pas dans ses fonctions de rigoler avec les enseignants. Cécile lui remit donc tout ce qu'il réclamait, à une exception près. Il examina rapidement les livrets scolaires des enfants puis demanda :

— Et votre manuel de lecture ?

— Je n'en ai pas.

— C'est ce que je voulais vous entendre dire, triompha M. l'inspecteur. Alors, vous pensez pouvoir apprendre à lire à vos élèves sans manuel et sans méthode ?

— Mais j'ai une méthode ! se récria Cécile. Je... je vous l'ai expliqué dans une note...

— Oui, j'ai lu, mademoiselle, j'ai lu. C'est un ramassis de sottises. L'enthousiasme et les points d'exclamation n'ont jamais tenu lieu de réflexion.

Le sang sauta aux joues de Cécile. Elle ne s'attendait plus à une telle attaque.

— BA BE BI BO BU, la voilà, votre méthode. Ne savez-vous pas que la répétition syllabique est ennuyeuse pour les élèves et contre-productive, car elle n'est pas porteuse de sens. Or, la lecture, mademoiselle, qu'est-ce ?

M. Marchon se hissa sur la pointe des pieds comme s'il allait prendre son envol :

— La lecture, c'est donner du sens, ce n'est pas seriner B A BA.

— Mais pour les élèves en difficulté..., se débattit Cécile.

— Pour eux, plus encore que pour les autres, l'écrit doit faire sens. Vous devez rendre l'apprenant actif dans son projet d'apprentissage et l'aider à mettre en œuvre la prise d'indices nécessaire à la compréhension du texte.

Dans son effort pour suivre M. l'inspecteur dans les hautes sphères de la pensée, Cécile avait les yeux qui lui sortaient de la tête.

— Et que vois-je ? reprit M. Marchon en s'emparant du cahier de classe. Qu'est-ce que ces histoires de... Lapinou ?

— Je... je les invente, murmura Cécile, parce que je pense que l'imaginaire...

— L'imaginaire ! s'exclama M. l'inspecteur. Mais de quel imaginaire parlons-nous ? Du vôtre ? Êtes-vous auteur, mademoiselle ? De quel droit livrez-vous des enfants à votre imaginaire ?

Cécile recula d'un pas comme si Lapinou Crotte-Crotte révélait soudain sa vraie nature de pervers.

— Tant qu'à faire preuve d'imagination, reprit M. Marchon, vous pourriez vous montrer plus inventive dans vos séances de gymnastique.

Il prit un bristol et lut : « Kangourou, grenouille, lapin », puis un autre : « Grenouille, kangourou, lapin ». Il ricana :

— Décidément, les lapins ont la cote !

Cécile ne protestait plus et elle subit la semonce finale, la tête baissée.

— Vos errances méthodologiques et votre « imaginaire » sont des dangers pour les enfants qui vous sont confiés. La liberté du pédagogue a ses limites et au-delà de celles-ci, je crie : « Attention, casse-couil... hum, casse-cou ! »

Troublé par son lapsus, M. Marchon sembla pris d'une quinte de toux et conclut :

— Je ne vous retiens pas. Vous aurez mon rapport très prochainement.

Cécile partit en courant, elle traversa la cour et entra sans frapper dans le bureau de son directeur.

— Oh, Georges !

Elle ne put rien dire de plus et resta devant lui à se tordre les mains. Il se leva d'un bond :

— Ça s'est mal passé ?

— Je ne suis pas faite pour ce métier.

— Ah, non, vous n'allez pas recommencer ! Les enfants vous aiment et vous êtes heureuse au milieu d'eux.

— Je suis dangereuse, il me l'a dit.

Le téléphone sonna. Georges lui fit signe qu'il allait décrocher.

— Une minute. On reparle après. Allô ? Oui... Mme de Saint-André...

Cécile se retint à deux mains au dossier de la chaise.

— Oui, elle est là, reprit Georges. Lui dire que... ? Entendu. Au revoir, madame, bon courage.

Il raccrocha.

— Il est sorti du coma, dit-il sans juger nécessaire

de préciser qu'il s'agissait d'Éloi. Il a demandé à vous voir.

Cécile porta les mains à son cœur :

— Me voir, moi ?

— Oui. Vous.

— Oh, je... je suis tellement...

Détruite, l'instant d'avant. Et à présent, tellement...

— Heureuse ! s'écria-t-elle.

Elle se jeta dans les bras de Georges et sanglota sur son épaule. Il s'avisa que la porte de son bureau était restée ouverte et que sa situation pouvait devenir délicate. D'ailleurs, quelqu'un s'approchait. Un pas que Montoriol crut reconnaître. Il vit tout de suite comment se tirer d'affaire.

— Allons, mademoiselle Barrois, ne me parlez pas de démissionner. Votre carrière n'est pas à ce point compromise. On n'est pas finie à vingt-trois ans ! Et vous avez besoin de travailler pour subvenir aux besoins de votre vieille maman et de votre jeune frère...

L'inspecteur parut dans l'encadrement de la porte et Montoriol eut un faux sursaut de surprise.

— J'ai oublié mon écharpe chez vous, marmonna M. Marchon.

Cécile s'écarta de Georges et cacha ses pleurs de joie derrière ses mains jointes.

— Il... il ne faut pas le prendre de cette façon, bredouilla M. Marchon. Je suis toujours un peu... un peu sévère en inspection. Mais mon rapport sera plus indulgent. J'ai bien vu que vous étiez quelqu'un de consciencieux et... hum... votre classe est très agréable. Eh bien, heu, au revoir, monsieur Montoriol.

Georges se contenta d'un signe de tête. Puis il écouta décroître le pas de l'inspecteur.

— Parti, murmura-t-il.

Alors, Cécile baissa les mains et lui jeta un petit regard en coin. À peine s'il osa sourire. Mais dans quelques années, en se souvenant de ce moment-là, il rirait aux éclats.

23

Le jour où Cécile a menti

Il avait neigé. La pelouse qui descendait en pente douce vers le Loiret était blanche, immaculée. Blanche aussi la demeure des Saint-André qui s'offrait des airs de maison coloniale. Derrière la verrière, on apercevait quelques arbustes exotiques en pot et le bleu profond de la piscine.

Mme de Saint-André, Édith de son prénom, sortit de l'eau, s'enveloppa dans un douillet peignoir bleu ciel et eut un frisson de bonheur en resserrant la cordelière. Éloi était là. Depuis deux jours, il avait réintégré sa chambre et retrouvé avec plaisir la nounou de son enfance. La veille, M. de Saint-André avait parlé avec sa femme de l'avenir d'Éloi. C'était un garçon très intelligent, il devait reprendre des études, pas par correspondance, non, avec des professeurs particuliers. Il aurait vite fait de passer le bac et après...

— Toutes les portes lui sont ouvertes, avait déclaré M. de Saint-André en faisant un large geste du bras.

Les Saint-André avaient de nouveau un héritier. Il y avait à peine quelques ombres à ce tableau digne de la famille du bonheur Barbie. Tout d'abord, les amis

d'Éloi avaient été inculpés pour dégradation de matériel urbain et vandalisme. Éloi, grâce à son évacuation
par le SAMU, passait au travers des mailles du filet.
Puis il y avait cette fille à moitié cinglée qui avait déjà
appelé deux fois au téléphone. Elle voulait parler à
Éloi d'une famille d'Ivoiriens qui avait reçu une lettre
d'expulsion ou Dieu sait quoi. Édith avait fait
comprendre à la jeune personne que son fils n'était
absolument pas en état de se préoccuper d'Ivoiriens,
de Sénégalais ou de Burkinabés. Restait Cécile.

Maintenant que son angoisse était retombée, Édith
la voyait telle qu'elle était. Une gentille institutrice,
un peu insignifiante. Elle défit son peignoir et se coula
avec volupté dans les bouillons du jacuzzi. Éloi avait
l'air de tenir à Cécile Barrois. Après tout, pourquoi
pas ? Si elle se choisissait une autre coupe de cheveux,
avec des reflets par exemple, et surtout, surtout si elle
s'habillait autrement ! Les yeux fermés, Mme de
Saint-André procéda au relookage de Cécile pour
s'habituer doucement à l'idée que ce serait là sa belle-
fille.

Cécile ignorait tout du destin qu'on lui traçait. Mais
elle avait rendez-vous avec Éloi ce mercredi après-
midi. Mme de Saint-André la reçut au salon.

— Mon Dieu, vous êtes gelée ! s'écria-t-elle en lui
emprisonnant les mains dans les siennes comme pour
les réchauffer.

Mais en même temps, elle ne put s'empêcher de
penser : « Comme elle est fagotée ! » Avec sa parka et
ses boots, son petit bout de nez rougi par le froid et
ses cheveux saupoudrés de neige, Cécile n'avait pas
vraiment l'air de sortir des pages « people » des maga-

zines. Édith lui ôta elle-même sa parka et alla lui chercher de jolis chaussons.

— Si, si, vous serez plus à l'aise.

Cécile se sentait de plus en plus déplacée. À peine si elle remercia.

— Je vais voir si « notre chéri » est réveillé, plaisanta Mme de Saint-André, cherchant à retrouver avec Cécile la complicité du premier jour.

Elle se sauva puis revint, l'air un peu contrariée :

— Il vous attend.

Éloi lui avait dit qu'il souhaitait rester seul avec Cécile. Édith fit semblant d'être embarrassée :

— J'espère que cela ne vous gêne pas, il est au lit. Il est encore trop faible pour se lever.

Cécile revit en pensée Éloi à plat ventre, nu sur son lit, et ne put que marmonner : « Non, je, non... »

Elle entra dans la chambre du jeune homme dont les hautes fenêtres donnaient sur un méandre du Loiret. Le lit était immense, recouvert d'une couette ivoire aux reflets soyeux, et Éloi y reposait comme un corps étranger.

— Impressionnée, hein ?

Cécile eut un sursaut de frayeur. Les lèvres d'Éloi avaient à peine bougé.

— Oui, c'est... c'est très beau, ici, reconnut-elle.

— Assieds-toi près de moi. Je ne peux pas parler fort.

Elle s'assit au bord du lit.

— La petite maman est bien gentille, reprit Éloi, le ton moqueur. Elle a organisé un cordon sanitaire autour de moi. Gil, ça va ? Et le GAP ? Et Nat' ?

Cécile lui donna donc des nouvelles de ses amis.

— Les parents Baoulé ? voulut savoir Éloi.

— On leur refuse également le droit d'asile. Nathalie est très étonnée parce qu'il est écrit dans la lettre de l'Ofpra : « En raison de l'absence de preuves... » Et en fait, ils ont fourni des preuves. Nathalie trouve que tout est bizarre, dans cette affaire. Il faudrait un bon avocat pour défendre les Baoulé contre la préfecture. Elle se tut. Les yeux clos, le front ceint d'un bandage, les traits creusés, Éloi avait pauvre apparence.

— Je t...vous fatigue, murmura Cécile, butant toujours sur le tutoiement.

Il rouvrit péniblement les paupières :

— M'abandonne pas.

C'était étrange, il avait toutes les richesses du monde à ses pieds et des parents prêts à l'aduler. Mais il avait peur.

— Cécile, dans l'armoire, là, il y a mon battle-dress. Fouille dans mes poches. J'ai un dé, un gros dé en bakélite. Donne-le-moi.

Elle fit ce qu'il lui demandait et ouvrit le lourd battant de l'armoire. Elle était pleine de vêtements de marque. Le battle-dress était tout au fond.

— Voilà, dit-elle en posant le dé dans la paume ouverte d'Éloi.

Il serra le poing. Il ne voulait rien posséder de plus. Il ferma les yeux et, peu à peu, son souffle s'apaisa. Cécile trouvait très agréable de regarder Éloi s'abandonnant au sommeil, mais sa conscience professionnelle lui rappela qu'elle avait quelques fiches de préparation de cours en retard. Elle se leva.

— Un bon avocat, dit Éloi en ouvrant soudain les yeux. Et si je demandais à mon père ?

Il tendit le dé à Cécile :

— Un, c'est oui. Six, c'est non.

— C'est comme ça que vous prenez vos décisions ?

— Seulement pour les choses importantes.

— Je ne suis pas d'accord, dit-elle de cette même voix tranquille qu'elle prenait lorsque Baptiste grimpait sur sa chaise. Puis elle lança le dé sur la moquette. Deux, quatre, deux, six.

— Un, annonça Cécile, à peine troublée.

— Parfait, dit Éloi. J'en parlerai à mon père.

Cécile jugea qu'il était temps de prendre congé. Il eût été stupide de tendre la main. Impensable d'embrasser. Éloi mit fin à son embarras :

— Au revoir, mademoiselle l'institutrice.

— Oui, je, oui, au revoir.

Elle fit deux pas vers la sortie.

— Tu mens souvent, Cécile ? fit la voix moqueuse qu'elle aimait tant.

— Seulement pour les choses importantes, répondit-elle en s'éloignant.

Dix minutes plus tard, un bruit de trottinement ramena de nouveau Éloi vers la conscience. Il garda les yeux fermés tout en s'interrogeant. Qui était là ? Son père eût pesé plus lourd. La nounou aurait toqué à la porte. Sa mère venait sans doute s'assurer que tout allait bien. Comme il ne souhaitait pas lui parler, il fit semblant de dormir. Or, c'était Églantine qui s'approchait. Ce grand frère lui était tombé du ciel, deux jours plus tôt, avec sa tête fracassée, et on lui avait à peine permis de l'apercevoir du seuil de la chambre. Il ne fallait pas le fatiguer. Mais elle pouvait bien le regarder. Elle l'examina, à la fois effrayée et séduite par ce jeune homme couronné par sa blessure.

— T'es pas mort ? s'informa-t-elle.

Il eut un pincement au cœur en entendant la voix. La petite sœur.

— Non, mais je dors, lui répondit-il.

Elle rit.

— Ça se peut pas qu'on parle quand on dort.

Il ouvrit les yeux :

— Je suis somnambule. Et toi, tu es un petit fantôme ?

— Oui, dit-elle, ravie.

Elle s'assit sur le lit sans en être priée et prit un air de douloureux intérêt :

— Ça te fait mal ?

— Oui.

— Mais tu vas guérir ?

Pourquoi cette insistance ? Depuis deux jours, il n'était sans doute question que d'Éloi dans la maison. Éloi pensa au petit chat qu'il avait voulu tuer par jalousie.

— Ça serait bien si j'étais mort ? suggéra-t-il.

Églantine laissa échapper un « oooh » de désarroi et ses yeux s'emplirent de larmes. Puis elle chercha à rassurer son grand frère :

— Tu sais, j'ai mon amoureux, son frère jumeau, il a la figure toute brûlée. Et quand même, il est pas mort.

Éloi fronça les sourcils, intrigué :

— Il s'appelle comment, ton amoureux ?

— C'est Toussaint.

Éloi porta la main à son front bandé. Le sang pulsait là-dessous.

— Toussaint comment ?

— Baoulé.

— Églantine !
Il avait presque crié. Sa tête allait exploser.
— Quoi ?
— Tu es ma petite sœur !
Comme lui, libre dans ses choix. Comme lui, allant vers qui ne lui ressemblait pas.
Elle haussa une épaule :
— Ben, oui.
Il était un peu toc toc, ce grand frère.

24

Où Mme Baoulé n'a pas à se plaindre puisqu'elle a la télé

Pour cette fois, la Firme avait invité la dame de la préfecture ailleurs qu'au Tchip Burger. Naturellement, il avait trouvé la viande coriace et le service d'une lenteur incroyable. On était au dessert.

— Donc, c'est sûr, vous l'avez repérée ? demanda-t-il à sa bonne amie.

— Elle est chez des enseignants qui la connaissaient déjà en Côte-d'Ivoire.

— Et vous allez l'arrêter... ?

— Lundi. Au petit matin.

On était samedi soir. Louvier savoura la nouvelle en même temps qu'une grosse cuillerée de tiramisu.

— Pas mauvais, leur dessert, reconnut-il. Et les autres, alors ? Quand est-ce que vous les coffrez ?

— Ils ont jusqu'au 5 février.

On était le 28 janvier. Pour les parents Baoulé, le compte à rebours était aussi lancé.

— Mais tu sais, fit-elle dans un murmure, j'ai pris des risques.

— Je sais, je sais, chuchota-t-il à son tour en lui tapotant la main.

— J'ai vidé leur dossier de toutes les preuves qui pouvaient...

— Oui, oui, oui.

Il ne tenait pas à en savoir trop.

— Et j'ai fait partir la notification d'expulsion du territoire sans leur laisser le temps de déposer un recours au tribunal admi...

— Mais je n'y comprends rien à ton jargon ! Tu veux un café ?

Il était blanc comme neige et entendait le rester.

— Et les gosses ? questionna-t-il. Parce que, en fait, les parents, je m'en fous. Ce qu'il faut, c'est que les gosses retournent dans leur bled.

— Je t'ai déjà expliqué : les mineurs ne sont pas expulsables. Mais les parents voudront repartir avec.

— Et s'ils ne veulent pas ? s'inquiéta Louvier. Qu'est-ce qui se passe ?

— Ils seront confiés à la DDASS.

C'était le seul point noir. Les gosses iraient peut-être encore à l'école Louis-Guilloux à la rentrée prochaine.

— Pas buvable, ce café...

Il reposa sa tasse et s'indigna :

— Ce serait un comble si les parents nous laissaient toute leur tripotée de gosses sur les bras ! On n'a que ça à faire, nous, les contribuables français, d'élever des petits Ivoiriens !

La dame de la préfecture n'osa rien répondre. De fait, il arrivait que certains parents préfèrent abandonner leurs enfants à la DDASS plutôt que de les remmener dans le pays où ils risquaient d'être assassinés. Oui, certains parents allaient jusque-là.

Mme veuve Baoulé ignorait ce qui se tramait autour d'elle, mais depuis le 15 janvier elle ne sortait plus dans la rue qu'une fois par jour, pour conduire Éden au square. Elle vivait dans la terreur de croiser un policier qui lui demanderait ses papiers.

Le dimanche après-midi, Cécile prenait Léon par la main et allait chercher Clotilde chez Mélanie Meunier puis Donatienne chez son dentiste. Tous quatre se rendaient ensuite au square, où les filles jouaient avec leur petite sœur, et Léon retrouvait celle qu'il appelait « Mimami ». Mme veuve Baoulé regardait et écoutait ses enfants avec un sourire figé, presque incapable de s'intéresser à eux. Elle était dépressive, mais n'osait plus se rendre au dispensaire pour y recevoir des soins. Elle était vraiment devenue une paria, vivant en plein centre-ville comme au royaume des ombres. Quand tout le monde s'était bien refroidi à taper de la semelle sous le kiosque à musique, on se séparait pour une autre semaine.

Les Guéraud, qui n'avaient pas d'enfant, avaient fait d'Éden la petite reine de leur maison. Ils avaient acheté pour elle un lit à barreaux tout froufroutant de tulle rose, empli une armoire de vêtements inutilement coûteux, et fait disparaître la moquette sous un amoncellement de peluches et de jouets d'éveil. Éden prenait du poids en même temps que de la confiance en soi. Depuis quelques jours, elle appelait Mme Guéraud du même nom que sa mère : Mimami.

— Mon bijou, tu es toute froide, s'alarma Mme Guéraud en tirant le bébé de sa poussette.

Éden, qui comprenait tout ce qu'on lui disait, posa ses deux mains glacées sur les joues de sa maman d'adoption. Mme Guéraud se tourna vers Mme Baoulé :

— Il faut lui mettre des moufles. Je lui en ai acheté exprès.

Mme Baoulé bredouilla quelque chose qui ressemblait à une excuse. Elle perdait peu à peu l'habitude de s'exprimer en français. Ce monde la rejetait, elle rejetait ce monde. Mme Guéraud lui en voulait de ne pas se montrer plus reconnaissante.

Le lundi matin, M. Guéraud, qui était professeur d'anglais au collège Benjamin-Franklin, embrassa sa femme et bébé Éden.

— Pas levée ? dit-il tout bas en désignant une porte fermée.

— Oh, pas avant dix heures, répondit Mme Guéraud, le ton sec.

— C'est une dépression, tu sais.

— Peut-être, oui.

Par moments, elle souhaitait, sans se l'avouer, que Mme Baoulé disparaisse tout à fait.

— Mimami ? dit la petite en faisant les marionnettes avec ses mains pleines de confiture.

— Oui, mon ange, viens te laver.

Une fois dans la salle de bains, Mme Guéraud voulut démêler les cheveux de l'enfant, mais celle-ci se mit à pousser de petits cris. Mme Guéraud ne savait pas s'y prendre et il faudrait attendre le réveil de Mme Baoulé pour que les cheveux d'Éden soient tressés. « Je vais lui demander de m'apprendre, songea Mme Guéraud. Si un jour... » Elle laissa sa pensée inachevée. C'est à ce moment-là qu'on sonna à la porte. Éden courut vers la porte d'entrée, croyant au retour inopiné de M. Guéraud.

— Qu'est-ce qu'il a oublié ? s'interrogea sa femme en tirant le verrou.

Elle eut un haut-le-corps en apercevant deux hommes sur son palier. L'un d'eux porta la main à son képi.

— Police. Nous avons un mandat d'arrêt contre Mme Francette Baoulé.

Car Mme Baoulé avait été prénommée Francette en l'honneur de notre pays.

— Je ne connais personne de ce nom, marmonna Mme Guéraud.

— Vous l'hébergez, lui répondit le policier. Je vais vous demander de me laisser entrer.

Mme Guéraud dut s'exécuter. La petite Éden vint se serrer contre elle, effarée.

— C'est sa fille ? demanda le policier. Et elle ? Elle est là ?

Il désigna la porte fermée. Mme Guéraud refusa de répondre. Le policier alla frapper à la porte et entra. Mme Guéraud l'entendit déclarer :

— Madame Baoulé, je vais vous demander de vous habiller et de me...

Un hurlement de terreur l'interrompit. Une scène effroyable s'ensuivit. Francette Baoulé se jeta hors du lit et courut demi-nue à travers la chambre en criant :

— Chétché, chétché !

Dans la confusion du réveil, elle voyait dans ces deux hommes des violeurs et elle criait « non » de tout son corps.

— Elle est complètement hystérique, fit le policier, éberlué.

— On va être obligés de la maîtriser, dit l'autre en sortant les menottes.

Ils la coincèrent dans un angle de la chambre. Mais elle se débattit, les frappa, chercha à les mordre, se prit une gifle, puis s'effondra en sanglots. Et enfin s'évanouit. Mme Guéraud avait emporté Éden pour la mettre à l'abri dans son petit lit, mais l'enfant sanglotait à en perdre le souffle. Quand elle revint dans la chambre, Mme Guéraud vit les deux policiers qui passaient maladroitement un vêtement à Mme Baoulé, tout juste sortie de son évanouissement.

— C'est monstrueux, leur dit-elle. Cette femme... On lui a tué son mari. Vous la traumatisez.

Un des deux hommes tenta de se justifier :

— Nous, on a un mandat d'arrêt, madame. On ne sait pas ce qu'on lui reproche.

— Où allez-vous la conduire ? questionna Mme Guéraud.

— À l'hôtel de police de Saint-Jean-de-Cléry.

Il se voulut réconfortant :

— C'est pas comme la prison. Vous pourrez aller la voir autant que vous voudrez.

— Y a même la télé dans les cellules, ajouta l'autre. Ils sont pas à plaindre, là-bas.

Mme Guéraud s'agenouilla devant Francette et lui parla longuement, doucement. Elle lui expliqua qu'elle allait prévenir Nathalie, qu'on la sortirait de là. Que ces deux hommes ne lui feraient pas de mal. C'étaient des policiers. Elle obtint d'elle qu'elle s'habillât tout à fait et rassemblât quelques affaires dans un sac.

— Mon bébé, dit soudain Mme Baoulé en regardant autour d'elle.

— Vous allez lui dire au revoir, lui promit Mme Guéraud.

— Mon bébé ! rugit Francette en bondissant vers la porte.

Les policiers durent une nouvelle fois la maîtriser. Mais elle fit une crise de nerfs et se roula par terre en hurlant : « Éden ! Éden ! »

— Allez lui chercher sa gosse, ordonna un des policiers à Mme Guéraud.

Quand Éden fut devant sa mère et que celle-ci lui tendit les bras, elle s'y jeta. Dans le danger, elle savait bien qui était Mimami pour de vrai.

— Faut y aller, dit le policier.

Depuis qu'elle tenait Éden serrée contre elle, Mme Baoulé semblait avoir retrouvé un peu de calme. Mme Guéraud voulut lui reprendre l'enfant, mais elle se fit repousser sauvagement.

— On va l'embarquer avec, conclut le policier.

Et Mme Guéraud, terrassée, vit par la fenêtre Francette qui montait avec Éden dans le car de police. Elle eut juste le temps de téléphoner à Nathalie avant qu'un policier remonte chez elle et lui demande de bien vouloir le suivre. Elle était accusée, ainsi que son mari, d'« aide au séjour à personne en situation irrégulière ». Son appartement fut fouillé et elle-même conduite au commissariat de son quartier pour y être interrogée.

Francette Baoulé fut emmenée au centre de rétention de Saint-Jean-de-Cléry. Ce n'était d'ailleurs pas à proprement parler un centre de rétention, mais un commissariat plus vaste que ceux du centre-ville et dont on utilisait certaines cellules pour y loger des sans-papiers pendant quelques jours, voire quelques semaines, quand leur cas se compliquait.

Lorsque Mme Baoulé entra dans le hall de l'hôtel de police, elle n'avait plus rien de la tigresse qui s'était débattue chez les Guéraud. Muette, honteuse, elle tenait sa petite fille dans ses bras, ce qui était inhabituel pour Éden. En temps ordinaire, sa mère l'aurait portée dans le dos et le mouvement de la marche l'eût endormie. Mais là, elle était bien éveillée et elle posait sur chaque personne un regard plein de gravité. La femme policier qui était à l'accueil s'en trouva gênée.

— On va pas la mettre dans une cellule ? demanda-t-elle à son collègue en désignant l'enfant.

— Essaie de lui arracher sa gamine pour voir, répondit-il, le ton gouailleur.

On emmena donc Mme Baoulé et Éden à l'étage du dessus où se trouvaient les cellules de garde à vue. Derrière les grilles de l'une d'elles, on apercevait un lit, une table et une chaise.

— Elle a des affaires ? demanda la femme.

— Un sac, répondit le policier. Je le fouille et je l'apporte.

Il se tourna vers Mme Baoulé et lui annonça la bonne nouvelle :

— On va vous mettre la télé.

Puis il s'éloigna, pressé d'oublier la mère et l'enfant. Il n'aimait pas que son boulot ressemble à ça. D'ailleurs, personne n'aimait ça. Voilà pourquoi on oublia tout à fait Mme Baoulé. À midi et demi, personne ne lui avait apporté ses affaires et personne ne lui avait donné à manger. Mais une bonne âme lui avait branché un petit poste de télé qui crachotait ses images dans un coin de la cellule. Éden, qui avait faim, se mit à sangloter et sa mère, hébétée, la secoua dans ses bras tout en chantonnant : *Bébé ô bébé, nouan zoe khoh, bébé ô bébé, nouan zoe gbiyako.* Dans la cellule voisine, un ivrogne, qu'on avait ramassé sur la chaussée après une bagarre, accompagnait Mme Baoulé en gueulant à intervalles réguliers : « J'ai soif ! » À treize heures passées, un policier vint furtivement déposer un sandwich et une bouteille d'eau sur la table.

— Bébé, bébé, gémit Mme Baoulé en lui tendant l'enfant à bout de bras.

Éden, épuisée, avait fini par s'endormir, mais de temps à autre, tout son corps était secoué par un sanglot plus gros qu'elle.

— Elle est malade ? s'affola l'homme.

— Pas mangé.

— Ah, merde ! Mais qu'est-ce qu'ils m'ont foutu...

Il sortit précipitamment à la recherche d'une collègue. Une femme lui paraissait plus à même de résoudre le problème. Vingt minutes plus tard, il revint avec un sac en plastique contenant un litre de lait, un biberon, un petit pot pomme-coing et une cuillère.

— Merci, monsieur, merci, dit Mme Baoulé dans un élan sincère de gratitude.

Il en eut honte.

— Tu sais, moi, si ça tenait qu'à moi..., bredouilla-t-il.

Il haussa une épaule. L'ivrogne dans la cellule voisine donnait des coups de pied dans la grille en gueulant :

— À boire, j'ai soif !

Le policier se défoula sur lui :

— Tu la fermes, oui ? Y a une gosse, ici !

Puis, pour couvrir les cris de l'ivrogne, il monta le son de la télé. Mme Baoulé passa l'après-midi prostrée tandis que l'écran lui déversait *Les feux de l'amour* et *Alerte Cobra*. Bébé Éden joua avec le biberon, réussit à en ôter la tétine et se renversa le reste de lait sur la robe. Puis elle explora le fond du pot de fruits avec la cuillère et se tartina les joues, les mains, les bras.

— Mimami ? chantonna-t-elle en faisant les marionnettes avec ses menottes gluantes.

Mais sa mère était loin d'elle, très loin, au-delà de nos frontières.

Vers dix-huit heures, il y eut de l'agitation dans le couloir et, soudain, Nathalie surgit derrière la grille, les yeux exorbités par la rage. Elle brandit le sac de Mme Baoulé.

— Vos affaires !

Elle se tourna vers le policier :

— Mais vous ouvrez ou quoi ?

L'homme était à cran, lui aussi :

— Je vais vous mettre dehors si vous continuez à me parler sur ce ton !

— Et moi, je vous ramène les journalistes ! hurla Nathalie. On prendra une photo d'un bébé derrière les barreaux.

Le policier jeta un regard inquiet sur cette fille qu'il appelait déjà « la cinglée » dans son for intérieur. Elle était capable de dissimuler un appareil photo dans ses poches. Il aurait dû la fouiller.

— Le bébé, il est là parce que cette dame voulait le garder, se justifia-t-il. On l'a fait par humanité.

— C'est aussi ce que disaient les gendarmes quand ils arrêtaient les enfants juifs avec leurs parents, lui jeta Nathalie à la figure. Ils en sont morts, de votre humanité !

Elle donna un coup de pied dans la grille :

— Ouvrez ça !

— Bravo ! l'encouragea l'ivrogne d'à côté. Cassez-leur la baraque !

Le policier, contenant sa colère, laissa entrer Nathalie dans la cellule.

— Il y a un téléphone portable dans votre sac, chuchota Nathalie en faisant semblant d'embrasser Mme Baoulé.

Puis plus haut pour que le policier entende :

— Je vais revenir avec des draps. Ils sont infoutus de vous en fournir, ici. Et un repas chaud. Et vous allez avoir un avocat, madame Baoulé. Et pas n'importe lequel !

L'arrivée de Nathalie fit l'effet d'un électrochoc sur Mme Baoulé. Elle sortit de sa léthargie, réclama des jouets pour sa petite et un peigne et des chouchous et des chaussons et où pouvait-on se laver et comment changer de chaîne et... ? Elle revivait.

— Voilà, c'est ça, battez-vous ! l'excita Nathalie. Vous ne voulez pas que je vous emmène la petite ?

— Jamais. Il faud'a me tuer.

— Parfait. Si c'est votre choix, je le défendrai.

Elle revint vers le policier :

— Je repasse avec un avocat dans la soirée.

— Je ne suis pas portier, s'énerva le policier. Il y a des horaires pour les visites d'avocat.

— Oui, ce sera ce soir, à vingt heures, lui répliqua Nathalie en s'en allant.

— Ça, c'est une fille qui a des couilles ! s'enthousiasma l'ivrogne. Eh, chérie, ramène-moi à boire ! J'ai soif !

25

Comment un dé peut se rendre utile

Personne ne sut jamais exactement ce qui se dit entre Éloi et son père, personne, ni Mme de Saint-André, ni Nathalie, ni Cécile. Les choses se passèrent ainsi :

Éloi demanda à parler à son père. Celui-ci se rendit dans la chambre de son fils. Il choisit le meilleur fauteuil et s'assit en croisant ses longues jambes nerveuses.

— Alors ? fit-il.

Depuis que son fils était hors de danger, il avait retrouvé ce pli d'ironie au coin des lèvres qui était sa défense en toute occasion.

— J'ai besoin de toi.

— C'est un bon début, s'amusa M. de Saint-André, tout en battant l'air du pied.

— Plus exactement, les Baoulé ont besoin de toi.

— Ce sont ces sans-papiers dont ta mère m'a parlé ?

— Ils ont été déboutés de leur demande d'asile. La femme est en prison depuis ce matin.

— En prison ou en rétention ?

— En rétention.

L'homme de loi montrait le bout de son nez. On ne peut mettre un mot à la place d'un autre.

— En quoi puis-je t'être utile ? ajouta M. de Saint-André en s'agitant sur son siège.

— Utile, répéta Éloi.

Il ferma les yeux. Il lui semblait parfois qu'il s'enfonçait dans l'oreiller, pris d'une faiblesse vertigineuse. M. de Saint-André se souleva de son siège :

— Tu es fatigué. On peut reparler plus tard.

— Non !

Éloi tendit la main vers son père :

— Reste, écoute. Je veux être utile. J'ai pas mal déconné. Mais le fond du truc, c'est ça : je veux être utile. Aide-moi, aide-moi à les sauver.

— Les Baoulé ?

— Oui. Il y a douze gosses plus un bébé plus trois adultes. Une des femmes est enceinte. De jumeaux.

M. de Saint-André s'abstint d'ironiser. Il quitta son fauteuil pour s'asseoir plus près de son fils sur le lit.

— Raconte-moi tout ce que tu sais depuis le début.

Et il sortit de la poche intérieure de son veston un petit carnet et un crayon. Pour prendre des notes. Éloi eut du mal à venir à bout de son récit. Mais chaque fois que son père lui proposa de se reposer et de remettre à plus tard, il refusa. Quand ce fut terminé, M. de Saint-André ne perdit pas son temps en commentaires indignés ou apitoyés.

— Ça ne se présente pas très bien, commença-t-il d'une voix neutre. Tes Baoulé ont procédé à un regroupement familial en dehors de la procédure légale. Pour ce que j'en sais, un étranger ne peut faire venir sa famille en France que s'il est chez nous en situation régulière depuis un an ou deux...

— Si les Baoulé avaient laissé leurs enfants tout seuls en Côte-d'Ivoire, ils auraient pu les faire venir. Mais une fois morts, c'est ça ?

— Je te dis ce que dit la loi, c'est mon métier, répliqua M. de Saint-André.

Il se leva :

— Deux choses me surprennent dans cette affaire. La lettre de l'Ofpra prétend que le dossier des Baoulé ne contient pas de preuves. C'est inexact, il y en a. On peut objecter qu'elles ne sont pas convaincantes, mais on ne peut pas dire qu'elles n'existent pas. D'autre part, la préfecture semble s'être lancée dans une course contre la montre pour expulser ces gens. Elle ne vous a pas laissé le délai suffisant pour déposer un recours devant le tribunal administratif. Ça, c'est attaquable.

M. de Saint-André arpentait la pièce en faisant de grands gestes. Il se voyait déjà en train de plaider. Il se planta au pied du lit de son fils :

— Le hic, vois-tu, ce sont les enfants. Ils ne devraient pas être là.

— Ils ne sont pas expulsables, ça aussi, c'est la loi, lui rappela Éloi.

— Oui, mais ils feront pencher la balance du mauvais côté pour leurs parents. Treize enfants, bientôt quinze ! À la charge de l'État français.

— Non, à la charge de citoyens français.

— Il faudra le prouver.

Éloi songea que c'était là un boulot pour le GAP.

— Mais toi, papa, reprit-il, tu as des relations, tu as de l'argent...

— Tiens ? Mon argent pourrait être... utile ?

Père et fils s'entre-regardèrent, pas encore alliés.

— Donnant, donnant, murmura M. de Saint-André. J'aide tes Baoulé et toi, tu vas me promettre une chose...

Éloi se méfiait. Il ne voulait pas être récupéré. Rentrer dans le rang, revenir à la maison, assumer l'héritage et le nom.

— Quoi ? fit-il, la voix mauvaise.

— Une seule chose. Tu vas reprendre des études.

Un silence. Puis Éloi plongea la main sous l'oreiller et en sortit le dé.

— Fais-le rouler. Un, c'est oui. Six, c'est non.

— Tu te fous de moi ?

Pas de réponse. M. de Saint-André secoua la tête de désapprobation, mais il lança le dé sur la couette par curiosité. Un.

— Un, dit-il, un peu troublé.

Il n'avait même pas triché.

— Je ferai des études de droit, dit tranquillement Éloi. Pour donner des droits à ceux qui n'en ont pas.

— Utile, murmura M. de Saint-André.

Son fils lui plaisait.

Ce soir-là, Mme Baoulé eut dans sa cellule la visite de son avocat, Maître de Saint-André. Puis ce fut un défilé continuel à l'hôtel de police. Les Guéraud, remis en liberté, apportèrent des jouets, des albums, des vêtements, et Nathalie des repas chauds, midi et soir. Cécile obtint que Mme Baoulé voie ses trois autres enfants dans un couloir, près de la machine à café. Puis M. Montoriol se rendit à son tour à l'hôtel de police, et Mélanie Meunier et le docteur Moulière. Les policiers en étaient exaspérés mais reconnaissant l'un son dentiste, l'autre l'enseignant de ses enfants, ils laissaient faire. Le petit poste de télévision crachotait toujours dans son coin comme un idiot de village, Mme Baoulé n'avait guère le temps de le regarder. Dès qu'elle se retrouvait seule avec son Éden endormie, elle tapotait sur son téléphone portable et bavardait avec sa belle-sœur.

Dans le flot des visites, il y eut un journaliste black qui prétendit être le tonton d'Éden et qui prit des photos de l'enfant, le visage barbouillé de larmes, les mains accrochées aux barreaux. Celles-ci firent scandale à la une de « la République du Centre ».

Mais la machine à broyer continua son œuvre. Les parents Baoulé, sous le coup d'un arrêté de reconduite à la frontière, s'étaient réfugiés dans la chambre qu'Éloi avait désertée et ne la quittaient plus. Le vendredi 7 février au matin, les policiers forcèrent les portes de la rue Jean-Jaurès, arrêtèrent M. et Mme Baoulé, et embarquèrent Nathalie.

— Ça, c'est de l'efficacité ! reconnut Louvier, l'air exagérément admiratif.

Pour fêter cette dernière arrestation, il avait invité la dame de la préfecture chez lui. Champagne et bougies.

— Et pourquoi vous ne les mettez pas tout de suite dans un charter, direction Bamako ?

— Parce que Bamako, c'est au Mali, répliqua la dame, le ton pincé. De toute façon, il faut qu'on récupère tous les gosses. Ils les ont dispersés.

— Ils vont à l'école, non ? Les flics les chopent à la sortie.

— Il faut faire ça discrètement.

— On s'en fout, de la discrétion. On est dans notre droit.

— Non, on n'est pas dans notre droit !

Louvier sursauta car la bonne dame avait crié. Elle ajouta dans un chuchotement inquiet :

— Il y a un avocat qui a demandé à l'Ofpra de pouvoir consulter le dossier des Baoulé. S'il l'obtient, il va se rendre compte qu'il a été vidé.

— Il suffira de dire qu'il n'y a jamais rien eu dedans. C'est la parole des Baoulé contre la...

Il allait dire « la nôtre », se mordit la langue, et conclut :

— ... la tienne. Un peu de champagne, ma chérie ?

— J'ai mal à la tête.

Elle découvrait la peur, la peur d'être découverte. Alors, oui, peut-être faudrait-il envoyer la police à la sortie de l'école...

Ce soir-là, Louvier poussa la galanterie jusqu'à reconduire la dame de la préfecture à son domicile mais soupira de soulagement en s'en débarrassant. Une fois de retour chez lui, il prit dans son attaché-case une grosse enveloppe en papier kraft qui lui avait été adressée récemment. Il la vida de son contenu et examina trois planches de dessins réalisés à l'ordinateur. On y voyait l'actuelle école Louis-Guilloux se transformer peu à peu en Tchip Burger avec vitrines, enseigne lumineuse, croisillons métalliques rouges et jaunes, mais toujours étroitement encadrée par deux maisons bourgeoises en pierre de taille. L'architecte, que Louvier faisait travailler sur le projet, avait sauvegardé deux tilleuls de l'ancienne cour de récré pour ombrager un joli patio.

— Idiot, grommela Louvier.

Il fallait raser les arbres, mettre des plantes en plastique, poser sur le sol un revêtement élastique pour que les gosses ne se fassent pas mal en sautant de la cage à poule ou en descendant du toboggan, bref, faire du patio romantique une aire de jeux pour les 2-7 ans. À ce petit défaut près, l'énorme enseigne du Tchip Burger et sa devanture tapageuse flattaient la mégalomanie de Louvier. Il allait se faire des couilles en or. Du reste, il rêva pendant la nuit d'un certain M. Midas qui lui ressemblait comme un frère et qui transformait en lingot d'or tout ce qu'il touchait. Détail amusant : à la place des couilles, il avait un pot d'échappement.

Le lendemain, Louvier, d'humeur charmante, rassembla les planches dans l'enveloppe et partit retrouver l'architecte. Il l'avait invité à déjeuner à l'actuel Tchip Burger, place Anatole-Bailly.

— J'ai fait les petits aménagements que vous m'avez suggérés, lui dit immédiatement l'architecte en lui serrant la main. En effet, c'est beaucoup mieux. Plus... plus contemporain.

Il était prêt à tartiner les murs de caca si son client le désirait. Ils s'assirent au fond du fast-food et étalèrent les nouveaux projets. Il y avait au centre d'un puits de lumière une énorme statue en plastique coloré de Big Tchip, l'ami des enfants. C'était hideux.

— Très bien, approuva Louvier. Et ça, c'est quoi, sur le côté ? Des fleurs ?

L'architecte fronça les sourcils comme quelqu'un qui n'en croit pas ses yeux.

— Des... ? Oui... ça y ressemble.

— Je n'en veux pas, fit Louvier, catégorique.

C'est chiant à entretenir. Du plastique. Partout, du plastique.

— C'est évident, approuva l'architecte.

Il rangea les nouveaux dessins dans un dossier luxueux tandis que Xavier déposait devant son patron deux plateaux chargés de Tchipettes et de Tchip bacon.

— Vous n'avez rien contre les hamburgers ? demanda Louvier, le ton soupçonneux.

— J'adore ! exulta l'architecte.

Pour faire de la place, il posa à terre l'enveloppe kraft contenant les anciennes planches qui n'étaient plus d'aucune utilité. Après le repas expédié en dix minutes, les deux hommes se séparèrent sans se serrer la main, non parce qu'ils étaient fâchés, mais parce qu'ils avaient mangé comme des cochons. Et l'enveloppe kraft resta à terre.

Le dieu du hasard, qui – comme le pensait Éloi – préside à nos destinées, décida ce jour-là que Mémère emmènerait Toussaint et Démor au fast-food pour la première fois de leur vie.

— Alors, vous avez jamais été au Tchip Burger ? s'étonna la vieille femme.

— Non, mais on l'a vu à la télé, répondit Démor qui ne voulait pas passer pour un demeuré.

— On va prendre un menu Tchip Kid avec le jouet ? voulut savoir Toussaint.

Mémère n'avait pas beaucoup de sous, mais elle fut même d'accord pour ajouter un Moondae fraise aux deux menus spécial enfant. Elle avait l'impression d'ouvrir les portes de la vie aux petits Baoulé, qui trépignaient de plaisir dans la file d'attente.

Ils s'assirent au fond du fast-food pour échapper à la foule et les deux garçons commencèrent par s'extasier sur leurs jouets. C'était la série des Tchip-Monsters. L'un était une mygale qui faisait soucoupe volante, l'autre une pieuvre qui se transformait en hélicoptère, le fonctionnement des deux gadgets résistant en moyenne à quarante-cinq secondes d'utilisation.

— Mangez, c'est pas bon, froid, grogna Mémère. Moi, je confisque les jouets si vous mangez pas.

Les petits Baoulé n'écoutaient rien et faisaient s'affronter les deux monstres avec divers bruitages.

— Merde, il s'ouvre plus, le mien ! se désola Toussaint qui avait l'hélico-pieuvre.

— Disez pas des gros mots tout le temps, fit Mémère en le talochant.

— Oh, c'est quoi, ça ? demanda Démor en se baissant.

Il venait de trouver l'enveloppe kraft à ses pieds.

— Mais laisse ça, c'est sale, dit Mémère qui, par souci de justice, le talocha à son tour.

Il était étonnant de voir à quel point les deux petits Baoulé se fichaient complètement de ce que pouvait dire ou faire Mémère.

— C'est une lettre, dit Démor. C'est quoi le nom dessus ?

Il s'était tourné vers la vieille femme. Mémère savait, comme tous les illettrés, déjouer ce genre de piège :

— J'ai pas mes lunettes, dit-elle.

— Là, c'est marqué LLL... Lou, déchiffra Démor, Louvvv... Louvi...

Le son « er », qu'on n'avait pas encore étudié en classe, le fit trébucher :

— Louvrire...

— Eh ben, ouvre, conclut logiquement Toussaint.

Démor sortit le contenu de l'enveloppe.

— C'est des dessins, des dessins de maison.

— Passe.

Toussaint tira la feuille vers lui, mais Démor ne voulut pas lâcher. Ses yeux s'étaient écarquillés.

— Mais c'est l'école !

En effet, les premiers dessins représentaient très fidèlement l'école Louis-Guilloux sous différents angles. Les deux gamins rigolèrent. Mais les autres dessins leur coupèrent le sifflet.

— C'est l'école en Burger, murmura Démor.

La métamorphose était plus terrifiante que celle des Tchip-Monsters. Toussaint dévisagea Mémère, le regard accusateur :

— Ils vont faire un Tchip Burger dans notre école ?

Mémère avait l'air encore plus ahurie qu'eux.

— Mais non... Mais j'en sais rien. C'est des dessins seulement !

Elle devinait pourtant que c'était le travail d'un professionnel.

— Où on va aller si on nous prend notre école ? la questionna Toussaint.

L'école, c'était tout ce qui lui restait.

26

Où toute la question est de savoir si un château fort peut se transformer en Tchip Burger

La nouvelle de l'arrestation des parents Baoulé s'était répandue en moins d'une heure à travers la ville le vendredi 7 février. Nathalie, au moment de son interpellation, eut le droit de prévenir Éloi qui téléphona à Cécile qui téléphona à M. Montoriol qui téléphona à Mélanie Meunier qui téléphona à Chantal Pommier qui téléphona à Marie-Claude Acremant qui téléphona à Mme Gervais qui téléphona au docteur Moulière. On oublia Mémère.

Quand Démor et Toussaint se pointèrent à l'école le lundi matin, avec les débris de leurs Tchip-Monsters, ils trouvèrent leur tribu en ébullition.

— On va faire la guerre ! leur déclara Léon. Moi, je peux tuer !

Il transperça l'air d'un coutelas imaginaire.

— Qu'est-ce qu'y a ? demanda Toussaint.

— Ils ont mis les parents en prison, lui apprit Honorine, les yeux rouges d'avoir pleuré une bonne partie du week-end.

— En rétention, rectifia Alphonse à qui M. Montoriol avait fait la leçon.

— On va les tuer, dit Léon, la tête envahie d'images de carnage qu'il avait jusque-là refoulées.

— Ta gueule, le calma Alphonse. On a un avocat très fort pour nous défendre.

— Il a quoi, comme arme ? voulut savoir Léon.

La sonnerie ne permit pas à Alphonse de donner de réponse plus satisfaisante que :

— Mais t'es trop con.

Cécile trouva sa classe de CP sens dessus dessous. Églantine sanglotait, Robin suçait son pouce, l'œil vitreux, Baptiste et Tom mimaient un combat de kung-fu, Louis répétait, terrorisé :

— Mais on peut mettre les parents en prison ?

Philippine et Audrey, Lisa et Claire, se serraient les unes contre les autres comme un petit troupeau que le loup menacerait. Cécile prit sur son cœur Toussaint puis Démor. Mais elle ne se sentit pas la force de raconter la dernière aventure de Lapinou dont les parents auraient été mis en cage par des chasseurs. Cette fois, Lapinou était KO. Et les enfants aussi.

M. Montoriol, sentant que l'école ne pouvait plus travailler normalement, confia ses élèves à Alphonse et partit faire la tournée des classes. Il commença par le CP.

— Asseyez-vous à votre place, dit-il. Je veux le silence complet.

Ce fut fait en quelques secondes. Les enfants désiraient l'apaisement.

— Vous avez appris que vos camarades, Toussaint et Démor, ont du chagrin, ce matin. Mais vous savez aussi que ce midi, ils mangeront à la cantine, que ce soir, ils dormiront chez Mémère. Nous les protégeons comme le font des parents.

Il marqua un temps car il sentit que l'émotion risquait de le submerger.

— Bien... Cela nous arrive à tous, petits et grands, d'avoir des choses difficiles à vivre. Mais vous êtes ici pour apprendre à lire, à écrire, à compter. Vous êtes ici pour préparer votre avenir et personne ne peut vous en empêcher. À l'école, vous êtes à l'abri. Vous êtes en sécurité. Quand vous pensez à votre école, pensez à un château fort. Inès, c'est comment, un château fort ?

— C'est avec des murs très hauts et on peut pas entrer que par le pont-levis.

Georges se tourna vers Cécile, l'air de penser : « Quelle remarquable petite fille ! »

— C'est exactement ça. Des murs très hauts. Et nous fermons le pont-levis de 8 h 45 à 16 h 30. Tous les soucis du monde doivent rester de l'autre côté des murs. Aujourd'hui, vous allez lire, écrire, compter, comme d'habitude. N'est-ce pas, Démor ?

— Ouais.

— « Oui, monsieur », le reprit Georges.

— Oui, monsieur, répéta Démor en se trémoussant sur sa chaise.

M. Montoriol passa ensuite dans la classe de Mélanie Meunier tandis que, sur la suggestion de Cécile, les enfants sortaient leurs feutres et leurs crayons.

— Vous allez dessiner un château fort, leur indiqua Cécile.

Et ce lundi matin, Audrey, Tom, Églantine, Claire, Vincent, Lisa, Baptiste, Jean-René, Steven, Maëva,

Robin, Louis, Démor, Toussaint, Philippine, Floriane, Inès et Marianne dessinèrent chacun leur château fort.

— Moi, dit Louis, ze vais me dessiner dedans.

Tout le monde en fit autant. Malgré tout, à la récré de dix heures, Démor et Toussaint mirent le siège devant M. Montoriol, l'air tourmenté.

— Qu'est-ce que vous avez ? leur demanda Georges, un peu impatienté. Vous ne pouvez pas aller jouer ?

Toussaint leva le doigt comme en classe :

— C'est juste pour une question.

— Eh bien, vas-y, jeune homme, pose-la.

— Est-ce qu'on peut faire un château fort en Tchip Burger ?

— Pardon ?

Les deux petits garçons s'entre-regardèrent, bien embêtés. C'était difficile à expliquer.

— C'est parce que sur les dessins qu'on a trouvés, notre école, c'est un Tchip Burger, précisa Démor.

— Quoi ? Quels dessins ?

— Ils sont dans mon cartable, répondit Toussaint. Je vais les chercher ?

Georges leva les yeux au ciel, résigné, et quelques secondes plus tard, il avait entre les mains trois planches de dessins. La première reproduisait de façon très fidèle l'école Louis-Guilloux.

— Mais qu'est-ce que...

Il ne put en dire davantage. Il venait de passer à la planche suivante.

— Où avez-vous trouvé ça ?

— Dans le Tchip Burger. C'était par terre, dans

une **enveloppe**, répondit Démor, assez fier de l'intérêt que sa découverte suscitait.

— Où est l'enveloppe ?

— Je l'ai jetée.

Georges leva de nouveau les yeux au ciel. On ne saurait donc pas à qui était destiné ce mystérieux envoi.

— Vous étiez avec Mémère, au machin Burger ? questionna Georges. Elle a vu l'enveloppe, oui ?

Les jeunes Baoulé acquiescèrent. Tout n'était donc pas perdu, songea Montoriol. Il interrogerait Mémère à la récré de la cantine.

— Je garde les dessins, dit-il aux deux enfants. Et je vous donne ma parole que jamais personne ne transformera votre école en... machintruc...

Démor vint à son secours :

— Tchip Burger.

Georges était si intrigué, pour ne pas dire inquiet, qu'il fit un signe à Cécile, de garde dans la cour de récré. Tous deux s'assirent sur un banc.

— Qu'est-ce que vous pensez de ça ? fit-il en lui mettant les dessins dans les mains.

Cécile réfléchissait toujours lentement, en allant au fond des choses. Elle regarda en prenant son temps.

— Qu'est-ce que c'est ? demanda-t-elle enfin.

— Il semblerait que quelqu'un ait des projets grandioses pour l'école Louis-Guilloux, ironisa Georges.

Il rapporta à Cécile la conversation qu'il venait d'avoir avec les petits Baoulé. Il conclut :

— Je vais demander à Mémère si elle se souvient de ce qui était écrit sur l'enveloppe.

— C'est inutile, elle est analphabète, lui apprit Cécile qui avait deviné le secret de la vieille femme.

— Ah bon ?... Décidément, c'est le jour où je me déniaise.

Ils se turent, surveillant distraitement les enfants dans la cour.

— Toussaint ! appela soudain Cécile. Viens me voir !

L'enfant s'approcha, bientôt suivi par son jumeau.

— Sur l'enveloppe, lui dit-elle, tu n'as pas reconnu un mot ?

— Si ! s'exclama Démor. C'était écrit : « louvrire ».

— L'ouvrir ? s'étonna Georges.

Mais Cécile prit un papier et un crayon :

— Écris le mot.

L'enfant l'avait photographié mentalement. Il l'écrivit sans se tromper : « louvier ».

— Louvier ! s'écria Cécile. Ça y est ! Je sais ! C'est le nom du patron du Tchip Burger. Mon frère m'en a parlé.

C'était somme toute logique. Le patron de l'actuel Tchip Burger cherchait un emplacement plus attractif en centre-ville.

— Mais il rêve ! s'esclaffa M. Montoriol. Il faudrait d'abord fermer l'école.

— C'est ce qui a failli se passer, lui rappela Cécile. Si les Baoulé n'étaient pas arrivés...

Elle se tourna vers les jumeaux :

— Allez jouer, leur dit-elle, la voix fébrile. Allez, vite !

Dès qu'ils se furent éloignés, elle saisit le bras de son directeur et, dans son trouble, elle le serra.

— Georges ! Ce Louvier... mon frère l'a entendu parler des Baoulé. Il avait l'air de les détester. Et moi aussi, j'ai entendu une femme parler des Baoulé au

297

Tchip Burger. Je suis sûre qu'elle était avec ce Louvier. Et je les ai vus tous les deux dans l'école. Ils la visitaient. Ils avaient l'air en terrain conquis.

Elle cria en secouant le bras de Georges :

— Ils la veulent, ils veulent l'école pour en faire un Tchip Burger !

Georges avait du mal à y croire.

— Non, non, balbutia-t-il. Quand même pas...

Il interrogeait Cécile du regard. La jeune fille, elle, était dessillée :

— La femme, c'est l'emperlouzée de la préfecture.

Georges paraissait assommé. En face de lui, il y avait des gens de pouvoir, des gens d'argent. Un monde qu'il ignorait.

Éloi, mis au courant par Cécile, ne manifesta pas tant d'étonnement. Il eut même quelques ricanements au fur et à mesure que le complot se dévoilait à ses yeux.

— Louvier a des complicités partout, conclut-il. À la préfecture, bien sûr, mais aussi à la municipalité. On a dû lui promettre les locaux de l'école à prix d'ami. Et l'Ofpra refuse de rouvrir le dossier des Baoulé et le tribunal administratif prétend que nous n'avons pas déposé le recours dans les délais prévus par la loi. C'est un vrai tir de barrage en face de nous.

— Mais alors, qu'est-ce que nous pouvons faire ? s'alarma Cécile.

— Ce que font les militants dans ce genre de cas.

— Quoi ?

— Du bruit.

Il fredonna : « La petite souris est morte, hey, hey, ho ! Y a ses boyaux qui sortent... » Puis il ferma les yeux. Il n'était jamais parti au combat dans un tel état d'épuisement. Pourtant, il expliqua à Cécile, point par point, ce qu'il convenait de faire, et celle-ci le répéta à Georges.

Un mardi soir, toute l'équipe enseignante fut réunie dans le bureau du directeur.

— Mais qu'est-ce que c'est, cette histoire de Tchip Burger ? demanda d'emblée Mélanie Meunier.

La rumeur s'était répandue dans la cour de récré.

— C'est de cela que je vais vous parler, répondit Georges en étalant les dessins sur son bureau.

Quand il eut fini ses explications, Marie-Claude Acremant, qui avait un vieux fond syndical, était prête à monter sur les barricades, Mélanie avait le sentiment d'être entrée par mégarde dans une série télévisée et Chantal Pommier faisait des moues sceptiques.

— C'est bien invraisemblable, dit-elle enfin. Je vais en parler à mon mari. Il connaît personnellement des gens à la mairie, il a le bras long...

Elle agita ses bracelets pour illustrer son propos, au grand agacement de M. Montoriol.

— Tout ça, c'est du bavardage, répliqua-t-il. Il faut agir ou nous allons être pris de vitesse. Le sort de notre école est lié à celui des Baoulé. Voilà ce que nous propose Éloi. Premièrement, sensibiliser les parents d'élèves.

Il distribua aux quatre maîtresses une lettre qui disait ceci :

« Madame, monsieur,
Vos enfants vous ont sans doute fait part de notre inquiétude pour douze enfants ivoiriens

scolarisés à Louis-Guilloux pour la deuxième année. Leurs parents risquent à tout moment d'être renvoyés en Côte-d'Ivoire où ils ont déjà subi les pires persécutions. Nos douze élèves devront repartir dans leur pays ou bien seront confiés à la DDASS. L'équipe enseignante de l'école Louis-Guilloux demande aux autorités concernées un nouvel examen de la situation de la famille Baoulé. Pour donner davantage de poids à notre démarche, nous sollicitons votre appui. »

Les parents devaient écrire au bas de la lettre la phrase : « Je suis solidaire de la famille Baoulé. » Et signer.

— Nous enverrons ces lettres à la préfecture, et des photocopies à la mairie, à l'Ofpra, au tribunal administratif et à la presse, énuméra Georges. C'est le deuxième point. Le troisième... Qu'est-ce qu'il y a ?

Chantal Pommier agitait négativement ses bracelets.

— C'est impossible. Nous ne pouvons pas entraver le travail de la justice.

— La justice ? se récria Montoriol. Mais tu n'as rien compris, ce sont des truands que nous avons en face de nous.

— Ce sont des hypothèses, dit Chantal en se levant. Je vais en parler avec mon mari.

— C'est quand même assez dangereux, renchérit Mélanie. C'est de la politique...

— Et alors ? fit Marie-Claude de sa voix rauque. Tu as peur de quoi ?

Tout le monde était debout. Georges jeta un regard navré à Cécile. Il lui fallait l'unanimité pour agir.

— C'est foutu, dit-il simplement.

Et il fit une boule de papier de sa lettre aux parents.

Les choses se précipitèrent le jeudi soir, à la sortie de l'école. Cécile fut la première à franchir le portail avec ses CP et elle vit s'avancer vers elle deux hommes en uniforme.

— Police, fit l'un d'eux en saluant. Ces deux petits...

Il désigna Toussaint et Démor.

— Ils s'appellent bien Baoulé ?

Cécile s'offrit le luxe de sourire aux policiers :

— Non, vous faites erreur, dit-elle, ce sont les petits Rakotosson, des Malgaches. D'ailleurs, ils ne devraient pas être là.

Elle se tourna vers les jumeaux en leur faisant les gros yeux :

— Marcel, Philippe, rentrez à l'école, vous savez très bien que vous allez à l'étude le jeudi soir.

Elle les poussa vers le portail puis leur chuchota :

— Filez chez le directeur. Dites-lui qu'on vient vous arrêter.

Puis, sans réfléchir, elle courut vers Marie-Claude Acremant qui, à l'autre bout de la cour, était en train de mettre ses élèves en rang.

— Marie-Claude ! La police ! Vite, il faut cacher les Baoulé !

Marie-Claude attrapa Félix par l'épaule :

— Va chercher Léon, Honorine et Victorine ! Tout le monde chez le directeur.

Chantal sortit à ce moment-là avec ses élèves parmi lesquels Donatienne, Prudence et Pélagie. Cécile se rua vers elle :

— Chantal ! La police ! Je t'en supplie, ne les laisse pas emmener les enfants !

Les fillettes avaient entendu. Prudence éclata en sanglots du meilleur effet. Chantal la prit par la main :

— Par là ! s'écria-t-elle. Vite, Pélagie, Donatienne, suivez-moi !

Le rassemblement des Baoulé dans le bureau du directeur battit tous les records d'évacuation en cas d'incendie. Les enfants tremblaient de peur ou pleuraient.

— On se calme, fit Georges. Alphonse, tu es responsable de tes frères et sœurs.

— Oui, monsieur.

— Vous allez sortir par l'arrière de l'école, où passent les fournisseurs. Cécile, vous les conduisez tous chez moi. Marie-Claude, va surveiller la sortie des élèves au portail.

La main de Chantal s'abattit sur la manche de Georges :

— Envoie la lettre aux parents. Je suis d'accord.

— Moi aussi ! s'écria Mélanie.

Georges se tourna vers Alphonse :

— Check lapin.

Ils se tapèrent dans la main, cognèrent leur poing, firent le V des oreilles du lapin et dirent : « Coin coin. »

Puis tout le monde s'éparpilla. À 16 h 50, comme tous les jours, M. Montoriol alla fermer le portail de l'école. Les deux policiers étaient toujours sur le trottoir.

— Vous attendez quelqu'un, messieurs ? s'informa poliment Georges.

Le policier qu'il interpellait haussa l'épaule :

— Il y a une deuxième sortie, c'est ça ?

Il ne semblait même pas fâché d'avoir été joué.

— Mais vous allez avoir des ennuis, prévint-il. De gros ennuis.

27

Où nous sommes tous solidaires
de la famille Baoulé

M. Cambon, un verre de whisky à portée de main, savourait sa fin de journée en lisant le programme TV. Comme il l'avait déjà lu la veille et l'avant-veille, il aurait pu le réciter.

— Quoi ? Qu'est ce qu'y a ? fit-il à sa fille qui lui tendait un papier.

— C'est très important, dit Audrey.

M. Cambon parcourut la feuille en murmurant : « Madame, monsieur... enfants ivoiriens... famille Baoulé... »

— Mais j'en ai rien à péter de tes Ivoiriens ! s'écriat-il en rendant le papier à Audrey. C'est quoi, cette école de gauchistes ?

Audrey jeta un regard singulier à son père.

— Quoi ? T'as besoin de lunettes ?

— Non, moi, ça va.

Elle s'en alla dans la cuisine, en laissant son père assez mal à l'aise. Mme Cambon était en train de découper un concombre en rondelles.

— Pourquoi il râlait, ton père ? demanda-t-elle.

— Pour rien. Lis ça, c'est très important.

Audrey mit le papier sous le nez de sa mère. Mme Cambon s'essuya les mains sur son tablier et lut, les sourcils froncés.

— T'as montré à ton père ? s'informa-t-elle à mi-voix.

Pas de réponse.

— Trouve-moi un stylo, chuchota Mme Cambon.

Audrey partit comme une flèche dans sa chambre et revint avec sa trousse d'écolière.

— Tu veux quelle couleur ? J'ai rose ou doré.

— N'importe. Dépêche.

Elle lança un coup d'œil en direction de la porte puis écrivit en lettres d'or : « Je suis solidaire de la famille Baoulé. » Et signa. Sa fille se pendit à son cou et l'embrassa.

Ce soir-là, à table, la famille Cambon tomba en zappant sur une bonne vieille émission de téléréalité. Mme Fulgence, mère de six enfants, catholique pratiquante vivant à Neuilly, s'en allait passer la semaine à Deuil-la-Barre au foyer de Mme Poggi, militante à la CGT, et mère de deux adolescents abonnés à la fumette. Naturellement, Mme Poggi allait prendre la place de Mme Fulgence au cours de cette même semaine, puisque tel était le principe de l'émission : « On a échangé nos mamans. »

— Pourquoi on ne fait pas aussi « On a échangé nos papas » ? s'interrogea Audrey, avec l'air de le regretter.

Quelques maisons plus loin, Philippine se chargea de la même mission que son amie Audrey. Elle tendit le papier à sa maman. Minette le lut, la mine effarée.

— Mais qu'est-ce que je dois faire ?

— Tu écris : « Je suis solidaire de la famille Baoulé. »

— Mais je... je ne sais pas si je suis solidaire.

— C'est la maîtresse qui l'a dit, répliqua Philippine. Et tu écris bien sur la ligne.

Minette s'exécuta sans bien savoir si c'était un exercice scolaire ou un engagement dans la lutte armée.

Les choses se passèrent tout autrement chez Mémère. Comme elle avait décidément perdu ses lunettes, ce fut Démor qui s'appliqua à recopier la phrase, et la vieille femme gribouilla une vague signature.

— Et peut-être tu pourrais acheter d'autres lunettes ? lui suggéra Démor, mi-figue, mi-raisin.

Les enfants firent tant et si bien que, le lendemain, toutes les lettres étaient de retour à l'école. Signées. On les adressa à M. le Préfet. Puis on arrosa de photocopies la mairie, l'Ofpra, le tribunal administratif, *La République du Centre*, *Le Figaro*, *Le Monde*, *Libération*, *La Croix*, etc. Dans la foulée, on passa au troisième point prévu par Éloi. Une banderole barra la façade de l'école Louis-Guilloux proclamant : « NOUS VOULONS GARDER LES ENFANTS BAOULÉ ! »

Le GAP distribua des tracts dans toute la ville, invitant les habitants à assister au parrainage des petits Ivoiriens par des citoyens français, le samedi suivant, à l'école Louis-Guilloux.

La veille de la cérémonie, Nathalie se rendit chez Éloi. Le jeune homme était assis sur son lit, bien calé par des oreillers et enveloppé dans son vieux peignoir rouge. Nathalie l'examina, un sourire de raillerie aux lèvres :

— Alors, l'aristo, de retour chez toi ?

— C'est bon, Nat'... Assieds-toi.

Elle s'assit en tailleur sur la couette couleur ivoire, sans défaire ses baskets sales.

— Tu as tous les parrainages ? lui demanda-t-il.

Elle sortit un bout de papier de sa poche et énuméra :

— Démor, Mémère. Donatienne, docteur Moulière. Clotilde, Mélanie Meunier. Alphonse, Montoriol. Tiburce, Marie-Claude Acremant. Honorine, Mme Gervais. Prudence, Chantal Pommier. Victorine, Mme Pons. Pélagie, Mme Cambon. Éden, les Guéraud. Léon, Cécile. Toussaint, ton père. Félix, ma pomme. J'ai oublié personne ?

— Le compte est bon. Tu as prévenu FR3 ?

Elle s'apprêtait à répondre quand un toc toc timide à la porte lui fit tourner la tête. C'était Cécile hésitant à entrer.

— Elle te piste, marmonna Nathalie, en jetant un regard maussade à Éloi.

Elle se releva, en traînant bien ses semelles sales sur le satin.

— Bonjour, Nathalie. Je ne veux pas déranger, lui dit Cécile.

— Je partais.

Elle quitta la chambre sans saluer.

— J'ai l'impression qu'elle ne m'aime pas beaucoup, observa Cécile à regret.

— Pas trop, confirma Éloi en riant.

Puis son regard s'attrista.

— C'est une drôle de fille. Elle ne veut pas qu'on l'aime.

Bien que pâle et fatigué, Éloi avait retrouvé un visage avenant et son corps s'abandonnait au milieu des oreillers, dans le peignoir rouge qui s'entrouvrait. Cécile l'admirait avec toute la ferveur d'un premier amour. Il en eut un petit rire de gêne et referma le peignoir pour ne pas se trahir.

— Pourtant, dit-il, le ton languissant, c'est agréable d'être aimé.

Cécile emprisonna ses mains entre ses cuisses et dit de sa voix de maîtresse d'école :

— Je suis venue v... te donner des nouvelles des enfants Baoulé.

Elle peinait encore à le tutoyer. Elle avait l'impression de le brutaliser. Éloi, qu'il fût en battledress, sous la visière Tchip Burger ou dans un décor hollywoodien, lui faisait le même effet, celui d'un bibelot fragile posé tout au bord de l'étagère.

— On a suivi ton conseil, reprit-elle. On a regroupé les enfants dans les locaux de l'école.

Désormais, les petits Baoulé mangeaient à la cantine midi et soir, jouaient dans la cour, travaillaient dans la classe et dormaient dans la BCD. L'association « Mes amis, au secours ! » avait déversé des matelas à même le sol et, le soir, les Baoulé, surveillés par Mémère et l'un ou l'autre des membres du GAP, piochaient sur les rayonnages albums et bédés avant de sombrer dans le sommeil.

— Ils se lavent comme ils peuvent aux différents robinets, ajouta Cécile. C'est un peu galère, mais ils sont très fiers d'habiter dans l'école.

Un article de *La République du Centre* venait d'ailleurs de titrer : « Douze enfants squattent une école. »

— J'espère que notre affaire de parrainage fera du bruit, conclut Éloi. C'est notre dernière cartouche.

La journée du samedi promit d'être belle avec un ciel d'un bleu sec et froid. Dès dix heures, le GAP mit de l'ambiance dans la cour avec son orchestre. La cérémonie était prévue pour onze heures et serait suivie d'un buffet à la cantine. Le portail de l'école était grand ouvert et une pétition était posée sur une table à l'entrée. Les parents, mais aussi les passants, pouvaient écrire la fameuse phrase : « Je suis solidaire de la famille Baoulé. » La feuille se couvrait peu à peu de noms et de signatures. M. Montoriol était partout à la fois, serrant des mains, remerciant, souriant, embrassant.

— Mme Gervais ! Il faut au moins faire la révolution pour avoir le plaisir de vous saluer.

Et ainsi de suite. Mme Montoriol s'attachait à ses pas, petite ombre grise et tenace. Elle avait peur pour lui, elle savait qu'il risquait sa carrière. À onze heures, le journaliste black de *La République du Centre* vint faire quelques photos. Georges l'accueillit à sa façon mondaine et chaleureuse, mais il espérait un autre relais médiatique. Éloi l'avait prévenu : si l'événement ne dépassait pas la presse locale, il n'y aurait pas de retombées pour les Baoulé. Il aurait fallu la télé.

À onze heures et quart, Georges prit le micro du GAP et lança un « s'il vous plaît ! ». Comme au jour de la rentrée, on fit « chut, chut » pour l'écouter.

— Nous allons pouvoir commencer la cérémonie de parrainage... laïque.

Montoriol détacha bien ce dernier mot. Il y eut au même moment un brouhaha dans la cour et des applaudissements dans les rangs du GAP. Éloi venait d'arriver, blême, les traits tirés, marchant appuyé à l'épaule de son père. Mme de Saint-André accourut vers lui :

— Mais il ne fallait pas, tu n'es pas en état !

— En effet, ce n'était pas indispensable, dit M. de Saint-André, plutôt agacé. Mais il est plus entêté que... que moi.

Ayant aperçu Cécile, Éloi lâcha l'épaule de son père pour aller s'accrocher à celle de la jeune fille. Montoriol venait d'appeler le premier filleul. C'était Démor. On entendit dans la foule :

— Mais qu'est-ce qu'il a sur la figure ? Une brûlure, non ? C'est affreux...

Pour Mémère, peu importait. C'était celui-là qu'elle préférait.

— Démor, lui demanda M. Montoriol, est-ce que tu acceptes comme marraine Mme Lucie Dubois ?

— C'est qui ? fit le petit garçon en tournant la tête de tous côtés.

— C'est moi, c'est moi ! le rassura Mémère.

— Ah, ouf ! soupira Démor, provoquant des éclats de rire.

Puis Mémère accepta Démor comme filleul et tous deux s'embrassèrent. Comme Mémère savait mieux le sens de « marraine » que celui de « laïque », elle tendit à Démor une jolie chaîne avec une médaille de la Vierge.

— Plus tard, les cadeaux ! gronda M. Montoriol qui sentait le couperet de l'Inspection se rapprocher de son cou. Toussaint, à toi !

On entendit alors une rumeur qui montait du portail de l'entrée : « C'est la télé, c'est la télé... » Un journaliste de FR3 arrivait, caméra à l'épaule. Il put filmer les parrainages suivants et le discours du directeur clôturant la cérémonie.

— Mes chers amis, nous sommes réunis aujourd'hui parce que, au-delà de nos différences, nous tenons aux mêmes valeurs.

— Aïe, il est reparti, gémit M. de Saint-André que le côté prêchi-prêcha de Georges exaspérait.

— Notre école, poursuivit Georges, est assez grande pour accueillir douze enfants qui n'ont plus de patrie. Notre école est assez forte pour protéger douze enfants dont les parents viennent d'être arrêtés. Notre école, l'école de la République, se fait un devoir d'apprendre à ces douze enfants, comme à tous nos enfants, à lire, écrire, compter et vivre ensemble. Et personne n'a le droit de l'en empêcher.

Georges sentait son cœur battre comme jamais. Les derniers mots s'envolèrent d'eux-mêmes :

— Vive l'école ! Vive la République !

Il y eut une seconde de silence ébahi puis le GAP entama l'hymne républicain bien connu : « La petite souris est morte, hey, hey, ho ! Y a ses boyaux qui sortent. C'est pas beau, c'est pas beau. »

Georges ne fit guère honneur au buffet. Il se réfugia dans son bureau. Il se sentait tout près de craquer. Peut-être allait-il droit dans le mur en s'opposant à la préfecture ? Mais il n'avait pas eu le choix : Alphonse le regardait. À cet instant précis de doute et de lassitude, M. Montoriol ne pouvait pas imaginer que le journaliste de FR3 avait mis en boîte des images formidables qui allaient faire le tour des chaînes télévisées : Toussaint serrant la main de son avocat et

311

parrain, Léon se jetant en larmes dans les bras de Cécile, et Montoriol lui-même, tellement télégénique au moment où il déclarait sa flamme à la République. Non, Georges ne se doutait pas de ce qui allait se passer à cet instant où, les jambes cassées, il s'assit derrière son bureau.

— Je peux entrer ?

C'était Cécile sur le pas de sa porte. Il se releva d'un bond.

— Ma femme me cherche ? supposa-t-il en riant.

— C'est moi qui vous cherchais.

Ils se regardèrent. Le sourire s'effaça du visage de Georges.

— Je voulais vous remercier, dit Cécile.

— Me remercier ?

— Pour tout ce que vous m'avez appris... Je ne suis plus la même qu'au matin du 2 septembre. Les Baoulé vous doivent beaucoup. Mais moi, je... je vous dois encore plus.

À présent, leurs regards s'évitaient.

— Vous savez, Cécile, si j'avais eu vingt ans de moins...

Il rit d'un rire qui tremblait un peu.

— Mais j'ai vingt ans de trop !

Son cœur battait pourtant la chamade comme celui d'un jeune homme. Cinquante ans, quelle mauvaise blague.

— Si on pouvait aimer deux hommes..., osa dire la petite Cécile.

Georges sursauta :

— Mais on ne peut pas.

Elle s'approcha de lui et l'embrassa sur la joue. Georges l'embrassa à son tour en effleurant ses lèvres.

— Sauvez-vous vite, murmura-t-il.

Il ne la regarda pas s'en aller. Dans quelques années, il le savait, ce baiser échangé serait un de ses plus doux souvenirs. Mais pour le moment... Il passa la main sur ses yeux et essuya deux larmes qui s'accrochaient à ses cils.

Épilogue

Le parrainage des petits Baoulé fut tellement médiatisé que leur avocat obtint sans difficulté la remise en liberté de leurs parents. Leur sort n'était pas réglé pour autant. Ils étaient toujours sans papiers et sans droit de travailler. Francette et Éden retrouvèrent le domicile des Guéraud et les parents Baoulé la chambre d'Éloi. Mme Baoulé dut faire un détour par la maternité où elle accoucha de jumeaux.

— Tom et Léo, les présenta-t-elle à M. Montoriol, venu lui rendre visite, les bras chargés de cadeaux.

— Très jolis prénoms, dit Georges, l'air déçu.

Mme Baoulé éclata de rire :

— Mais non ! C'est Auguste et Napoléon !

— Ah, tout de même ! s'exclama Georges, soulagé.

Les enfants Baoulé quittèrent les locaux de l'école, le château fort, comme l'appelaient Toussaint et Démor. Ils furent de nouveau éparpillés à travers la ville. Ils supportèrent mal d'être une fois encore séparés et, oubliant l'inconfort de leur ancien squat, ils se prirent à rêver de l'heureux temps de la gare désaffectée et de l'île des Cannibaoulés.

Le temps passa et Pâques pointa le bout de ses rameaux. À la veille des vacances, Cécile reçut le rapport de son inspection. M. Marchon ne s'était pas montré trop sévère et lui avait accordé un 11 qui n'était pas déshonorant. Le plus important pour Cécile, c'étaient les progrès de ses élèves. Sur les dix-huit qui lui avaient été confiés, huit savaient maintenant lire couramment. Sept autres déchiffraient en butant sur certains sons. Marianne et Audrey étaient à la traîne. Steven n'imprimait toujours pas. Il restait un trimestre pour gagner la bataille.

À chacun ses combats. Un midi, Éloi prit le tramway pour se rendre place Anatole-Bailly. Il alla saluer Xavier et ses anciens équipiers du Tchip Burger.

— La Firme est là ? demanda-t-il à Samira.

— Dans le bureau.

Elle savait qu'Éloi avait été viré. Elle fut donc très étonnée de le voir se diriger vers le bureau des équipiers. Éloi y entra sans frapper.

— M'sieur Louvier ?

Il souriait, l'air parfaitement décontracté. Le patron, qui était absorbé dans ses réflexions, lui rendit machinalement son sourire. Puis il s'aperçut que son ennemi était en face de lui. Il quitta son siège, les poings serrés. Éloi ne faisait pas le poids en face de lui, il était resté faible et amaigri depuis son hospitalisation.

— J'ai pensé que ça vous intéresserait de voir...

Éloi sortit une feuille d'une poche de son battle-dress.

— ... ceci !

Il tourna vers Louvier les dessins qui représentaient la métamorphose de l'école Louis-Guilloux en Tchip Burger. La surprise paralysa Louvier, et Éloi en profita pour déchirer la feuille par le milieu.

— Jamais ça, dit-il en laissant tomber la feuille déchirée. Jamais.

Il restait une dernière bataille à mener, juridique, celle-là. Mais elle tourna court. Alors que maître de Saint-André était en train de reconstituer le dossier des Baoulé avec les photocopies des preuves détruites, trois cartes de séjour délivrées par le ministère de l'Intérieur parvinrent au local de l'association. Elles étaient décernées à M. et Mme Baoulé ainsi qu'à Francette à titre humanitaire. Hu-ma-ni-tai-re. Ils étaient sauvés. Mais combien ne le seront pas ? Pour Nathalie, cette victoire ne fut qu'un répit dans le combat de toute une vie. Pour la dame de la préfecture, larguée par son amant, la défaite fut telle qu'elle demanda – et obtint – sa mutation dans une autre ville.

Un soir d'avril, Éloi fut invité à dîner par Mme Barrois. Celle-ci avait compris que ce jeune homme, qu'elle jugeait déconcertant, risquait de prendre une place assez importante dans la famille Barrois. Il vint, habillé de différents vêtements de récupération, la veste d'un commandant de bord et une casquette de l'armée rouge. Il l'ôta devant Mme Barrois et lui baisa la main, car il faisait plus que jamais n'importe quoi.

Cécile l'invita à passer un moment dans sa chambre avant le repas. Éloi s'assit sur le lit et elle dans le fauteuil. Ils avaient tant à se dire qu'ils restaient muets.

— Je vais reprendre mes études, annonça soudain le jeune homme.

— Tant mieux.

— Et je vais quitter la maison de mes parents.

Il fallait qu'il se dépêche de partir. Il était en train de prendre goût au luxe. Et il ne le voulait pas.

— Où tu iras ?

— Je ne peux pas retourner rue Jean-Jaurès. Les Baoulé squattent ma chambre.

Il rit.

— Bien sûr, je pourrais chercher une autre colocation avec Nathalie.

Cécile lui jeta un regard sombre, pas certaine d'apprécier la plaisanterie.

— Jalouse ?

Elle ne put lui dire « je t'aime », mais ses yeux parlant mieux qu'elle, Éloi en eut un frisson.

— Viens, murmura-t-il, en lui tendant la main.

Elle ne résista pas. À quoi bon ? Elle lui appartenait depuis le jour où elle avait lu son prénom sur son badge d'équipier. Ils s'allongèrent sur le lit et leur conversation perdit beaucoup de son intérêt.

Cependant, Mme Barrois voyait son poulet rôtir et se dessécher.

— Mais putain, j'ai trop faim ! s'énerva Gil. Ils pourraient pas faire ça après le repas ?

À vingt et une heures, Mme Barrois alla toquer à la porte de la chambre et dit d'une voix étranglée :

— Àààà... à table !

Quand il sortit de la chambre, Éloi avait repris des couleurs et Mme Barrois songea que son mari aurait dit : « Ces deux-là, ils vont nous faire Pâques avant les Rameaux. » Il ne restait plus qu'à espérer que le jeune Éloi serait plus sérieux qu'il ne le paraissait. Mais à table, il apprit en vrac à Mme Barrois qu'il allait s'installer avec Cécile dans un taudis, qu'il commençait des études sans débouché qui dureraient approximativement six ans et que Cécile l'entretiendrait.

— Mais parlons de choses importantes, enchaîna-t-il. Les Baoulé... Le problème, c'est leur logement. On ne trouvera jamais rien d'assez grand pour tous leurs enfants. La gare de Saint-Jean-de-Cléry, c'était épatant. C'est vraiment dommage que ces imbéciles de la SNCF aient demandé la fermeture du squat. Cette gare va tomber en ruine, c'est tout.

Gil médita l'information en silence puis regarda autour de lui avec l'air d'un animal qui sort d'hibernation.

— Ah oui, mais non, fit-il. La SNCF, elle a rien demandé du tout. C'est la bonne femme, l'autre, la nana de Louvier. Elle a demandé un machin d'expulsion.

Tout le monde regarda Gil, les yeux exorbités. Qu'est-ce qu'il racontait ?

— C'est à cause de l'électricité, reprit-il. Parce que les Baoulé la payaient pas. Elle a fait fermer les portes et les fenêtres. Mais la SNCF, non, c'est pas elle.

— Mais tu arrêtes de délirer ? le rabroua Éloi. La SNCF n'a pas porté plainte, c'est ça ?

— Ouais, parce que...

— Tais-toi. C'est la pouf de la préfecture qui a obtenu une ordonnance d'expulsion ?

— Ouais, à cause de l'élec...

— Tais-toi. Où tu as entendu ça ?

— Au Tchip Burger. Elle en parlait avec Louvier.

— Et tu ne pouvais pas le dire plus tôt ! s'exclama Éloi.

— Mais je savais pas... Ça va encore être de ma faute !

Il était indigné, mais aussi au bord des larmes. Éloi donna une tape sur le bras de son futur beau-frère :

— Ça va être de ta grâce !

En effet, au mois de mai, *La République du Centre* put titrer : « La SNCF loge la famille Baoulé dans une gare désaffectée. »

Et la Loire continua de passer sous les ponts. Au mois de juin, les enfants du CP apprirent leur passage en classe supérieure, chez Mélanie Meunier, à l'exception de Steven qui redoublerait. M. Montoriol donna quelques cours particuliers à Alphonse pour qu'il soit fin prêt à la rentrée. Il irait en sixième au collège Benjamin-Franklin.

— Je t'ai dit que tu avais des droits, Alphonse, tu te souviens ?

— Oui, m'sieur.

— Eh bien, tu as aussi un devoir, celui de travailler. Car c'est toi qui donnes l'exemple à tes frères et sœurs.

— Check lapin ? proposa Alphonse qui ne voulait pas que son maître lui mît la pression.

Et les eaux de la Loire baissèrent sous les ponts. L'île des Cannibaoulés reparut. C'était l'été. C'étaient les vacances. Démor, Félix, Léon, Alphonse regardaient couler la Loire du haut du pont.

— On va pouvoir retourner sur notre île, se réjouit Démor.

— Ouais, mais la Loire a emporté tout notre trésor, remarqua Félix.

— C'est ça, la vie, fit Léon avec un soupir de petit vieux.

— Ta gueule, le rembarra Alphonse. On s'en fera un autre et il sera beaucoup plus beau.

Puis le dos droit et les mains dans le dos, il se mit à chanter :

> *Avec son crayon, son cahier,*
> *Alphonse va redessiner*
> *Une école pour tous les enfants,*
> *Un tableau, une chaise et des bancs,*
> *Un cartable pour chacun,*
> *Pour reconstruire la vie demain.*

Et c'était vrai.

Cet ouvrage a été imprimé par

FIRMIN DIDOT

GROUPE CPI

Mesnil-sur-l'Estrée

pour le compte des Éditions Pocket Jeunesse
en mars 2005

POCKET - 12, avenue d'Italie - 75627 Paris Cedex 13 – Tél. : 01-44-16-05-00
N° d'impression : 72876 – Dépôt légal : avril 2005

Imprimé en France